KB059015

OWARU
RYUDO

창룡전

– 요세기의 드래곤 –

9

다나카 요시키 지음 | **laphet** 일러스트 | **김완** 옮김

S.NOVEL

커버·본문 일러스트 | laphet

목 차

《창룡전 9 〈요세기의 드래곤〉》── 주요 등장인물

류도 하지메(23)   류도 4형제의 장남. 책임감 있는 류도 가의 가장. 동해청룡왕 오광.

류도 츠즈쿠(19)   류도 4형제의 차남. 기품 있는 태도를 보이는 미청년. 남해홍룡왕 오소.

류도 오와루(15)   류도 4형제의 삼남. 호전적인 장난꾸러기. 서해백룡왕 오윤.

류도 아마루(13)   류도 4형제의 막내. 의젓한 도련님. 북해흑룡왕 오염.

토바 마츠리(18)   류도 형제의 사촌. 명랑하고 쾌활한 미인. 사실은 서왕모의 막내딸 태진왕부인.

미즈치 마사히코(29)   전 육상자위대 중위.

니지카와 코헤이(29)   전 경시청 형사부 이사관. 미즈치의 오랜 친구.

신카이 사부로(29)   전 국민신문 자료실 차장. 쿄와 학원 시절 니지카와의 동기.

마츠나가 요시히코(0) 미즈치의 벗. 인간보다도 유능한 강아지.

황시첸(황로)   황타이밍의 형. 중국 오지의 수용소에 사로잡혀 있다. 4형제에게 구출되었다.

램버트 클라크   포 시스터즈 일족의 청년. 혼인으로 타이쿤의 수석이 되었다.

월터 S. 타운젠트   포 시스터즈의 극동지구 지배인.

코바야카와 나츠코   일본의 정재계를 지배하던 후나즈 타다요시의 딸.

서왕모   여선(女仙)들의 우두머리. 선계의 궁전에 산다.

요희   활달하고 총명한 선계의 공주님. 서왕모의 사녀.

조국구   팔선(八仙) 중 하나. 선술보다는 완력을 쓰는 편을 선호한다.

남채화   팔선 중 하나. 소녀로 착각할 만한 미소년.

제1장 홍콩 재집합

……한밤중에 눈을 떴을 때, 그의 인식능력은 떨어진 상태였다. 우선 자신이 어디에 있는지를 알지 못했으며, 그곳이 아난 반점이라 불리는 홍콩의 어떤 호텔 내라는 것을 떠올린 후로도 왜 자신이 여기에 있는지 해답을 찾아내는 데 시간이 필요했다. 수십 초를 들여 겨우 떠올렸다. 그는 부상을 입고 적에게 사로잡혀 현재 포로가 된 것이었다. 그것이 과연 언제였을까. 굉장히 먼 옛날의 이야기인 것처럼 여겨졌다. 자신은 대체 누구일까.

월터 S. 타운젠트. 그는 겨우 자신의 이름을 망각의 늪에서 기억의 기슭으로 *끄집어냈다*. 신분은 극동지배인이다. 무엇의 지배인인가. 포 시스터즈라 불리는 국제적인 대재벌 그룹의 극동지구 최고책임자가 바로 타운젠트였다. 그의 권세는 한 나라의 수상을 능가할 정도였으며, 그의 몸에는 존경과 질투의 시선이 집중되었다. 바로 며칠 전까지는. 기억이 되돌아옴에 따라 분노와 굴욕이 위장을 찔러댔다. 타운젠트는 나직한 신음을 냈다. 그는 영광으로 이어지리라 믿었던 계단에서 굴러떨어진 것이다. 생각지도 못한 불행은 바로 몇 달 전에 시작되었다. 일본에 류도라는 패밀리 네임을 가진 형제가 있었고, 그들이 타운젠트에게 불행을 가져다주었다. 그들은 인간도 아닌 주제에 인간인 척하며 세상을 속이고 도쿄 곳곳을 파괴했으며 미군기지를 궤멸시켜 포 시스터즈의 세계지배 계획에 막대한 피해를 입혔다. 타운젠트는 '레이디 L'을 비롯한 많은 부하를 잃고 상급자에게서는 신뢰를 크게 잃어, 궁지에 몰린 나머지 무력행사에 나서지 않을 수 없었다. 류도 형제는 그야말로 악마보다도 더욱 위험하고 악랄한 놈들이었다. 그런 놈들은 하루라도 빨리 말살해버려야 한다. 패배감과 증오가 서로를 증폭시켜 타운젠트를 흥분으로 몰아넣었다. 다시 신음하려 했을 때 갑자기 그를 부르는 목소리가 들렸다.

"타운젠트."

지극히 낮고 작은 목소리였는데도 그것은 벼락과도 같이 타운젠트의 청각신경에 쩌렁쩌렁 울려 퍼졌다. 포 시스터즈의 대간부는 온몸을 경직시켰다. 움직이는 것은 안구뿐이었다.

"월터 S. 타운젠트!"

안구에 비친 것은 어스름뿐이었지만 분명 누군가가 실내에 있었으며, 꼼짝도 못하는 부상자의 이름을 부르고 있었다. 부상자의 입이 겨우 움직였다.

"누구냐, 누가 내 이름을 부르지?"

타운젠트의 목소리가 떨렸다. 그는 냉철하고 강인한 엘리트였으나 목소리에는 위엄도 박력도 없어, 힘없는 속삭임이 약간의 공기를 산들바람처럼 흔들었을 뿐이었다. 이제까지 그는 약자를 경멸하고 짓밟으며 뒤를 돌아보지 않았는데, 이제는 자신이 약자가 되었다.

그는 호텔 상층의 스위트룸에 눕혀져 있었다. 우대를 받는 귀빈이어서가 아니다. 그는 침실에 유폐되었으며, 문 너머 거실에는 감시를 하는 남자들이 있었다. 시간을 들여 대량의 정보를 이끌어내기 위해 적들은 타운젠트를 위한 스위트룸을 준비한 것이다. 타운젠트는 그 적들을 부르고자 했다. 적어도 그들은 그나마 당분간 타운젠트를 살려둘 생각일 테니까. 그는 도움을 청하기 위해 입을 벌리려 했다. 가능한 한 큰 소리를 지를 생각이었지만 성대는 작동하지 않아 약간의 공기만을 토했을 뿐이었다.

"타운젠트, 무능력자이자 배신자여."

그의 이름을 부르는 목소리에는 검찰관이라기보다는 처형수의 냉혹함이 있었다. 타운젠트는 체온이 저하되는 것을 느꼈다. 자신이 목숨을 잃으려 한다는 사실을 깨달았다. 공포의 수위가 급상승해 그를 익사시키려 했다.

"무능력자는 벌해야만 한다. 배신자는 처단해야만 한다. 그대는 죽어서 산 자에게 교훈을 가져다줄 것이다. 분수를 알아야 한다는 교훈을."

타운젠트는 머리를 붙들리는 것을 느꼈다. 그 손은 컸으며 무자비한 힘을 가졌고, 장갑을 낀 것 같았다. 시커먼 그림자가 다가오더니 끓어오르는 새빨갛고 조그만 용광로가 둘, 독살스러운 살의를 머금고 타운젠트를 노려보았다. 그 아래쪽에서는 커다랗고 붉은 동굴이 뚫려 있었다. 두 개의 굵고 뾰족한 송곳니가 하얗게 빛났으며 그 사이에서 복숭아색의 혀가 기어나와 타운젠트에게 다가왔다.

……이때 거실에는 두 명의 일본인이 있었다. 모두 서른 전후의 남성이며, 조직에서 낙오되어 직장을 잃고 조국을 떠나 정처 없이 떠도는 중이었다. 무능해서 그렇게 된 것이 아니라 류도라는 패밀리 네임을 가진 형제와 얽히면서 그렇게 되고 말았던 것이다. 그렇다고는 하지만 당사자들은 원래 조직에 대한 위화감이 있었으며, 여기에 호기심과 반항심을 화합시킨 결과이기도 했다. 자칭 육상자위대의 상급 지휘관이 될 뻔했던 사내는 미즈치 마사히코라고 하며, 자칭 대형 신문사의 사장이 될 뻔했던 사내는 신카이 사부로라고 한다. 두 사람은 매우 재미없게 포커를 치는 시늉을 하고 있었다. 홍콩산 카드였으며 뒷면에는 삼국지의 등장인물이 그려져 있었다. 복도로 이어지는 문이 열리고 세 번째 인물이 나타났다. 이 사람은 자칭 경찰청장이 될 뻔했던 남자, 니지카와 코헤이였다.

"우리의 포로 나리는 어떻게 하고 계시나?"

니지카와가 묻자 신카이가 대답했다.

"재워놨어. 뭐, 꿈자리는 별로 좋지 못하겠지만."

니지카와에 이어 등장한 것은 커다란 종이봉투를 안은 애젊은 여성과 강아지였다. 여성은 류도 형제의 사촌누이인 18세의 토바 마츠리였으며 강아지는 일행의 중요한 멤버인 마츠나가 요시히코 군이다. 마츠리는 오랫동안 류도 형제의 병참사령관을 맡았다. 현재는 VIP로서 세 사내의 경호를 받지만 여전히 병참사령관 일을 맡아, 지금도 시내에서 일행의 야식거리를 사온 참이었다. 테이블 위에서 종이봉투를 열려 했을 때 강아지가 갑자기 짖어댔다.

"응? 왜 그래, 마츠나가?"

둔감한 인간들을 무시하고 마츠나가는 침실 문으로 달려갔다. 조그만 몸에 난 털을 모조리 곤두세우고는 두꺼운 문 너머에 있는 공포의 밀실에 적의가 담긴 목소리로 으르렁거렸다. 마츠나가 군의 탐색 능력은 정평이 나 있다. 긴장의 냉기가 인간들 사이를 누비고 지나갔다. 니지카와와 미즈치가 말없이 권총을 뽑았다. 이것은 얼마 전에 살해당한 화교의 거두 황타이밍의 그룹에 받은 글록 17이었다. 소구경이지만 가볍고 안전장치가 우수하며 장탄수는 17발. 주요 부분을 강화 플라스틱으로 만들어 공항의 수하물 검사장치에도 걸리지 않는다. 두 사람이 발소리를 죽이며 문 좌우에 서자 나머지 한 마리와 두 사람은 후퇴해 그들의 무력행사를 방해하지 않도록 했다.

침묵 속에 작전계획이 세워졌다. 니지카와가 무거운 발을 들더니 온 체중을 실어 문을 걷어찼다. 문은 항의의 비명을 지르며 안쪽으로 열렸다. 거의 시차를 두지 않고 미즈치가 침실로 뛰어들었다. 바닥으로 다이빙해 한 바퀴 굴러 한쪽 무릎을 꿇고 자세를 잡았을 때는 이미 글록 17의 총구를 한 곳에 겨누고 있었다. 여기까지는 완벽히 액션 스타가 될 법했지만, 다음 순간 코미디 배우로 전향할 수밖에 없게 되었다. 무거운 플로어 스탠드가 바람을 가르며 날아왔던 것이다. 멋을 부릴 틈도 없이 "으힉!" 하고 비명을 지르며 미즈치는 다시 한번 바닥으로 몸을 굴렸다. 미즈치에 이어 침실로 돌입한 니지카와는 반사적으로 플로어 스탠드를 받아냈다. 오른손의 권총은 어깨 너머로 뒤를 향해 던지고 신카이가 이를 외야수처럼 잡았다. 마츠나가 군이 침실로 쏜살같이 뛰어들었다. 니지카와의 가랑이 사이를 빠져나간 것이다. 실내에서 급정지하더니 요란하게 짖어댔다. 동시에 침실은 어둠의 공간으로 변했다. 실내에 있던 누군가가 조명 스위치를 껐기 때문이다. 얇은 커튼 너머로 창밖에 펼쳐진 홍콩의 야경이 한눈에 들어왔다. 그 화려한 빛과 어둠을 등지고 커다란 그림자가 서 있었다. 거한인 니지카와 못지않은 체구였다. 그리고 그 커다란 그림자가 아무런 조짐도 없이 사라졌다. 마츠나가 군이 다시 뛰어나와 천장을 향해 요란하게 짖어댔다. 자세를 낮춘 미즈치가 벽에 다가가 조명 스위치를 켰다. 실내에 빛이 넘쳐나고, 눈부셔하며 천장을 올려다보던 미즈치가 혀를 찼다. 환기 등의 각종 설비를 조립하기 위한 원형의 구멍이 시커멓게 입을 벌리고 있었다. 누군가가 그곳을 통해 침입하고 그곳으로 도망쳤던 것이다. 플로어 스탠드를 내팽개치고 타운젠트의 침대로 다가간 니지카와가 탄식했다.

타운젠트는 이미 죽은 후였다. 누가 봐도 의심의 여지가 없이 숨이 끊어졌다. 크게 벌어진 두 눈은 허무의 심연을 직시하고 있었다. 관자놀이 언저리에 검붉은 구멍이 뚫린 것이 보였다. 대구경 권총에 맞은 것처럼 보였지만 그렇지는 않았다.

Ⅱ

왕포렌이 의사를 부르러 달려나갔다. 그는 일행의 매니저 역할을 맡은 중국인으로 동료 레이자우신을 잃은 지 얼마 되지 않았다. 레이자우신은 타운젠트에게 사살당했으니 왕포렌이 범인의 참사를 슬퍼하지 않은 것은 당연했다. 일본인 세 사람은 한순간 그가 친구의 원수를 갚은 것은 아닐까 의심했다. 물론 그렇지는 않았다. 타운젠트가 살해당했을 때 왕포렌은 중국의 노혁명가, 통칭 황로와 바둑을 두고 있었던 것이다. 어쨌거나 의사를 부르는 것은 무익한 일처럼 여겨졌다. 걷어차도 간지럽혀도 타운젠트를 살려내기란 불가능했다. 의학적으로 사인을 확인해봤자 얼마나 의미가 있을지.

니지카와가 제일 먼저 입을 열었다. 그는 경시청 형사부의 이사관이었으므로 범죄 수사나 법의학에 지식이 있었다.

"타운젠트를 죽인 자의 정체를 모르겠어. 하지만 그놈이 어떻게 그를 죽였는지는 대충 상상이 가."

니지카와는 시체 옆에 섰다. 유리구슬로 변한 두 눈을 들여다보고 두툼한 어깨를 한 차례 으쓱하더니 손을 뻗어 죽은 자의 눈을 감겨주었다. 그 후에야 이마의 상처를 조사했다. 표정도 손놀림도 지극히 사무적이었다. 이런 작업에 표정은 필요가 없는 법이다. 그래도 상처 주위에 달라붙은 물질의 정체를 알았을 때는 니지카와도 왼손으로 턱 밑을 붙들어야 했다. 물티슈를 꺼내 손가락을 닦고 세 사람과 한 마리의 동료에게 설명했다.

"놈은 단단하고 날카로운 흉기를 타운젠트의 두개골에 꽂았어. 피켈인지 얼음송곳인지, 뭐 그런 거야. 그리고 뚫린 두개골을 통해 뇌수를 빨아냈지."

마츠리는 위장 언저리를 왼손으로 붙들었다. 그녀의 발밑에서 마츠나가 군도 식욕부진에 걸린 듯한 표정을 지었다. 미즈치는 눈살을 찡그리고, 신카이는 짧고 빠른 호흡을 되풀이해 구토를 참았다. 신카이가 겨우 질문을 했지만 목소리는 갈라져서 나왔다.

"도저히 이해가 안 가는걸. 죽이기 위해서라면 두개골에 구멍을 뚫기만 해도 충분했을 텐데. 왜 일부러 뇌를 빨아내야 했지?"

"그것까지는 나도 모르겠어."

"종교적인 의미라도 있나?"

"먹은 거 아닐까?"

저질스러운 농담을 했던 이는 미즈치였다. 그러나 활달한 어조를 꾸민 것치고는 표정이 뻣뻣했다. 방심했던 것은 아니지만 포 시스터즈의 내정을 알기 위한 중요한 증인을 잃은 것은 사실이다. 뼈아픈 실점이었다. 신카이가 무거운 한숨을 쉬었다.

"이 아저씨도 고향에서 멀리 떠나 이런 데서 이렇게 죽을 줄은 몰랐겠지."

"동감이지만 죽은 자를 애도할 여유는 없어."

니지카와가 표정을 다잡으며 말했다.

"포 시스터즈의 팔은 무서울 정도로 길어. 이 호텔의 심장부를 손가락으로 찌를 수 있을 만큼. 토바 양이나 황로의 신변에 훨씬 더 주의를 기울여야겠어."

마츠리는 몸을 웅크리고 강아지를 안아들었다.

"저는 그렇다 쳐도 황로께 위해를 가하게 놔둘 수는 없어요. 이미 황대인을 잃었는걸요. 포 시스터즈에 대항할 비밀병기는 꼭 지켜야만 해요."

"미인에게 그런 말을 들으니 기쁘구먼."

명랑한 일본어가 등 뒤에서 들려왔다. 티셔츠를 입은 가벼운 차림의 노인이었다. 그가 바로 황로, 즉 황세첸이었다. 중국혁명과 항일전쟁의 영웅이며, 류도 형제가 정치범 수용소에서 구출해낸 인물이다.

"고마운 의견이야. 하지만 안심하게나. 이 아름다운 아가씨가 있는 한 나는 간단히 죽지는 않을 걸세. 사내놈들이야 어찌

되든 알 바 아니지만, 여성의 기대는 저버릴 수 없지."

이야기가 한참 옆길로 새려 했으므로 니지카와가 눈앞의 과제를 제시했다.

"일단 호텔 내부를 조사해보죠. 범인은 아직 호텔 안을 돌아다니고 있을 겁니다. 놓칠 수는 없어요."

'다른 숙박객이 알아차리기 전에'라는 말은 굳이 덧붙이지 않았다. 현재 아난 반점은 휴업 중이나 다름없었기 때문이다. 어제 타운젠트가 이끄는 테러리스트들에게 습격을 당하고, 심지어 코바야카와 나츠코라는 일본인 괴녀가 난입하는 바람에 로비를 중심으로 한 몇 개 층은 아주 황폐해지고 말았다. 불안을 느낀 손님 대부분이 호텔을 떠나버렸으므로, 활기로 가득하던 아난 반점은 불경기의 우물 밑바닥으로 가라앉고 말았다. 원래 황대인이 홍콩에서 공식적, 비공식적인 활동의 근거지로 삼던 호텔이므로 도산이나 폐쇄는 걱정할 필요가 없겠지만 창문 대부분이 어둡다는 것은 참으로 쓸쓸한 이야기였다.

타운젠트의 시체는 뒤늦게 달려온 의사에게 맡기고 다른 이들은 호텔 내의 수색에 나섰다. 경비원을 주체로 40명 정도의 종업원이 참가해 8개 그룹으로 나뉘어 각 층을 수색했다. 경봉, 스턴 건 등으로 무장하고 무전기를 든 이들이 사방으로 흩어졌다. 여기에 일본인 일행과 황로가 포함된 그룹이 더해졌다.

이번에도 마츠나가 군이 우수한 수색 능력을 과시할 때가 되었다. 우유와 콘비프로 에너지를 보급한 마츠나가 군은 쓸모없는 인간들을 거느리고 호텔 안을 탐사하며 다녔다. 다만 타운젠트 살해범은 위로 이동했으므로 냄새를 추적하기는 힘들었다. 호텔의 경비지령 센터와 긴밀히 연락을 취하며 방 하나하나, 구역 하나하나마다 살인자가 있는지를 뒤지고 다닐 수밖에 없었다.

그래도 오랜 시간이 필요하지는 않았다. 일본인 일행이 14층의 복도를 이동하고 있을 때 긴급 연락이 들어왔다. 12층을 수색하던 그룹이 비명과 함께 연락이 끊겨졌다는 것이다. 서양인 손님을 배려해 이 호텔에는 13층이 존재하지 않으므로 12층이면 아래층이라는 뜻이다.

긴장한 일행은 엘리베이터 홀로 달려갔으나 엘리베이터가 금방 오지는 않았으므로 계단을 쓰기로 했다. 미즈치가 선두에 서서 계단을 두 단씩 뛰어내렸다. 니지카와와 그는 이미 글록 17을 들고 있었다. 12층은 숙박용이 아니라 파티나 이벤트에 쓰이는 플로어였다. 넓은 홀로 들어선 일행을 기다리던 것은 코를 찌르는 피 냄새였다. 여섯 구의 시체가 바닥에 쓰러져 있었다. 니지카와는 그들의 공통사항을 금세 알아보았다. 모두 머리에서 피가 흘러나온다. 그리고 한 시체의 몸 위에는 이형의 물체가 얹혀 있었다.

개의 머리에 인간의 몸. 옷은 입지 않았으며 온몸에 암갈색의 뻣뻣한 털이 빽빽이 돋아났다. 붉은 두 눈은 타오르는 용광로 같았다. 입을 벌리자 복숭아색의 긴 혀가 춤을 추었으며, 그

것이 이마에 뚫린 구멍에서 내부로 침입한 것이 보였다.

"야구자(野狗子)다."

황로가 신음했다. 대담한 노인의 목소리에서 공포와 혐오가 스며나왔다. 괴물은 적의로 가득 찬 시선을 일행에게 돌리면서도 죽은 자의 머리에서 떠나려 하지는 않았다. 혀가 늘어나고 줄어들자 그에 따라 회색의 반유동체가 괴물의 입으로 흘러들었다. 괴물이 죽은 자의 뇌를 먹는 것이다.

"죽은 자, 산 자 가리지 않고 인간의 뇌를 먹는 괴물일세. 난세에 나타나 전장을 누비며 먹이를 찾아 헤맨다고 하지."

"그렇군요. 이런 시대니까 식량이 풍부해진 줄 알고 산속에서 도시로 내려왔나 보죠."

미즈치의 목소리에 여러 사람의 목소리가 겹쳐졌다. 다른 플로어를 수색하던 그룹이 달려온 것이다. 합계 열 명 정도 되는 인원이었다.

야구자가 느닷없이 도약했다. 니지카와와 미즈치가 반응할 수 없을 정도로 빠르게 총구를 벗어난 것이다. 도약력도 상상을 초월했다. 단 한 걸음의 도움닫기도 없이 높이 5m의 천장까지 뛰어올라 커다란 샹들리에에 두 팔로 매달렸다. 샹들리에가 흔들렸다. 흔들리는 샹들리에의 반동을 이용해 야구자는 허공으로 몸을 날렸다. 착지한 곳은 쇄도하던 경비원 팀의 한가운데였다.

야구자의 강력한 앞발이 바람을 갈랐다. 끔찍한 소리가 나며 뜨거운 액체가 사방으로 흩어졌다. 경비원 한 사람이 머리를 맞아 경봉을 든 채 옆으로 나가떨어졌다. 두 번째 사람이 허공으로 솟아오르고 세 번째 사람이 구부러진 발톱에 목을 찢겼다. 비명과 노성이 뒤섞였다. 야구자는 계단을 향해 돌진했다. 일본인 일행은 그 전방에 있었지만, 또 다른 그룹이 나타나 예상치 못한 혼란이 발생했다.

"쏘지 마, 아군에게 맞는다!"

미즈치가 외쳤지만, 그는 다음 순간 이리저리 도망치던 경비원들의 소용돌이에 휘말려버렸다. 밀리고 떠밀리고 한데 얽혀 열 걸음 정도 후퇴했을 때 갑자기 두 다리가 허공에 떴다. 일고여덟 명이 한 덩어리가 되어 계단에서 굴러떨어졌다. 비명, 신음, 충돌음이 뒤얽혀 메아리쳤다.

미즈치는 약삭빠르게 남의 몸을 쿠션 삼아 큰 피해를 입지 않았다. 그래도 몇 군데 타박상을 입었으며 오른손의 권총은 계단 아래에 겹겹이 쌓인 사람들 밑에 깔려버리고 말았다. 겨우 몸을 일으킨 미즈치가 맨손으로 일어났을 때, 시커먼 그림자가 허공으로 솟구쳤다. 미즈치를 향해 도약한 야구자였다. 흉악한 이빨과 발톱을 조명에 번뜩이며 공중에서 덤벼든다. 미즈치의 머리가 새빨갛게 갈라져 수박처럼 변하는가 싶었던, 그 직전.

야구자의 몸이 튕겨 날아갔다. 강렬한 파워에 얻어맞은 것이다. 니지카와만큼이나 큰 몸집이 허공으로 솟더니 포물선을 그리며 벽에 처박혔다. 고통과 경악에 찬 고함을 지르며 야구자는 벽에서 바닥으로 미끄러져 떨어졌다.

마츠리는 고개를 돌려 위를 보았다. 다른 사람들과 함께 시선을 계단 위에 고정시켰다. 누군가가 그곳에서 야구자에게 의자를 집어던졌던 것이다.

그리 크지 않은 사람의 실루엣이 계단 아래로 내려왔다. 계단을 걸어온 것이 아니었다. 난간을 타고 미끄러져 내려왔다. 약간 성조가 어긋난 휘파람 소리가 커지더니 그 실루엣은 난간 끄트머리에서 허공으로 뛰어올라 한 바퀴 돌며 멋들어지게 착지했다. 2m의 거리를 두고 마츠리는 그 사람과 정면으로 마주섰다.

"오와루!"

"마츠리 누나, 오랜만이야. 류도 오와루 지금 막 도착!"

볕에 그을린 얼굴에 상큼한 미소. 류도 가의 삼남인 15세의 소년이 그곳에 있었다.

III

"마츠리 누나, 얘기는 나중에 하자."

오와루는 왼손으로 야구자를 가리켰다.

"일단 이놈한테 마츠리 누나에 대한 예의범절을 가르쳐준 다음에 천천히."

야구자는 이미 일어난 후였다. 프로레슬러조차 1분은 일어나지 못할 만한 타격을 입었을 텐데도 번뜩이는 두 눈에서는 적의와 증오가 끓어올랐다. 피에 굶주린 으르렁거리는 소리가 침과 함께 입가에서 늘어졌다.

"오, 튼튼한데? 그래, 그 정도는 돼야지."

오와루는 기뻐하는 눈치였다. 그는 먹을 수 있는 것이라면 뭐든 좋아하지만 먹을 수 없는 것 중에서도 좋아하는 것이 몇 가지 있다. 튼튼한 적도 그중 하나였다. 눈앞에 있는 야구자쯤 되면 고맙기까지 했다. 사양하지 않고 두들겨 패서 네 겹으로 접어줄 수도 있을 것 같았다. 오와루가 스스럼없이 한 걸음 다가서자 야구자는 의자를 붙잡았다. 자신이 얻어맞았던 의자를 이번엔 오와루에게 던진다. 의자가 바람 가르는 소리와 함께 회전하며 날아왔지만, 오와루는 가볍게 상반신을 젖혀 피했다. 동시에 야구자가 바닥을 박차며 오와루의 옆머리를 향해 앞발을 휘둘렀다.

강렬한 일격이었지만 오와루의 왼손은 이를 받아 가볍게 흘려냈다. 야구자는 균형을 잃고 크게 앞으로 비틀거렸다. 즉시 오와루의 왼발이 솟아올랐다. 번개 같은 발차기를 상반신만 젖혀 피한 것은 훌륭했지만 완벽하지는 못했다. 일격이 왼쪽 옆구리를 스쳐 야구자가 비틀거렸다. 지체하지 않고 이번에는 오와루의 오른쪽 팔꿈치가 번뜩이더니 상대의 옆구리에 정통으로 꽂혔다. 야구자는 뒤로 날아가버렸다. 바닥에서 한 번 튕기고는 간신히 몸을 일으켰을 때, 이미 눈앞에는 오와루가 육박하고 있었다. 야구자의 아래턱이 울리고 다시 뒤로 날아갔다. 놈은 몇 번 타격을 입고 적의 역량을 톡톡히 깨달았는지, 바닥에서 한 바퀴 몸을 굴리더니 오와루에게 등을 돌렸다. 위협의 포효로 그곳의 경비원들을 주춤거리게 만든 후 계단을 향해 달려갔다. 오와루는 여유만만하게 따라가려 했다.

"놓치면 안 돼, 오와루!"

마츠리가 외쳤다.

"그놈은 중요한 증인을 죽였어. 사로잡으면 홍콩에서 제일 맛있는 얌차 가게에서 한턱 낼게."

"행인두부도 얹어줄래?"

"양동이만큼 큰 걸로!"

"약속한 거야!"

"아. 잠깐만, 오와루."

오와루는 현재 이곳에 있지만, 그의 형제들은 어떻게 됐을까. 그렇게 생각한 마츠리가 그를 불렀지만 이내 깨달았다. 오와루가 홍콩에 혼자 올 리 없다. 그의 형제들도 분명 함께 왔을 것이다. 그 이상은 말을 걸지 않고 야구자의 뒤를 따라 진심으로 달려나가기 시작한 소년의 등을 말없이 지켜보았다.

'10인분 일하고 20인분 먹는다'가 류도 오와루의 좌우명이다. 식전 운동량이 많을수록 밥은 맛있으며 더 많이 먹을 수 있는 법이다. 지금 오와루에게 야구자는 무시무시한 괴물도, 가증스러운 암살자도 아니고 그저 식욕증진제일 뿐이었다.

야구자는 계단을 뛰어내려가는 편이 나았을 것이다. 하지만 올라가고 말았다. 언젠가 따라잡혀 싸우게 된다면 차라리 높은 위치를 차지하는 편이 유리하다고, 인간과는 다른 두뇌로 그렇게 생각했는지도 모른다. 하지만 달릴수록 도망칠수록 야구자는 자신을 궁지에 몰아넣게 되었다. 날아서 도망치기란 불가능하니 언젠가는 내려가야만 하는 것이다. 아래에서는 대담무쌍한 소년이 스포츠라도 하듯 자신을 쫓아온다. 25층까지 뛰어올라갔을 때 야구자는 도주 방식을 변경하지 않을 수 없었다. 계단실에서 복도로, 그리고 엘리베이터 홀로 뛰어가 벽면에 박힌 두께 20mm의 강화유리를 때려 부수었다. 오와루가 달려왔을 때, 야구자의 시커먼 거구는 창밖으로 달아나고 있었다. 아난 반점의 외견은 네오 클래식 양식이라 층마다 폭 50cm 정도의 차양이 달려 있다. 오와루도 망설임 없이 창밖으로 몸을 날려 차양 위에 섰다.

창문으로 탈출한 야구자는 강력한 발톱을 호텔 벽에 박으며 지상으로 내려가기 시작했다. 그 모습을 확인한 오와루는 크게 심호흡을 했다. 입속으로 "이, 얼, 싼(하나, 둘, 셋)······" 하고 중얼거리다가 "쓰(넷)!"와 동시에 차양을 박찼다. 그는 두 팔을 벌리고 밤바람을 가르며 낙하하기 시작했다.

이성이 아닌 본능으로 위기를 감지한 야구자는 흠칫 머리 위를 올려다보았다. 그와 동시에 머리를 밑으로 한 오와루의 몸이 수직으로 날아왔다. 오와루의 이마와 야구자의 이마가 정면으로 충돌했다. 제야의 종을 치는 듯한 소리가 나고 네 개의 눈에서 요란한 불꽃이 튀었다.

이것은 심각한 계산 착오였다. 류도 가의 삼남은 멋지게 공중제비를 넘어 야구자의 어깨에 올라탈 생각이었던 것이다. 그런데 공중제비의 타이밍을 0.1초 잘못 잡는 바람에 아크로바틱의 천재답지 못한 부끄러운 모습을 보이고 말았다. 충돌 직후 짧은 침묵이 흐르고, 야구자는 공중에서 팽그르르 돌며 벽에서 떨어져 지상으로 추락하기 시작했다. 오와루는 이를 확인할 여유도 없었다. 격통이 터지며 망막 위를 별똥별이 흐르고 의식의 파편이 지그소 퍼즐처럼 흩어졌다.

터무니없는 피해를 입은 야구자는 그대로 추락했으나 지상에 처박히기 직전, 그의 몸은 허공에 떠 있었다. 그의 두 다리는 지상 10m의 허공을 밟고 있었다. 두 다리는 춤을 추듯 허우적댔지만 별로 즐거워 보이지는 않았다. 송곳니가 돋아난 입에서는 분노와 고통의 신음이 새나왔다. 그것도 당연하다. 야구자가 허공에 뜬 이유는 중력을 자유로이 제어할 수 있어서가 아니었다. 차양 위에 선 누군가가 그를 붙들고 있었던 것이다. 그 누군가는 야구자의 두 귀를 잡고 있었다. 덕분에 야구자는 지상에 격돌하지는 않았지만 모든 체중이 두 귀에 실려 어마어마한 고통을 느꼈다. 이내 격렬한 항의의 포효가 생명의 은인에게 쏟아졌다.

"목숨을 구해줬잖아요? 이 정도 아픔은 참으세요."

단어 하나하나가 얼음조각으로 이루어진 듯한 목소리가 대꾸했다. 목소리의 주인은 젊은 남자로, 시내의 네온이며 조명을 받는 얼굴은 희고 수려했다.

"그건 그렇고, 불초 동생은 어떻게 할까요."

야구자의 두 귀를 붙잡은 채 류도 츠즈쿠는 머리 위로 시선을 보냈다. 그의 동생은 벽에 등을 붙인 자세로 진자처럼 천천히 흔들리고 있었다. 야구자와 비슷한 상황으로, 누군가가 오와루의 목덜미를 붙잡아준 것이었다. 오와루는 이내 차양 위로 끌려 올라갔다. 키가 큰 청년의 발밑에 쪼그려 앉아 이마를 문지른다.

"우~ 저 자식 엄청 돌머리야. 죽는 줄 알았네. 이 혹 좀 봐 봐, 형."

"혹으로 끝나 다행이지. 그 아픔이 이어지는 동안만이라도 '신중'이라는 단어의 의미에 대해 좀 생각해봐라."

"큰형횡포! 교사근성!"

"교사근성? 흐음~ 그렇게 학교에 가고 싶으냐? 마침 일본에선 2학기 중간고사가 치러질 계절이지."

"미안해, 형. 나도 모르게 마음에도 없는 말을 했어."

큰형 류도 하지메에게 오와루가 두 손을 모으는 시늉을 했을 때, 까마득히 아래쪽의 대로에서는 요란한 움직임이 있었다. 서너 대의 자동차가 브레이크의 절규를 울리며 호텔 앞에 정지했다. 총을 든 사내들이 뛰어나왔다.

"아하, 한패가 있었군."

딱히 의외도 무엇도 아니었다. 오히려라고 해야 할까. 오와루는 기뻐했다. 지금 이 불명예를 회복할 절호의 기회라 생각한 것이다. 양동이만큼 큰 행인두부를 위해서라도 힘을 써야만한다.

지상의 사내들은 미채무늬 전투복을 입고 곤충의 복안을 연상케 하는 암시장치로 얼굴 위쪽을 가렸다. 경기관총을 다루는 손놀림은 그들이 폭력의 전문가임을 보여주고도 남았다. 대여섯 개의 총구가 벽면의 한 점에 고정되었다. 푸르고 붉은 불줄기가 뻗어 나오는 것을 보고 류도 츠즈쿠는 적의 의도를 알아차렸다. 그들은 사로잡힌 동지를 구할 마음 따위 없었다. 입막음을 할 작정이었던 것이다.

총탄과 총성의 광소곡. 유리가 깨져나가고 콘크리트가 부서지며 밤은 수천 조각의 파편이 되어 난무했다. 아난 반점에게는 생전의 타운젠트가 공격을 감행한 이래의 재앙이었다.

"츠즈쿠, 숨어라!"

하지메는 동생에게 외치려 했다. 총탄 따위로 죽을 동생이 아니지만 쓸데없는 대미지를 감수할 필요는 없었으며 적의 시선에 몸을 드러낼 의무도 없었다. 그의 목소리를 들은 츠즈쿠는 야구자의 두 귀를 붙잡은 채 차양 위에서 물러나 총탄의 사각으로 들어가려 했다. 그 순간 다른 방향에서 새로운 총화가 빗발쳤다. 차양 가장자리에 온몸을 드러내는 꼴이 되었던 야구자는 피하지도 못하고 가슴에서 배 언저리로 이어지는 탄환의 비를 맞았다. 뻣뻣한 털이 흩어지고 검붉은 피의 꽃잎이 겹쳐졌다. 덤덤탄이었다. 등은 거대한 사출구에 찢겨나가고 피와 살점과 내장이 츠즈쿠에게 쏟아졌다. 탄환 한 발이 야구자의 귀를 찢는 바람에 츠즈쿠의 손에서 놈의 몸이 떨어졌다.

콘크리트 노면에 처박혔을 때 야구자는 이미 죽은 후였을 것이다. 시체는 오랫동안 길에 드러누워 있지는 못했다. 달려온 사륜구동차에서 그물이 발사되더니 야구자의 시체를 에워쌌다. 차는 그대로 질주했고, 처음에는 질질 끌려가던 시체는 금세 차내로 수납되었다. 길 위에 지저분한 피얼룩을 남긴 채 살인자들의 차는 심야의 대로를 따라 맹렬한 속도로 떠나갔다.

IV

2중으로 증인을 잃은 일본인들은 다소 낙담했다. 제1라운드는 아무래도 적의 우세로 공이 울린 듯했다. 호된 반격을 가할 기회를 될 수 있는 대로 빨리 잡을 수밖에 없었다. 로비에 내려와 오와루의 귀환을 기다리던 마츠리의 앞에서 엘리베이터 문이 열리고 소년이 뛰어나왔다. 류도 오와루가 아니라 그의 동생이었다. 마츠리는 기쁨을 담아 그의 이름을 불렀다.

"아마루!"

"안녕, 마츠리 누나. 그리고 어, 여러분, 오랜만이에요."

이런 상황에서도 예의 바르게 고개를 숙여 인사했던 것은 류도 가의 충실한 가정교육과 아마루 본인의 의젓한 도련님 기질 양쪽에서 비롯된 결과일 것이다. 그의 뒤에서 세 명의 형이 나타났다. 마츠리는 자신의 상상이 옳았음을 알고 만족했다.

"다들 어서 와."

류도 형제는 쿵푸 의상을 입고 있었다. 선계에서 서왕모가 준 것으로 하지메는 푸른색, 츠즈쿠는 붉은색, 오와루는 흰색, 아마루는 검은색. 모두 눈에 뜨이지 않을 정도로 은사 자수가 놓여 있었다.

"마츠리 누나, 미안해. 양동이만한 행인두부는 다음 기회로 미룰게."

"마음 쓰지 마, 오와루. 세면기만한 행인두부로 감투상을 줄 테니까."

"마츠리, 또 신세 지게 됐네요."

"걱정하지 마, 츠즈쿠 오빠. 실력이 더 늘었으니까 확인해줘."

그리고 마지막 인물.

"하지메 오빠!"

마츠리가 이름을 외쳤다.

"하지메 오빠, 하지메 오빠, 하지메 오빠……!"

재회하면 뭐라고 인사할까. 어른스럽고 든든하게 인사해야지. 그렇게 생각했지만, 막상 만나고 보니 상대의 이름을 되풀이할 뿐 센스 있는 말은 나오지 않았다. 나중이 되어서야 마츠리는 자신의 심리에 대해 설명을 할 수 있었다.

"그야 뭐 평범한 여자애의 로망이지. 위기에 빠졌을 때 용감한 기사들이 구해준다는 건. 그땐 마냥 기뻤어."

마츠리는 그렇게 말했지만, 그녀가 평범한 여자애를 자칭하는 것은 부정확할지도 모른다. 그녀는 오랫동안 류도 가의 '문화적인 생활'을 지탱해왔으며, 올해에 들어서는 육상자위대의 전차를 훔치기도 하고, 자동소총을 갈겨대기도 하고, 수상을 납치해선 불법 출국까지 했던 여성 테러리스트인 것이다. 그녀를 마주한 남성 테러리스트의 인사는 매우 밋밋했다.

"다녀왔어, 마츠리. 여러 가지로 걱정 끼쳐서 미안하다."

류도 하지메는 23세, 활자중독에 역사광에 완고하고 고지식하고 가장 의식이 강하며 매사에 설교 버릇이 있는 장남이다. 류도 츠즈쿠는 19세, 화를 잘 내고 오기가 강하며 용서나 타협이란 것을 모르는 독설가 차남이다. 류도 오와루는 15세, 공부와 저금을 싫어하고 싸움을 사랑하며 이차원으로 이어진 위장을 가진 삼남이다. 류도 아마루는 13세, 깨어 있나 싶으면 어느샌가 잠들어서는 이따금 꿈과 현실을 구별하지 못하게 되는 막내다. 결점투성이인 네 청소년 청년은 토바 마츠리의 사촌 형제이며, 또한 마츠리는 그들의 결점을 너무나도 좋아했다.

'현대풍이며 유행에 민감하고 책을 읽지 않는 하지메 오빠라든가, 무슨 일을 당해도 화를 내지 않는 츠즈쿠 오빠라든가, 공붓벌레에 소식하는 아마루라든가, 꿈도 꾸지 않고 이치만 꼬장꼬장 따지는 아마루라든가, 그런 인간들한테는 절대 밥 만들어주지 않을 거야. 여자는 길들일 가치가 있는 남자만 길들이는 법이라고.'

마츠리는 그렇게 생각했지만, 물론 그녀의 남성 취향이 온당한지를 보장해줄 사람은 아무 데도 없다.

"세상을 위해서라도 위험인물끼리 뭉쳐 있는 편이 낫지. 퍼지면 감당이 안 되잖아."

마츠리의 어머니, 류도 형제에게는 고모인 토바 사에코의 의견이 어쩌면 옳을지도 모른다.

어쨌든, 함께 일본을 탈출했던 일동은 이렇게 한 사람도 낙오되는 일 없이 재회했다.

"어쨌거나 잘된 일이야. 나도 여러모로 고생한 보람이 있었구먼."

황로가 껄껄 웃었다. 그가 동생을 잃고 상심했음을 아는 사람은 그 말을 뻔뻔하다고는 여기지 않았다.

불행한 타운젠트의 시체는 내밀히 처리하기로 했다. 특필할 것도 없이 달리 방법이 없었다. 뇌를 빨린 시체를 공공기관의 손에 맡길 수는 없는 노릇이다. 물론 전 세계적인 혼란의 확대와 홍콩 반환 문제가 얽혀 '이쪽이 걱정할 만큼 심각해지지는 않을 터'라는 신카이의 의견도 있었다. 다만 필요 이상으로 직무에 충실하고 자기과시욕과 정의감을 구별하지 못하는 사법 수사관도 있을지 모르니 지금은 쓸데없는 의혹을 자극하지 않는 편이 나을 것이다.

류도 형제와 마츠리, 세 명의 일본인, 그리고 황로까지 합계 9명은 호텔 지배인의 배려로 한 스위트룸에 모였다. 오늘 밤의 사건 때문에 지배인이 완전히 영업할 마음을 잃어버렸을지도 모른다는 것이 니지카와의 견해였다. 테이블을 중심으로 소파 며 의자를 재배치하고 차를 준비한 후 일동은 자리에 앉았다. 왼쪽 옆에 앉은 마츠리에게 하지메가 말했다.

"앞으로는 백귀야행 정도가 아니라 만괴주행(萬怪晝行)의 세계가 될 거다. 무슨 일이 있어도, 뭐가 튀어나와도 놀라지 말라고는 하지 않을게. 하지만 공연히 당황할 필요는 없어."

"될 수 있는 대로 그러고 싶어. 하지만 정말, 이제 세상이 어떻게 되려는 건지."

마츠리는 원래 선계의 주민이며 이름은 태진왕부인이라고 한다. 정체는 서왕모의 막내딸이다. 마츠리 자신은 그 사실을 모른다. 하지메는 알고 있다. 그리고 류도 하지메 자신의 정체는 천계 용종의 우두머리, 다시 말해 동해청룡왕 오광이었다. 차남인 류도 츠즈쿠의 정체는 남해홍룡왕 오소. 삼남 류도 오와루는 서해백룡왕 오윤. 막내 류도 아마루는 북해흑룡왕 오염이다. 다시 말해 류도 하지메와 토바 마츠리는 인간이 아니면서도 인간 세상이 어떻게 될지를 신경 쓰는 것이었다.

신경 쓰고 싶어서 신경 쓰는 것은 아니다. 그들은 평온하고 무사히 살아가고 싶을 뿐이지만, 일부러 연못에 와선 돌을 던져 잠자는 용을 깨우는 자들이 있었던 것이다. 그자들을 몰아내는 사이에 '포 시스터즈'라 불리는 국제적인 거대 재벌 그룹이 나타났다. 정치와 경제와 전쟁을 조종하는 '포 시스터즈'의 암약 이면에는 3천 년 전에 천계를 양분했던 용종과 우종의 투쟁이 얽혀 있었다. 젊은 용왕들은 하고 싶지도 않은 각성을 강요당하고, 중국 오지의 용천향을 거쳐 선계까지 찾아가는 고초를 겪었다. 그 결과, 신선들은 선계의 여왕인 서왕모 아래에 모여, 용왕들을 지원해 미쳐버린 천계와 인계의 모습을 바로잡으려 하고 있다.

그러한 계획이 선계에서 추진되는 한편, 류도 형제는 아무래도 인계가 마음에 걸렸다. 선계의 계획에 대응되는 인계의 준비도 갖추어야만 했다. 방관하면 50억 명의 지구인이 목숨을 잃고 우종은 영원히 인계를 지배하게 될 것이다. 용왕들은 서왕모에게 간청해 일단은 인계로 돌아가 어떤 방법을 이용해 홍콩까지 왔던 것이다…….

"도저히 믿을 수 없는 이야기야."

말을 들은 신카이가 신음하자 니지카와가 쓴웃음을 지으며 대답했다.

"이제 와서 상식의 세계로 돌아가는 게 무리겠지. 우리 눈앞에 있는 게 누군데?"

"그건 나도 알지만, 지성과 상식만은 버리고 싶지 않아서 그래."

미즈치가 마치 상식적인 사람 같은 말을 했다. 마츠리를 비롯한 홍콩 체류 팀도 4형제에게 들려주어야 할 이야기가 많이 있었다. 든든한 지원자였던 황대인의 횡사, 이에 이은 타운젠트 살해의 소식에 류도 형제는 적잖이 놀라고 탄식했다.

"그럼 그 코바야카와 나츠코가 홍콩 어딘가에 있단 말이지. 나무아미타불."

오와루가 괴담을 들은 것 같은 표정으로 어깨를 움츠렸다. 중세 서양 갑주를 입고 체인톱을 휘둘러대는 괴녀는 오와루의 천적이었다. 터프하다기보다는 그로테스크한 적이므로 좋아할 수가 없었다. 그의 바로 위 형이 남의 일처럼 말했다.

"힘들겠어요, 오와루. 애써보세요."

"앗, 나한테 전부 떠넘기려고 그러지. 치사하게. 츠즈쿠 형이 하든가."

길고 긴 이야기가 흥분 속에 이어졌으나, 잠시 일단락을 짓고 일동은 각자 배정받은 침실로 갔다. 아침이 된 후에 다시 만사를 시작하기로 합의를 보았으나, 실제로는 신카이가 각 방에 전화를 걸어 고함을 지르면서 시작되었다.

『지금 막 일본에서 후지산이 대폭발했어! 위성방송 뉴스로 하고 있으니까 봐봐.』

그 말을 들은 사람 중 절반은 침대에서 뛰어나오고 절반은

시계를 보았다. 시각은 오전 7시 30분. 시차가 있으므로 일본
에서는 8시 30분이 되었을 것이다.

제2장 액일 액월 액년

I

10월 중순, 가을이 깊어져 가는 시기인데도 그날은 기묘하게 무더웠다. 일본의 수도 도쿄에서는 샐러리맨이며 OL들이 만원 전철 안에서 땀에 젖은 채 이상기후에 진저리가 난다는 표정으로 코앞에서 서로를 바라보았다.

바로 지난달에 일어났던 토카이 대지진의 사회적인 여파는 아직도 수습되지 않았다. 당초 2만 명이 넘으리라 추산했던 행방불명자는 1,500명으로 줄었다. 그 대신 1만 9천 명 정도의 사망자가 늘어났다. 끊어진 토카이도 신칸센은 아직도 완전히는 복구되지 않아 교통과 유통에 막대한 지장을 끼치고 있었다.

일본의 수상은 아침 식사를 겸한 내각회의에 참석하고 있었다. 다소 언짢은 표정이었다. 그는 어제 토카이도 대지진 복구에 거액의 예산이 필요하다는 이유로 '국민행복세' 신설을 제안했는데, 여론의 반발로 포기할 수밖에 없었다.

수상은 교토의 고급 요정에서 만들었다는 매실장아찌를 씹으며 투덜거렸다.

"하지만 소비세라는 이름이 좋지 않다니 국민행복세라고 바꾼 거 아닌가. 그게 나쁘다면 뭐라고 부르라는 건지."

"세계평화세 같은 것은 어떻겠습니까?"

그렇게 말한 자는 수상의 딸랑이로 유명한 건설대신이었다.

"사실 우민들은 이미지로 선악을 판별하니까요. 이미지만 좋으면 내용 따위야 아무래도 상관없죠. 그리고 실행해버리면 우리 마음대로 아니겠습니까."

"그러고 보니 이미 PKO 반대 같은 건 문제도 안 되겠는걸. 이참에 징병제도 이름만 바꾸면 받아들일지 몰라."

"국제평화 자원봉사대 같은 건 어떨까요."

"아닙니다. 더 좋은 이름이 있습니다."

외무대신이 끼어들었다. 60세가 넘었는데도 외견을 공연히 젊게 꾸며 머리를 새까맣게 물들이고 핑크색 넥타이를 맸다. 20개국의 언어로 '사랑한다'를 말할 수 있다는 것이 자랑거리인 사내로, 차기 도쿄도 지사 자리를 넘본다는 소문이 있었다.

"병사니 부대니 하는 명칭은 요즘 젊은 애들이 싫어하거든요. 걔들이 좋아할 만한 이름을 쓰면 됩니다."

"그게 뭔가?"

"'전사'죠."

"뭐야, 그게 그거 아닌가?"

수상이 무시하듯 말하자 외무대신은 커다란 눈알을 부릅뜨고 반론했다.

"그게 완전히 다릅니다. TV 애니메이션을 보십시오. 사랑과 평화의 전사라느니 정의와 희망의 전사라느니 하는 것들이 화면에서 열심히 설쳐대고 애들의 인기를 독차지하지 않습니까."

"흐음, 왜 병사는 안 되고 전사는 괜찮지?"

"병사는 엘리트 의식을 자극하지 않으니까 그렇겠죠. 하지만 전사는 다르거든요."

외무대신은 한 손으로 핑크색 넥타이를 꼬면서 거창하게 목소리를 높였다.

"너야말로 선택받은 전사다! 요즘 젊은 애들은 이런 말에 약합니다. 자기가 뭔가를 선택하는 게 아니라 초월적인 권위를 가진 존재에게 선택받는 것. 그게 그들의 엘리트 의식을 자극하니까요."

"선택받아서 뭘 할지는 신경도 안 쓰나?"

"그야 물론 악과 싸워야죠."

"악이라고 해도 여러 가지가 있지 않나."

"그렇죠. 아름답고 평화로운 지구를 침략하는 우주인이라든가, 악령이라든가, 요괴라든가, 마약 조직이라든가가 있죠."

"순진하기도 해라."

"국민은 순진하고 고분고분한 게 최고 아니겠습니까. 비판만 하는 국민 따위 국가에는 필요가 없어요. 그러니 자위대도 이름을 바꿔서 말이죠, 사랑과 평화의 전대라든가……."

외무대신의 수다가 중단되었다. 약간 불안한 듯 수상이 의자 위에서 자세를 바꾸었다.

"지금 잠깐 흔들리지 않았나?"

"네? 아니, 그러지 마십시오, 수상 각하. 바로 얼마 전에 토카이 대지진이 있었지 않습니까. 메기*도 그렇게 열심히 일하지는 않겠죠."

"메기라니, 자네도 낡았군."

수상이 웃자 아첨하며 다른 각료 몇 사람이 짐짓 따라 웃었다. 관방장관은 살짝 한숨을 쉬며 창밖을 보았다. 그는 반쯤 체념의 경지에 접어들고 있었다. 자신도 이제 70이 넘었으니 고향에 내려가 손주들과 노는 편이 좋을지도 모르겠다고.

도쿄도 치요다구의 나가타쵸에서 정치업자들이 훈훈하게 아침 잡담을 즐길 무렵. 남서쪽으로 100km 정도 떨어진 시즈오카 현의 고텐바 시에서는 20명 정도의 시즈오카 현 직원이 높은 지대에 위치한 공원에서 시가지를 내려다보고 있었다. 대지진의 복구작업이 예정보다 대폭 늦어져 지형을 재조사하기 위해 나온 것이다. 그들은 문득 무언가가 폭발하는 듯한 흉포한 소리를 들었다.

"뭐지? 천둥인가?"

"번개구름 같은 것도 없는데."

그들은 고개를 갸웃하고, 한순간 늦게 서로의 표정에 전율의 창백한 빛이 떠오른 것을 발견했다. 굉음은 하늘이 아니라 땅속에서 들려온 것이었다. 그들은 소리의 발생지를 찾아, 의도치 않게 후지산으로 시선을 집중시켰다. 그 순간 산꼭대기에서

---

*일본에는 땅속의 거대한 메기가 꿈틀거리면 지진이 일어난다는 민담이 있다.

거대한 붉은색 기둥이 하늘로 치솟았다. 무시무시한 진동. 불 기둥에 이어 시커먼 연기가 무럭무럭 뿜어져 나왔다.

"으악……!"

목소리는 냈지만, 언어를 이루지는 못했다. 그들의 공포에 찬 시선 너머에서 분연의 기둥이 무너졌다. 굉음을 내며 경사면을 따라 내려가는 모습은 흑회색의 거대한 뱀이 활주하는 듯했다. 그것은 화산쇄설물이라 불리는 것이었다. 화산력(火山礫)이나 경석, 유독 가스를 다량으로 포함한 섭씨 700도의 화산재가 액상이 되어 시속 100km로 유출되는 것이다.

"스바시리구치*가……."

간신히 누군가가 말했다. 흑회색 뱀이 수십 채의 집을 덮쳐 순식간에 삼켜버리는 것이 보였다. 일동은 집 안에 있던 사람들을 상상하고 전율했다. 그리고는 공황에 잠식당해 저마다 비명을 지르며 도망쳤다.

모든 포유동물 중에서 인류는 가장 발이 느린 부류에 속한다. 올림픽 금메달리스트라도 시속 37km밖에 내지 못한다. 그러나 야마나코 호수와 카와구치코 호수를 덮친 용암류의 속도는 시속 50km에 이르렀다. 열과 소리, 연기와 재가 폭포가 되어 밀려들고 나무를 휩쓸었다. 쓰러진 나무는 초고열 탓에 순식간에 타올라 숯이 되었다. 호반에 세워진 별장, 호텔, 펜션이 끓어오르는 용암에 말려들어 차례차례 무너지고 타올랐다. 지극

*후지산의 동쪽 등산로. 시즈오카 현의 스바시리 지역에서 출발해 후지산 정상까지 갈 수 있다.

히 짧은 시간 사이에 수백의 생명이 사라졌다. 이것도 그나마 적은 축에 속했다. 원래 같으면 1만 명 단위의 관광객이 체류할 시즌이지만 토카이도 대지진의 여파로 그 숫자는 예년보다 훨씬 적었다. 따라서 희생자는 거의 지역 주민이었다.

인간과 건물을 태워버리고 삼켜버린 용암류는 전혀 기세를 줄이지 않은 채 야마나코 호수와 카와구치코 호수로 흘러들었다. 초고열의 용암과 물이 접촉했다. 수증기 폭발이 발생했다. 천둥처럼 처절한 소리가 생존자들의 고막을 난타했다. 불덩어리가 된 크고 작은 돌이 난무하고 작열한 증기가 대량의 구름이 되어 소용돌이쳤다. 그 구름이 난류가 되어 호수의 북쪽 기슭을 습격해, 나뭇잎을 말려버리고, 이리저리 도망치는 사람들에게 화상을 입혔다. 유출과 확대를 거듭하는 용암의 양은 호수의 용적을 능가해 마침내 야마나코 호수와 카와구치코 호수는 이글거리는 붉은 진흙에 뒤덮였다.

고텐바와 후지요시다 시가지에는 불타는 돌과 고열의 화산재가 쏟아지고 있었다. 사람 머리만한 돌덩어리가 사람들을 습격하고 자동차 지붕을 뚫었으며 집의 유리창을 깨뜨렸다. 뜨거운 재가 노면에 쌓였다. 재에 덮인 전선이 불타 스파크를 뿜으며 허공에서 어지러이 춤을 추었다. 화산탄의 직격을 받은 집은 차례차례 불과 연기를 뿜기 시작했다.

II

광란하는 후지산의 사나운 모습은 도쿄의 고층 빌딩에서도 똑똑히 보였다.

남서쪽 방면에서 먹구름이 피어나더니 타마가와 강을 넘기 시작했을 때는 이미 카나가와 현 전역이 화산재에 지배당한 후였다. 신주쿠 신도심의 빌딩들은 올여름 거대한 레드 드래곤의 분노에 반 이상 파괴되어 여전히 복구 중이었다. 이 작업을 맡은 건설회사의 기술자들은 도면을 든 채 멍하니 남서쪽 하늘을 바라보고 있었다.

"굉장하다······."

누군가가 그렇게 중얼거렸지만 대꾸하는 이도, 나무라는 이도 없었다.

이케부쿠로, 에비스, 아카사카, 완간 지역의 고층 빌딩에서는 회사원들이 목소리를 죽인 채 그저 남서쪽을 바라보고만 있었다. 솟아나 확대되는 먹구름 속에서는 번개가 미친 듯이 춤을 추고, 붉은 용암이 터져나왔다가는 흩어졌다. 계약이나 거래를 챙길 때가 아니었다. 원시적인 두려움에 사로잡혀, 때로는 히스테릭한 울음소리나 신음을 내가며 매 순간 다가오는 연기와 불꽃의 광연에 몰입되었다.

그들의 발밑도 요동쳤다. 분화를 전후해 진도 4에서 5 정도의 지진이 간헐적으로 도쿄를 흔들어댔다. 가정에서도, 전자제품 매장의 쇼윈도 너머로도, 카페에서도 사람들은 TV 화면을 응시한 채 움직이질 않았다. 매우 얄미운 재능을 가진 소수의 사람은 편의점이나 마트로 달려가 물이며 식량을 사재기하기 시작했다.

······수상 관저에서 차를 마시며 수다를 떨던 정치업자들도 낯빛이 바뀌지 않을 수 없었다. 화산재와 화산탄 때문에 화재가 발생한 고텐바 시가의 영상을 보며 수상이 갈라진 목소리로 말했다.

"시장은 어떻게 됐어, 고텐바 시장은?"

행방불명이라는 대답이 돌아왔다. 고텐바 시장은 시청의 사륜구동차를 타고 분화 상황을 시찰하러 나갔다가 쏟아지는 불비 속에서 연락이 두절되고 말았다는 것이다.

"그, 그럼 시즈오카 현지사는?"

수상은 어쨌거나 '어떻게 할 작정이냐' 하고 책망할 상대가 필요했다. 이랬는데 지사까지 행방불명이라고 하면 난감해지겠지만, 이쪽은 소재가 확인되었다.

시즈오카 현지사는 현 내에서 손꼽히는 대부호의 일족이었다. 광대한 산림과 크고 작은 300여 개의 기업을 지배하는 가족으로, 장남이 회장이 되어 그룹을 지배하고, 차남이 현지사, 삼남이 하원의원을 지낸다. 다만 장남은 정치가에게 뇌물을 바친 것이 들통 나는 바람에 현재 복역 중이다. '시즈오카 현 출신의 영웅으로서는 이마가와 요시모토 이후 최대의 거물'이라 불리지만 니이가타 현 출신인 '우에스기 켄신 이후 최대의 거물'이니 야마나시 현 출신인 '타케다 신겐 이후 최대의 거물', 미야기 현 출신인 '다테 마사무네 이후 최대의 거물' 등과 함께 정치를 부패시켜 감옥에 들어가 있다. 전국시대의 영웅과 비견되면 아무래도 말로가 좋지 못한 모양이다.

지사는 현청 청사 꼭대기에서 후지산 방향을 바라보고 있었으나, 부하에게 지시를 내리기는커녕 졸도하기 직전이었다. 올해 들어 형은 체포당하고, 토카이도 대지진 때문에 큰 피해를 입고, 엎친 데 덮친 격으로 후지산까지 대폭발을 일으킨 것이다. 친가의 재산과 권력을 마음대로 사용해 고생 한 번 하지 않고 오늘날까지 살아왔는데, 환갑이 지나 느닷없이 거대한 시련이 찾아온 셈이다. 수상에게 직통전화를 받은 지사는 고개를 굽실거리며 '최선을 다하겠습니다'라는 말만을 되풀이하는 사이에 눈앞이 캄캄해졌다. 수화기를 손에 든 채 기절한 지사에게 비서와 부지사가 황급히 달려왔다.

오전 9시 30분. 마침내 도쿄 시내에까지 화산재가 쏟아지기 시작했다. 수화기를 내려놓은 수상은 불안스레 창밖을 보았다. 수상의 노안으로도 잘게 뜯긴 깃털 같은 것이 날리기 시작하는 것을 뚜렷이 확인할 수 있었다.

"굳이 내 임기 중에 분화할 필요는 없지 않나? 하느님도 부처님도 안 계시나?"

수상은 마음에서 우러나는 탄식을 토해냈다.

"분화 전에 사임하실 수도 있었잖습니까."

관방장관이 비아냥거리는 표정을 지었으나 수상은 못 들은 척했다. 이 정도 독설을 두려워할 인물이었다면 지금 수상관저에서 가죽받이 의자에 앉아 거들먹거리지도 못했을 것이다. 그렇다고는 해도 침착하거나 태연하지는 못했다. 수상은 자신의 보신에 대해서는 열심히 방정식을 세웠다 풀었다를 반복했다. 그러는 한편 창밖을 보며 '화산재는 회색이구나' 정도의 생각을 하고 있었다.

"분연의 높이는 2만 미터에 이르렀습니다. 이제 화산재는 이바라키 현*에까지 미쳤습니다."

오전 10시 15분, 기상청장관이 기자회견을 열고 '역사상 손꼽히는 대분화'라고 발표했다. 기자회견에는 '화산 분화 예지 연락 협회'의 회장이 동석했다. 얼굴을 시뻘겋게 물들인 기자들이 질문이라기보다는 힐문을 퍼부어댔다. 이만한 대분화를 어째서 예지하지 못했느냐고. 협회장의 대답은 다음과 같았다.

"예지 연락 협회는 분화를 예지하기 위한 기관이 아닙니다. 예지에 대해 연구하기 위한 모임입니다. 예지할 책임도 없거니와 권한도 없습니다. 비난을 받으면 저희도 안타깝습니다."

"그럼 왜 나왔습니까!"

격렬한 노성에 회장은 새하얗게 질린 얼굴로 침묵했다.

"화산재 때문에 나리타 공항은 사용이 불가능하므로 폐쇄하겠습니다."

이 발표가 나온 것이 오전 10시 40분. 하네다 공항 폐쇄로부

*후지산으로부터 북동쪽으로 도쿄를 지나 최대 약 190km에 이르는 거리.

터 1시간 후였다. 이렇게 관동 지방의 항공로는 사라졌다. 이륙하지 못한 여객기 위로 화산재가 소리도 없이 쌓였으며 활주로는 사막으로 변했다. 관리관 중 한 사람은 마치 화성의 사막 같다고 생각했다.

도쿄와 나고야를 잇는 태평양 연안의 교통은 완전히 끊어졌다. 토호쿠 신칸센은 토치기 현의 오야마 역에서, 조에츠 신칸센은 사이타마 현의 쿠마가야 역에서 정지한 채 도쿄 진입을 포기했다. 도쿄 만에도 뜨거운 화산재의 비가 쏟아져, 항행하는 배는 시야를 차단당해 움직이지 못하게 되었다. 분화에 따른 전자파의 영향도 발생해 레이더도 도움이 되지 않았다. 도쿄 만 곳곳에서 충돌이 일어났으며, 특히 오전 10시 50분, 하네다 공항 앞바다 2km 해상에서 LPG 운반선끼리 충돌해 순식간에 폭발과 화재가 발생했다. 오렌지색 화염구는 두꺼운 재의 커튼을 뚫고 공항에서도 똑똑히 보였다. 수상소방서의 소방정도 출동이 불가능한 상태였으므로 오렌지색 불길이 확대되도록 수수방관할 수밖에 없었다. 불은 바다 위로 퍼졌지만 바람이 육지에서 바다 쪽으로 불었으므로 공항에 불길이 미칠 가능성은 적었다. 그것이 불행 중 다행이었다.

"카와사키 시 연안지역에서 화재 발생!"

다음으로 수상 관저를 뒤집어놓았던 소식은 케이힌 공업지대의 중추를 이루는 석유 콤비나트 화재였다. 고열의 화산재가 쏟아져 플랜트에 불이 난 것이다. 화산재를 제거하려는 필사적인 노력이 이루어졌으나 3cm 두께로 쌓인 재를 치우면 5cm가 쌓이는 상황에서 인력으로는 도저히 어떻게 할 수가 없었다. 한번 불이 붙자 석유 콤비나트는 거대한 화재 발생장치로 변했다. 석유 탱크가 잇달아 폭발하고 굉음과 맹렬한 불길이 연쇄적으로 퍼져나갔다. 겨우 출동한 소방차도 불길에 밀려 후퇴할 수밖에 없었다. 수도권 전체가 불과 연기의 광연에 휩싸였다.

III

경악과 혼란의 세기말에서 젊은 램버트 클라크 뮈론의 등장은 별로 주목을 받지 못했다. 선량한 일반 시민이나 그들에게 뉴스를 제공하는 평범한 매스컴은 기껏해야 이 사태를 '운 좋은 젊은 부자의 탄생'으로밖에 여기지 않았다. 물론 '포 시스터즈'가 그렇게 짜놓기도 했다.

런던에 사령부를 둔 램버트는 그곳에서 매일 세계 각지로 지령을 날려 50억 명의 지구인을 제거해 인구 문제를 단숨에 해결하고자 했다.

'대니얼 옹'으로 알려진 대니얼 루이스 뒤팽은 '포 시스터즈'의 실전지휘관이 되어 수만 명의 부하와 수백억 달러의 자금을 움직였다. 그의 힘은 선진국의 수상을 능가한다. 하지만 지극히 짧은 기간 사이에 단순한 하인으로 전락해버린 듯했다. 램버트는 대니얼 이외의 간부를 모두 불러들여선 직접 지령을 내리고 보고를 받고 질타하고 승진시키고 좌천시키고, 때로는 말살했다. 그런 와중에 간부 하나가 보고했다.

"극동지배인을 맡았던 타운젠트 말씀입니다만……."

"알고 있다. 죽었지?"

"Yes, sir."

간부는 짧게 대답하며 남몰래 몸을 떨었다. 어떻게 알았느냐고 반문할 의욕은 없었다. 그는 타운젠트만은 못하더라도 능력과 야심과 자신감으로 넘쳐나는 자였다. 하지만 램버트 앞에서면 그런 모든 것들이 오그라들어 비참한 무력감에 사로잡힐뿐이었다. 그는 이제까지 평범한 시민의 소소한 행복을 경멸했지만, 램버트 앞에서 물러나자 그것이 귀중한 보석처럼 여겨졌다. 램버트는 마치 주위 인간에게 정신적인 에너지의 소모를강요하며 타인의 생명력을 흡수하는 것만 같았다. 그는 지극히짧은 기간 동안 아무도 범접할 수 없는 무적의 절대군주로 변했다.

한때 램버트는 '검은 양'이라 여겨졌다. 대재벌의 일족에서는이따금 재산에 관심을 두지 않는 이단아가 나타난다. 그런 괴짜의 이질성을 강조하기 위해 '검은 양'이라 부른 것이다. 하얀양떼 속에서 그의 모습은 매우 눈에 띄었다.

지금도 램버트는 이질적이었다. 하지만 그의 이질성은 예전과는 명백히 다른 종류의 것이 되었다. 하얀 양떼 속에 섞여 있는 것은 독기를 토해내는 극채색의 거대한 뱀이었다. 타인의 운명과 권리를 태연히 짓밟던 '포 시스터즈'의 대간부 중 한 사람은 겁먹은 표정으로 심복 비서에게 이렇게 고백했다.

"나는 어렸을 때 하인리히 힘러를 만난 적이 있네. 램버트 님을 뵈면서 그때의 기억이 떠올랐지. 눈빛이 똑같아."

하인리히 힘러는 나치 독일의 거두였다. 총통 히틀러에게 신임을 받아 친위대장, 비밀국가경찰장관, 내무대신 등의 요직을 겸임했다. 유태인 학살계획을 입안하고 실행을 지휘한 자였으며, 패전 직후 자살했다. 독일군의 명장이라 칭송을 받았던 구데리안 장군은 힘러를 만난 후 지인에게 이렇게 속삭였다고 한다.

"힘러라는 자는 정말 인간일까? 다른 별에서 온 우주인이라고밖에 여겨지지 않아."

아군의 눈으로 봐도 이해하기 힘든, 으스스한 정신구조의 소유자였던 것이다. 그렇기에 수백만이나 되는 유태인을 학살하면서도 '능률이 떨어지니 좀 더 성실히 업무에 임하라'라고 태연히 말할 수 있었던 것이 아닐까.

이제 램버트는 죽음의 재와도 같은 삭막한 냉정함을 유지했다. 그를 만나는 자는 피와 마음이 얼어붙는 것을 느끼며 공포에 떨었다.

미국에서 막 호출을 받고 도착한 대통령 보좌관 빈센트는 100in 프로젝터 스크린 앞에서 램버트에게 설명을 하고 있었다. 프로젝터에 투영된 위성방송 화면에는 일본 열도의 중앙부에서 광란하는 마운틴 후지의 모습이 비치고 있었다.

"도쿄가 대지진으로 궤멸하면 일본의 GNP 25%가 사라진다는 것이 일반적인 견해입니다. 하오나 이번 타격은 GNP의 10% 정도 될 것입니다."

"그래도 큰 피해임에는 틀림없지. 끈덕진 일본경제도 파멸하려나?"

"아닙니다, 오히려 반대입니다. 일본경제에 자극을 주어 플러스 요인이 될 겁니다."

도로, 철도, 주택, 통신시설을 재건하기 위한 대규모의 수요가 생겨난다. 담합, 뇌물, 리베이트 등 부정과 범죄를 마음껏 저지르다가 적발되어 비난을 사던 거대 종합건설기업이 숨을 돌릴 것이다. 이에 따라 은행도 증권회사도 투자와 융자의 대상을 찾아내 거액의 자금이 움직인다.

"다만 그러기 위해서는 외국에 투자한 일본의 자금을 도로 찾아와야만 합니다. 이 경우 일본의 자금을 도입한 나라들은 물론 곤경에 처할 겁니다."

"잘 됐군."

램버트의 목소리에는 공허한 활달함이 담겨 있었다. 빈센트 보좌관은 눈에 띄지 않도록 옷 위에서 위장을 붙들었다. 억지로 얼음덩어리를 삼킨 듯 불쾌한 싸늘함이 위장 언저리에서 느껴졌던 것이다. 램버트의 파충류적인 냉혹함에 비하면 거칠고 무능한 포레스터 대통령의 노성이 훨씬 인간미가 있다는 생각이 들었다. 빈센트는 철학자도 사상가도 아니며 권력이라는 추악한 종교의 하급 사제에 불과했지만, 이때는 기묘하게 날카로운 통찰력을 발휘했다. 램버트는 무언가에 분노하는 경우가 없으며 분노하는 척만 하는 것은 아닐까. 무언가를 증오하는 경우가 없으며 증오하는 척만 하는 것이 아닐까. 그리고 빈센트는 새삼스레 전율했다. 애초에 램버트는 램버트인 척을 하고 있는 것은 아닐까, 하고.

어쨌거나 공포만으로 부하를 통제할 수 있는 지배자는 드물다. 램버트는 바로 그 드문 존재가 되려는 것이 아닐까. 빈센트는 대니얼 옹만큼 엄정하게 자기 자신의 운명을 규정하고 있지는 않았다. 올라갈 수 있는 데까지 올라가고 싶었다. 어쨌든 대니얼의 손자만큼 젊은 나이가 아닌가. 문득 램버트의 눈이 움직여 빈센트를 보았다. 궁극의 진화를 이룬 파충류의 시선이 빈센트를 포착했다.

"미리 말해두겠네만, 빈센트. 파괴가 궁극의 목적이 아닐세. 건설은 완전한 초토 위에서 시작하는 것이 가장 효율적일세. 파괴가 불완전한 경우 변혁도 불충분하게 끝난다는 것은 역사가 증명해주고 있지."

그 말은 사실이지만 램버트가 파괴 그 자체를 즐기는 것 또한 사실이었다. 게다가 빈센트가 보기에는 입맛까지 다셔가며 즐기고 있었다. 물론 빈센트는 이를 나무랄 생각 따위 없었다. 그저 폭주하는 열차에서 뛰어내릴 준비는 해둘 필요가 있었다. 상승지향과 보신에 대한 염려를 함께 갖춰놓는 것이 엘리트다.

램버트가 소리 없이 웃었다.

"세기의 쇼는 이제부터가 진짜야. 티켓은 예약했나?"

이것은 단순한 조크가 아니었다. 후지산 대폭발이 세계의 이목을 끄는 동안 해야 할 일을 해놓으라는 지시였다. 한번 무능력자의 딱지가 붙으면 어떤 미래가 기다릴지는 빈센트는 잘 안다. 바로 얼마 전까지 강력한 경쟁자였던 타운젠트가 얼마나 처참한 최후를 맞았는지도 안다. 타운젠트 본인만이 아니라 타운젠트의 가족도 누군가에게 납치당해 자취를 감추었다. 아마도 영원히 찾을 수 없으리라. 빈센트는 각오해야만 했다. 폭주하는 열차에서 뛰어내린다 해도 가족까지 데리고 갈 수는 없으리라고. 일단 최대한의 노력을 기울여 표정 변화를 억누른 빈센트는 공손히 복종의 말을 입에 올렸다.

"모두 분부대로 따르겠습니다, 폐하."

대지는 진동을 멈추지 않고 무한히 에너지를 방출하는 듯했다. 재는 도쿄와 그 주변에 끊임없이 쏟아졌으며 수상 관저에도 쌓였다. 수상 관저는 '회색 의혹의 저택'이라 불리는데, 정말 그 말대로 되었다.

"아마 올해 말까지는 도쿄의 수도 기능이 마비될 겁니다. 어느 정도는 오사카나 나고야로 기능을 분산시켜야 할 것 같습니다."

"잇따른 도쿄의 재난을 오사카에서는 꽤 기뻐할 것 같지 않나? 자기들은 멀쩡하니 말일세."

관방장관에게 비아냥거리며 수상의 시선이 움직이자, 도쿄 시내의 시찰에서 막 돌아온 화산 분화 예지 연락 협회장이 기침을 하듯 변명을 늘어놓기 시작했다.

"이제까지 후지산의 분화 사례에서 보건대 측면분출이 될 거라 예상했습니다. 마그마가 산자락을 가르고 솟아나는 거죠. 그렇게 되면 화산성 미진이 빈번히 일어나고 관측도 용이해 예지도 가능했을 겁니다."

"가정밖에 못하는군."

수상은 목소리만이 아니라 표정과 동작까지 모두 사용해 비아냥거렸다. 예지 연락 협회장은 손수건을 꺼내 온 얼굴을 닦았다. 얼굴을 살짝 덮은 재가 땀에 녹아들어 묻어나와 하얗던 손수건이 거무스름하게 더러워졌다.

"저희는 분화 예지에 대해 연구하는 학술단체지, 예지하는 것 자체에는 책임도 의무도 없습니다."

"기자회견에서도 그렇게 말씀하셨죠."

수상은 자신 이외의 인간이 책임회피를 하려는 모습을 싫어했다. 안 그래도 30초마다 1분마다 메갈로폴리스 도쿄의 궤멸 양상이 전해지고 있는데.

"카와사키의 콤비나트 화재는 겨우 진화되고 있습니다만, 현 단계에서 이미 사망자는 최소 천 명이 넘었습니다."

"수도권의 댐에 확보한 물은 모두 화산재 때문에 오염되고 말았습니다. 당분간 식수로는 사용할 수 없습니다."

"관동 지방의 농작물은 전멸입니다. 농가의 구제방침이 내년도의 중대한 과제가 될 겁니다."

"타마가와 강, 사가미가와 강, 아라카와 강에서는 화산재가 30cm에서 50cm까지 쌓여 토사처럼 강을 메우고 있습니다. 큰 비라도 내렸다간 물의 흐름이 막혀 범람할 겁니다."

"얼마 전 외국인에 관한 폭동이 일어난 신주쿠와 이케부쿠로에 걸친 지역에서 다시 폭동이 발생했습니다. 편의점과 대형 마트가 약탈당하고 있습니다."

잇따른 흉보에 수상은 진저리가 난다는 듯 차를 마셨다. 수상에게는 특히 마지막 뉴스가 불쾌한 듯했다.

"일본인은 공황을 정말 좋아한다니까. 언젠가 있었던 쌀 부족 사태 때도 그랬잖나. 국산 쌀 이외의 식량은 남아도는데 당장이라도 굶어 죽을 것처럼 소란을 떨어대고, 심지어 외국산 쌀을 버려버리기까지 하고. 벌 받을 짓도 작작 했으면 좋겠어."

수상은 제2차 세계대전 중반부터 직후에 걸친 식량부족 시대를 겪었다. 쌀은 고사하고 감자조차 없어, 어른도 아이도 비쩍 마르고, 영양실조 탓에 눈이 멀고 머리가 빠졌으며, 허기를 면하기 위해 잡초까지 끓여먹다 복통에 시달렸다. 고급 요정에서 복어니 왕새우를 게걸스럽게 먹다가도 문득 어린 시절의 공복감이 생생하게 되살아나면 섬뜩해지곤 했다. 이런 번영과 포식이 영원히 이어질 리가 없다고, 수상의 정신에 도사린 가장 미신적인 부분이 되풀이해 속삭이곤 했다. "이것은 천벌이다"라고. 다만 천벌이라고 해도 그것은 가차 없이 약한 사람들만을 정통으로 공격했다.

특히 미세한 재나 가스가 사람들의 목으로 침입해 극심한 기침과 인후의 통증을 일으켰다. 사람들은 병원으로 달려가, 화산재 위에 발자국을 남기며 길게 줄을 섰지만, 병원 측의 대답은 매몰찼다.

"죄송하지만 지금은 어떻게 해드릴 수가 없습니다. 마스크라도 쓰십시오."

재와 가스 탓에 전력공급 시스템에 손상이 생겨 의료기기도 고장이 나 중증환자의 수술이 불가능해졌다. 여름의 도쿄 대정전에 이은 참사 때문에 의료 관계자들은 크게 고뇌했다. 쌓이는 화산재 속에서 버려진 자동차에 불이 붙고 그 옆에서는 불타 끊어진 전선이 푸른 스파크를 뿜어댔다. 시내의 광경은 1초가 다르게 황폐해져만 갔다.

소련은 바로 얼마 전까지만 해도 미국과 어깨를 나란히 하는 초대국이었으며 세계 최강의 군사대국이라 여겨졌다. 그런데 지극히 짧은 시간 사이에 해체되고 분열되어, 남은 것은 세계 최대 최강의 빈곤국가 러시아뿐이었다. 도쿄의 미나토 구에 있는 구소련 대사관은 러시아 대사관이 되었다. 후지산에서 날아온 재는 러시아 대사관의 마당에도 지붕에도 쌓여, 대사관 직원들은 모두 삽을 손에 들고 재를 치우는 작업에 내몰렸다. 시베리아의 눈보다도 성가신 뜨거운 재였다.

"내사 마 죽겠구마. 연방 붕괴된 후로 이제까지 뭐 하나 제대로 되는 게 없데이."

머리며 어깨에 쌓인 재를 털어내며 대사가 투덜거렸다. 그는 여전히 러시아 대사가 되어 도쿄에 살고 있었다. 일본 정부와의 외교 절충 경험이 풍부한 데다, 현재의 러시아에는 일부러 새로운 대사를 임명하고 파견할 만한 여유가 없었다.

"아나, 니 어데 가는데! 일은 안 하고!"

대사가 고함을 질렀다. 대사관 밖으로 나가려다가 발을 멈춘 것은 국가보안위원회(KGB)의 우수한 파괴공작원이었던 사내였다. 두려워하는 기색도 없이 싸늘하게 대꾸했다.

"마 쫌 내버려두소. 댁들한테 명령 받을 처지도 아이고."

"처지라꼬? 니가 멀 모르나 본데 내는 니 상사데이?!"

"흥, 월급도 몬 챙겨주는 주제에 상사 행세입꺼? 세상 다 쩐으로 돌아가는 걸 모르시네예. 쩐이 없으면 암만 잘난 척 설교해봤자 마 개가 꼬랑지 말고 짖는 걸로밖에 안 들립니더."

KGB 출신 사내는 으름장을 놓았다. 구소련 대사는 입을 다문 채 반론하지 못했다. KGB 출신 사내는 화난 듯 길에 침을 뱉고는 들으라는 듯이 목소리를 높였다.

"진짜 갈 데까지 갔데이. 초대국이네 사회주의의 총본산이네 캐싸터니, 쩐이 없으니께 유럽놈들은 불쌍타 하고, 일본놈들은 바보인 줄 알고. 내도 일본 경비회사에서 고용해주지 않음 마누라 립스틱 하나 몬 사주고. 화산재가 쏟아지든 불벼락이 쏟아지든 오늘은 중요한 면접 날임더. 방해 마이소."

KGB 출신 사내는 여전히 쏟아지는 화산재 속에서 가슴을 젖히고 떠나갔으며, 대사는 씨근덕거리면서 다시 삽으로 재를 퍼내기 시작했다.

IV

마츠리의 어머니 토바 사에코는 쿄와 학원 이사실에서 딸의 전화를 받고 있었다.

"마츠리, 무슨 일이니. 잘 지내? 목소리를 들어보면 잘 지내는 것 같네. 뭐 급한 일이라도 있어?"

홍콩과 일본을 연결하는 국제전화 회선은 포화상태여서, 마츠리가 어머니와 전화를 할 수 있었던 것은 기적에 가까웠다.

"괜찮냐고? 당연히 괜찮지. 이렇게 너랑 얘기하고 있잖아. 쓸데없는 걱정 말고 결식아동들 고삐나 단단히 단속해. 멀리 있는 부모 걱정이나 하느라 자기 해야 할 일도 못 하는 나약한 딸네미로 키운 기억은 없다."

사에코의 남편, 다시 말해 마츠리의 아버지인 토바 세이치로가 딸의 전화라는 말을 듣고 이사실로 뛰어왔다. 하지만 전화는 그가 도착하기 직전에 끊어지고 말았다. 이것은 사에코가 그를 골탕먹이려 했던 것이 아니라 이 일대의 전화선이 뜨거운 화산재 때문에 불타버렸기 때문이었다. 세이치로가 기침을 하며 물었다.

"마, 마츠리는 잘 있나?"

"잘 있겠죠. 홍콩에는 지진도 화산도 없으니까."

"지진이나 화산보다도 위험한 놈들이 같이 있지 않나. 만약 마츠리가 위험에 처하면 어떡하려고."

세이치로는 끙끙거렸다. 사에코는 신경도 쓰지 않고 재가 쏟아지는 캠퍼스를 창문 너머로 바라보았다.

"그보다도 학원을 제대로 챙겨야죠. 마츠리가 돌아왔을 때 부모는 직업을 잃고 학원은 사라져버리기라도 했다간 체면이 뭐가 되겠어요. 열심히 해요."

"……당신은 하루가 다르게 점점 냉정해지는 것 같아."

한숨을 쉬면서도 세이치로는 재를 제거하는 작업을 지휘하기 위해 밖으로 나갔다. 쿄와 학원의 학원장인 그는 이상적인 교육가와는 거리가 멀어도 경영자로서는 성실하고 근면했다. 학원을 자신의 재산이라 믿어 의심치 않으며 이를 보전하는 데에 집념을 가졌기 때문일지도 모르지만, 아무튼 일을 열심히 하는 것은 사실이었다.

"다행이야. 우리 부모님은 무사하신가봐."

홍콩, 아난 반점의 한 객실. 수화기를 내려놓은 토바 마츠리는 크게 한숨을 쉬며 안락의자에 깊이 몸을 묻었다. 그녀의 앞에 찻잔 하나가 놓였다. 다소 서툰 손놀림으로 하지메가 홍차를 끓여준 것이었다.

"감격했어. 고마워, 하지메 오빠."

"뜨거운 물에 티백 넣은 것뿐인데."

"그래도 맛있어."

"아무튼 고모와 고모부가 무사하시다니 다행이다. 뭐, 이 정도로 어떻게 될 만한 분들은 아니지만."

'고모'를 먼저 언급하는 데에서 하지메의 미묘한 심리가 드러났다. 쿄와 학원 창립 이래 이어졌던 교육방침을 모조리 알맹이 없는 것으로 바꿔버리고는 정치가에게 접근하던 고모부 세이치로에게 하지메가 호감을 품기란 힘들었다.

마츠리는 고개를 끄덕였으나, 평소의 그녀와는 달리 기운이 없었다.

"아직 불안한가보다."

"어떻게 생각해야 좋을지 모르겠어."

"음……."

"이제까지 18년하고도 몇 개월 동안 인간이었는데, 갑자기 넌 사실 선계 사람이라는 소릴 들으면 말이지. 스스로 믿었던 혈액형이 사실은 아니었다는 정도는 흔해빠진 이야기지만."

어젯밤, 자신이 신화나 전설에서 유명한 서왕모의 막내딸이

라는 사실을 알고, 대담하던 마츠리도 도저히 침착할 수는 없었
다. 자신의 몸이 자신의 것이 아닌 것만 같다는 생각이 들었다.

"전에 마츠리가 나한테 그랬잖아. 무슨 일이 있어도 나는 나
라고. 똑같은 거 아닐까."

"으음…… 내가 거만했다는 생각이 들어. 자기 일이 아니면
사람은 냉정해질 수 있는 법이구나. 반성할게."

"반성은 왜 해."

오와루에게는 매일 반성을 촉구하던 하지메도 사촌누이에게
는 이렇게 말했다.

"마츠리는 마츠리야. 그 이외의 무언가가 될 수는 없어."

"고마워, 하지메 오빠."

마츠리는 하지메를 바라보며, 구름 사이에서 햇살이 쏟아지
는 듯한 미소를 지었다. 하지메는 사촌 동생이 참으로 미인이
라는 사실을 새삼 확인했는데, 그 미인은 지극히 진지하게 질
문을 건넸다.

"근데 난 대체 뭘로 변신해?"

"……뭐?"

하지메는 당혹스러운 표정을 지었다. 마츠리는 모양 좋은 눈
썹을 찡그리며 생각에 잠겼다.

"하지메 오빠네는 용으로 변신하잖아. 난 호랑이라도 되는
걸까. 기왕이면 봉황 같은 게 고귀해서 좋겠는데."

"아쉽게도 변신한다는 말은 못 들었어."

"어머, 그래?"

"실망했어?"

"음~ 실망한 건 아니지만, 하지메 오빠랑 같이 하늘을 날 수 있다면 그것도 좋겠다는 생각이 들어서. 인간이 아니라면 인간이 못 하는 일을 해야지, 안 그러면 손해잖아."

"마츠리……."

"오히려 안심해야겠지. 별코두더지나 바퀴벌레나 꼽등이나 점박이돼지나 혹도마뱀 같은 걸로 변신하면 멋도 로망도 없잖아."

하지메는 웃었지만, 웃음을 거두고는 목소리도 표정도 다잡으며 말했다.

"계속 함께 걸어갈 수 있잖냐. 나는 그게 기쁘다. 하지만 아무래도 즐거운 일만 있는 길은 아닌 것 같아."

하지메가 벽의 스위치를 누르자, 창문에 걸려 있던 이중 커튼이 불평하듯 삐걱거리는 소리를 내며 천천히 열렸다.

"봐, 마츠리."

하지메의 손가락이 창밖에 펼쳐진 홍콩의 풍경 한 곳을 가리켰다. 보라색 황혼이 대도시의 머리 위에서 소리도 없이 내려앉으며 1초마다 불빛의 수가 늘어났다.

그곳에는 멀리건 파 이스트 코퍼레이션의 건물이 있었다. 보이는 것은 일부분이지만 황대인을 습격해 타운젠트를 죽인 놈들이 네온 불빛의 바다에 숨어 다음 기회를 노리고 있을 것이다.

"아마 저 건물은 괴물들의 소굴이 돼 있을 거야. 포 시스터즈는 이제까지 인간만을 이용해 활동했어. 대부분은. 하지만 앞으로는 그렇게 안 돼. 손에 든 카드를 모두 쓰겠지."

"전면전쟁이구나."

"맞아. 그리고 전쟁에 도움이 되지 않는다고 간주한 자는 전부 잘라버릴 거야. 타운젠트처럼, 이제까지 아무리 공을 세웠더라도."

마츠리는 몸을 떨었다. 하지메가 가리키는 건물에서 마츠리는 실제로 괴물과 만났다. 램버트 클라크는 그녀의 눈앞에서 소의 머리를 가진 괴물로 변신했던 것이다. 그때 소머리 괴물은 자신들의 특이함을 자랑했다. 서양의 황도 12궁에도 동양의 십이지에도 등장하는 동물은 소뿐이라고. 마츠리가 그 이야기를 하자 하지메는 슬쩍 쓴웃음을 지었다.

"그건 램버트가 착각한 거야. 황도 12궁에도 십이지에도 공통된 동물은 하나 더 있어. 양이 있잖아."

"아, 그러네."

마츠리가 손을 짝 마주쳤다.

"너무 박력이 있어서 나도 모르게 진짜라고 믿어버렸어. 정말 그렇잖아. 하지만 지금은 상대가 우종뿐이니까……."

마츠리는 두 눈에 심각한 표정을 지었다.

"저기, 하지메 오빠. 혹시 어딘가에 양종(羊種) 같은 게 숨어있

다고 치고 말야. 우리의 싸움을 입맛 다시면서 구경하고 있는
건 아니겠지."

"아닐 거라고 생각하지만."

하지메는 어깨를 으쓱했다.

"언젠가 우리는 달에도 가야만 할 거야. 거기 가서 많은 일에
결판을 지어야만 해. 거기에 소 말고 양이 있다면, 상대가 어떻
게 나오느냐에 따라 대화를 나눌지 주먹을 나눌지 하겠지."

류도 형제는 철저하게 상호주의자다. 예의에는 예의로 대하
고, 선의에는 선의로, 평화에는 평화로. 그리고 무례에는 무례
로, 악의에는 악의로 대응한다. 문득 마츠리는 생각했다. 예로
부터 전해지는 신화 속의 신들은 그런 존재가 아니었던가.

"근데 문제아들은 어디로 갔지?"

그 말에 마츠리도 깨달았다. 하지메의 동생들이 보이지 않는
다는 것을. 저녁 먹을 시간이 다가왔는데 오와루는 어디로 간
걸까.

제3장 수상전 공중전 지상전

아난 반점 주위에서 일어난 온갖 기괴한 사건에 대해 홍콩 경찰 당국의 호된 추궁을 받는 일은 없었다. 사복, 제복을 합쳐 열 명도 넘는 경찰관이 찾아와 형식적인 수사를 하기는 했지만 그것도 짧은 시간으로 그쳤다.

"뭐, 그럴 상황이 아니라서 그렇겠지."

오와루가 짐짓 그럴듯하게 논평했다. 홍콩 경찰은 정말로 그럴 상황이 아니었다. 번영은 빛바래지 않았으며 시내에는 사람과 물건과 돈이 넘쳐난다. 하지만 크고 작은 무수한 문제가 기하급수적으로 늘어나 인원 부족은 숨길 수 없는 현실이었다. 황로의 존재도 있었다. 세계적인 화교 네트워크와 중국 광둥성 당국과의 관계도 있어서 홍콩 경찰은 공연히 손을 대지 못했다.

이날 밤, 오와루는 맏형에게서 탈출해 자유행동 중이었다.

"오와루는 나 같은 녀석보다 훨씬 그릇이 크니까."

하지메는 츠즈쿠나 마츠리에게 그렇게 말한 적이 있다. 본인에게 말했다간 기어오를 테니 아무 소리 하지 않지만, 하지메는 진심으로 그렇게 생각한다. 어째서냐고 하면, 오와루는 어떤 국면에 몰려도 상황을 즐길 수 있기 때문이다. 궁지에 몰려서 곤혹스러워하기는 해도 발끈하지는 않으며, 투덜거리기는 해도 비탄에 빠지지는 않는다. 아무리 짓궂은 운명이라 해도 오와루를 꺾을 수는 없을 것이다.

"단순히 둔감해서 그렇죠" 라든가 "그냥 골칫거리를 좋아하는 거야"라는 이의도 있었지만, 하지메는 다소 양보는 하면서도 자신의 평가가 옳다고 믿었다.

형들의 평가야 어쨌든, 그날 밤 오와루는 하나뿐인 동생을 데리고 홍콩섬 남쪽 해안에 왔다. 목적은 '먹다 죽기 투어'가 아니라 '먹어죽이기 투어'였다. 홍콩 하면 중국요리의 성지. 오와루가 아니라도 그렇게 생각하겠지만, 오와루의 경우 명품 쇼핑 같은 다른 목적이 없는 만큼 흥미는 순수하게 요리에 집중되었다. 대의명분도 있었다. 포 시스터즈의 홍콩 사령부와 결전을 앞둔 이 마당에 '배가 고프면 전쟁을 할 수 없다'라는 것이었다. 아마루를 데리고 온 것은 동생을 보호할 책임을 무시하지는 않았다는 증거이기도 하고, 덤으로 맏형과 둘째 형에게 쓸데없는 증언을 하지 못하게 만들기 위해서이기도 했다.

홍콩 명물 수상 레스토랑 '원더풀 플로팅'. 맛은 홍콩 최고라고까지는 할 수 없지만, 극채색 네온이 밤의 하늘과 바다를 압도하며 빛나고, 당나라와 송나라의 양식을 무절제하게 뒤섞어 놓은 외견과 내장은 그야말로 요란할 만큼 휘황찬란해서 관광객이 끊이질 않는다. 오와루라면 한 번쯤 경의를 담아 방문해

봐야 할 곳이었다.

"뭐, 한번 가보면 끝이지. 그다음에는 멋보다 맛을 중시한 가게를 고를 거야."

처음부터 맛을 기대하지 않았던 오와루는 메뉴에 실린 사진을 보며 물만두와 새우튀김빵과 마파두부밥을 주문했다. 그의 입장에서는 매우 얌전한 주문이었다. 아마루는 푸젠 풍의 볶음국수를 주문했을 뿐 흥미진진하게 주위를 둘러보고 있었다. 만을 끼고 대도시에서 넘쳐난 빛의 홍수가 보였다. 벽에는 '수호지', '서유기', '봉신연의', '삼국지', '양가장연의(楊家將演義)'와 같은 소설의 등장인물이 선명한 색채로 그려져 있었다. 문득 그 그림 중 하나에 아마루의 시선이 머문 순간이었다.

요란한 소리가 울려 퍼지며 바닥이 갈라졌다. 거미집처럼 균열이 일어나는가 싶더니 바닥판이 튕겨 날아갔다. 원탁이 솟아오르고 관광객 몇 명이 허공을 날았다. 바닥에서 엄청난 양의 바닷물이 솟아올라 아연실색한 손님들의 머리 위로 쏟아졌다.

"워—호호호호호호호호호호호호호호호호!"

기괴하다고밖에는 형언할 도리가 없는 웃음소리가 쩌렁쩌렁 울려 퍼졌다. 수상 레스토랑의 손님 중 72%가 그 웃음소리에 놀라 젓가락을 멈추었다. 오와루와 아마루는 그 숫자에 들어가지 않았다. 아직 음식이 도착하지 않았기 때문이다. 하지만 목소리의 주인을 알 수 있었던 것은 그들뿐이었다. 이런 웃음소리를 내는 인물은 동반구에 단 한 사람밖에 존재하지 않는다.

"코바야카와 나츠코다!"

바로 그녀였다. 중세 유럽의 갑옷으로 거구를 감싸고 좌우 양손에 두 자루의 체인톱을 든 괴녀. 바닥에서 화려하게 출현한 괴녀는 수많은 이들이 쳐다보는 가운데 쿵 소리와 함께 발을 디디며 오와루와 아마루에게 다가왔다. 오와루가 전투태세를 취했다.

"나왔구나, 요괴!"

"누가 요괴야, 이 무례한 것!"

"맞아, 형."

형의 경솔한 발언을 동생이 나무랐다.

"그런 말을 하면 요괴에게 실례라고 생각해."

"닥쳐, 입만 산 꼬맹이들!"

코바야카와 나츠코가 포효했다.

"아아, 괴로움을 견디며 절개를 지켜온 30년. 마침내 국적 류도 형제를 발견하여 이를 격멸코자 하노라. 밤하늘은 청명하고 파도는 높도다!"*

"그쪽이야말로 무슨 괴로움이 어쩌고 절개가 저쩌고야. 바로 얼마 전에 만났잖아. 심지어 고생했던 건 우리라고."

"워호호호. 너희를 괴롭히는 것이 나의 목적이지. 괴로움을 주고 산 채로 껍질을 벗겨서 핸드백에 붙여주겠어. 자, 얌전히

*러일전쟁 당시 쓰시마 해전을 앞두고 아키야마 사네유키가 본국에 보낸 무전의 인용. 원래는 '적함 발견 경보를 접하여 연합함대는 즉시 출동해 이를 격멸코자 함. 날씨는 청명하나 파도는 높음'.

정의의 칼날을 받아 저세상으로 가렴."

"싫어."

"그런 막무가내가 통할 줄 알아! 지옥에서 성격을 고쳐서 와!"

그제야 겨우 일본인 손님을 담당하는 일본인 매니저가 달려와 끼어들었다. 코바야카와 나츠코가 아니라 류도 형제를 책망하려는 태도를 보인 것은 코바야카와 나츠코가 무서웠기 때문이다. 당연하다면 당연하다.

"꼬마들, 대체 어쩌려는 거냐. 사람이 많은 곳에서 이런 소란을 피우다니. 남들에게 폐가 된다는 것도 모르겠어? 엄마 아빠 불러와라. 이야기를 좀 해야겠으니."

"우린 엄마도 아빠도 없어요."

아마루가 진지하게 대답하자 매니저는 살짝 당황했다. 될 수 있는 대로 코바야카와 나츠코 쪽은 보려 하지 않으면서 한 차례 헛기침을 했다.

"그, 그렇구나. 그건 안됐다만……."

"부모님은 저 아줌마한테 잡아먹혔거든요."

오와루가 오른손으로 코바야카와 나츠코를 가리켰다. 매니저는 깜짝 놀라 후퇴했다. 오와루의 농담을 진심으로 받아들였기 때문이다. 동시에 코바야카와 나츠코는 농담의 대상이 된 분노를 단숨에 폭발시켰다.

"워—호호호호호호호호호호호호호호호호!"

광소와 살기가 실린 체인톱의 섬광이 짓쳐들었다. 오와루가 뛰었다. 섬광이 허공을 가르고, 힘을 주체하지 못한 코바야카와 나츠코가 바닥에 엎어졌다. 체인톱이 의자 등받이를 가르고 바닥을 뚫었다. 코바야카와 나츠코는 바닥을 두세 바퀴 구르고는 한 차례 포효하며 일어났다. 서너 명의 용감한 웨이터가 가게의 위기라 판단하고 갑주 차림의 괴녀에게 달려들었다.

"흐읍!"

코바야카와 나츠코가 몸을 흔들었다. 세 사람은 가볍게 튕겨 날아가 원탁 하나에 처박혔다.

그곳에는 일본어로 대화를 나누던 세 명의 중년 사내가 있었다. 밤인데도 선글라스를 끼고 검은 정장을 입었으며 흉악한 분위기를 풍겼다. 처박힐 장소를 고를 수 있었다면 웨이터들도 다른 곳에 처박히고 싶었을 것이다.

일본인 손님들은 고함을 지르며 휙 물러났다. 세 웨이터의 몸이 붉게 칠한 원탁 위에서 튕겼다. 볶음밥과 춘권과 새우완자와 게살볶음과 물만두가 허공에서 어지러이 춤을 추었다. 세 일본인은 험악한 눈빛으로 오와루와 코바야카와 나츠코를 노려보았으나 이 초인적인 전투에 개입할 마음은 없는 듯했다. 험한 욕설을 뱉으며, 우왕좌왕하는 점원들을 밀쳐냈다.

오와루가 손을 들고 외쳤다.

"잠깐만, 아줌마."

"아가씨라고 불러!"

"그럼 아가씨."

"목숨 구걸은 듣지 않을 거야."

"전부터 묻고 싶은 게 있었는데."

"말해보렴."

"그 갑옷 벗으면 체중 얼마나 나가?"

호기심에 가득 찬 질문은 강렬한 노기의 콧김에 날아가버리고 말았다.

"애젊은 처녀의 체중을 묻다니 성희롱의 극치! 에이얏, 불어라 바람, 울어라 폭풍, 죽어라 인류의 적!"

바닥이 쪼개지고 벽이 갈라지고 창문이 깨졌다. 접시와 컵과 그릇이 광란의 댄스를 추었다. 원탁이 쓰러지고 의자가 허공에 날아올랐다. 물고기를 키우던 유리 수조가 코바야카와 나츠코에게 걷어차여 깨지자 물고기와 물과 유리가 홍수처럼 흘러나왔다. 어린 손님이 비명을 지르고, 여성 손님이 울음을 터뜨리고, 남성 손님이 공포에 얼어붙었다. 오와루가 위층으로 뛰어 올라가자 코바야카와 나츠코는 양귀비니 왕소군(王昭君) 같은 역사상의 미녀를 그린 병풍을 걷어차며 쫓아왔다. 꼭대기 층 복도에서 기둥으로, 그리고 지붕으로 이동하는 오와루를 따라 코바야카와 나츠코도 체인톱으로 지붕을 뚫고 기와 위로 기어 나왔다.

"워—호호호호호호호호! 날아서 지붕 위로 올라가는 가을 드래곤, 이젠 도망칠 곳도 없어졌구나. 각오하렴! 포기하렴!"

분명 오와루는 지붕 끄트머리에 몰려, 흉포한 체인톱의 포효

앞에 도망칠 곳을 잃은 것처럼 보였다.

그때 시커먼 밤하늘에서 번뜩이는 네온 바다를 향해 무언가가 날아 내려왔다. 무언가 길고 거대한 것이 유유히 몸을 틀며 강하했던 것이다. 고층 빌딩과 빅토리아 피크의 꼭대기에서 1억 달러의 야경을 내려다보던 사람 중에는 까만 손수건이 시야의 일부를 가로지르고 밤바람을 일으키는 모습을 보았다고 생각한 사람도 있었다. 하지만 그것은 날개를 가진 거대한 뱀이었다.

하늘을 나는 뱀은 누군가의 목소리에 호응한 것처럼 지상의 한 점을 향해 강하하고 있었다. 홍콩섬의 남쪽, 물과 육지 사이에 도착한 뱀은 해면 상공 10m에 머물렀다. 머리를 들고 크게 입을 벌렸다가 다시 닫았다. 무시무시한 분노의 포효가 밤을 때려부쉈다. 뱀은 코바야카와 나츠코의 투구 술을 입에 물고 아시아 최강의 괴녀를 허공에 들어 올린 것이다.

II

그것은 등사라고 하는 선계의 동물이었다. 거대한 뱀의 몸에 두 장의 날개가 달려 있다. 기괴한 모습이지만 성질은 온화해 오와루를 내려다보는 눈은 부드러웠다.

"토비마로! 네가 여긴 어떻게 온 거야?"

오와루는 의아해하며 등사의 이름을 불렀다. 이름이라고 해도 오와루가 붙여준 것이며 본명이 무엇인지는 알 방법이 없었다.

"에잇, 이거 놓지 못해, 이 무례한 녀석!"

코바야카와 나츠코는 두 팔다리를 허우적거렸으나 등사의 몸에는 닿지 않았다. 이때 또 다른 목소리가 들려왔다.

"오와루 형, 괜찮아? 토비마로가 늦지 않았네."

지붕 위로 아마루가 달려왔다. 평지를 가는 것처럼 태연한 발걸음이었다. 어디론가 사라졌다 싶었더니 아무래도 형이 불리하다 생각하고 등사의 도움을 청한 모양이었다. 사실 류도 형제를 홍콩까지 데려와준 것은 이 하늘을 나는 거대한 뱀이었다.

"쳇, 네 도움은 필요 없어. 이렇게 베이킹파우더로 빵빵하게 부푼 아줌마는 새끼손가락으로도 해치울 수 있었다고."

"그럼 내버려 둘까?"

"왜 그렇게 성급하게 결론을 내리려고 그래. 이런 괴수를 풀어놔봐. 세상에 민폐가 되잖아."

"그럼 어떡해?"

"어디 멀리 버리고 오자. 유해 폐기물은 원래 그렇게 하는 거야."

"네 이놈들, 나를 뭐라고 생각하는 거냐. 인간을 폐기물 취급하다니 인권침해잖아. 공안경찰이 용서해도 나는 용서 못해!"

부르짖는 코바야카와 나츠코를 무시하고, 오와루는 지붕을 박차 경극의 명배우처럼 등사 위에 뛰어올랐다. 아마루도 그 뒤를 따랐다. 형제에게는 서두를 필요가 있었다. 지붕에 뚫린 구멍에서 매니저와 가드맨이 고개를 내밀고 광동어로 소리를 지르기 시작했던 것이다. 손해를 배상하라는 말임은 명백했으므로 지금은 못 들은 척하는 것이 현명했다. 배상은 코바야카와 나츠코가 해야겠지만 그렇게 주장해봤자 통할 것 같진 않았다.

등사가 날아오른 후, 수상 레스토랑은 태풍의 직격을 받은 것과 다름없는 몰골이었다.

"영화입니다. 영화 촬영이에요. 전부 가짜고 트릭입니다. 소란 피우실 것 없습니다."

선글라스를 낀 일본인 3인조는 헛소리 같은 매니저의 목소리를 들으며 서둘러 수상 레스토랑을 떠나갔다. 물론 대금은 지불하지 않았다.

오와루와 아마루를 태우고 코바야카와 나츠코를 매단 등사는 유유히 홍콩섬 상공을 북쪽으로 종단했다. 남국인 홍콩이라고는 해도 가을철 밤바람은 시원했다. 그렇지 않아도 6,700m 상공이었다.

"고픈 배에 밤바람이 사무치누나."

오와루가 투덜거렸다. 물론 그는 코바야카와 나츠코를 어딘가에 버릴 마음은 없었다. 그녀는 황대인을 살해한 범인이므로 데리고 돌아가 처단을 황로와 형들에게 맡길 생각이었다. 황대인 살해범을 잡았다는 공적 앞에서 무단외출의 죄 정도는 사라져버릴 것이다. 그런 계산을 하고 오와루는 무의식중에 웃었다. 그의 뒤에 앉아 허리를 안은 아마루가 이상하다는 표정을 지었다. 오와루는 그들의 포로에게 활달하게 말했다.

"아줌마, 우릴 원망하지 말라고."

"어떻게 원망하지 말라고! 두고 봐. 일곱 번 다시 태어나도 반드시 조적(朝敵, 역적)을 멸하고 말 테니!"

"조적이 뭐냐, 아마루?"

"모르겠어. 먹는 걸까."

"무지몽매한 비국민 놈들! 문부성을 대신해 내가 벌을 주마! 얌전히 내 앞에……."

코바야카와 나츠코의 목소리가 갑자기 멀어졌다. 등사가 몸을 흔들었다. 그의 입가에서 괴녀의 모습이 사라지고 없었다.

투구 술이 끊어졌던 것이다. 원래 코바야카와 나츠코는 헤비급 체중을 자랑하는 데다 갑옷까지 입고, 심지어 허공에서 발버둥을 쳤으므로 이제까지 무사했던 것이 신기할 정도였다. 코바야카와 나츠코는 대형 폭탄처럼 밤하늘에서 추락하고 있었다.

"오와루 형, 구하러 안 갈 거야?"

"동생아, 그런 걸 위선이라고 한단다."

삼남은 막내를 절실하게 타일렀다.

"이 정도로 죽을 아줌마가 아니야. 언젠가 재회할걸. 절대 재회하고 싶지 않지만."

폭뢰라도 작렬한 것 같은 물보라가 저 멀리 밤바다에서 새하

얕게 솟는 모습을 확인하고, 등사에 올라탄 소년들은 하늘을 날아갔다. 그 까마득한 아래쪽, 빅토리아 하버라 불리는 해역에서는 이윽고 한 척의 관광선이 공황에 빠지게 되었다.

"워―호호호호호호호호호호호호호호호호!"

사람들은 놀라고 당황해 소리를 지르며 도망쳤다. 다리가 풀려 움직이지 못하는 사람도 있었다. 물을 뚝뚝 흘리며 코바야카와 나츠코는 갑판으로 기어 올라왔다. 일단은 갑옷에서 힘차게 물을 뿜어냈다.

"흡!" 하고 외마디 고함을 지르며 다리가 풀려 주저앉은 사람을 걷어찼다. 그 사람은 축구공처럼 포물선을 그리며 바다에 하얀 물거품을 일으켰다. "흡!" 하고 다시 한 마디. 이번에도 한 사람이 비명의 꼬리를 끌며 바다로 날아갔다. 아무도 손을 대지 못하고 있으려니 선글라스를 낀 세 명의 사내가 모터보트를 뱃전에 대고 올라왔다. 수상 레스토랑에 있던 일본인 손님들이었다.

"잠깐, 잠깐 스톱!"

세 일본인은 코바야카와 나츠코에게 다가왔다. 주의 깊은 발걸음으로 갑판 위를 이동했다. 코바야카와 나츠코가 아랑곳 않고 팔을 들어 주먹을 날리려 하자,

"기다려 주십시오!"

세 사람은 일제히 갑판에 무릎을 꿇었다.

"혹시 당신은 코바야카와 나츠코 님이 아니십니까? 후나즈

타다요시 대선생님의 서자이신 코바야카와 나츠코 님이 아닌가 하옵니다만."

사극 같은 말투였지만 효과가 있었다. 들었던 주먹이 내려왔다.

"그렇긴 한데, 너희는 누구지?"

"예, 저희는 나고시, 카스타, 베츠에다라고 하며 고(故) 후나즈 타다요시 대선생님의 제자의 제자이옵니다. 대선생님의 서자께서 홍콩에 계시다는 말씀을 듣고 모시고자 이렇게 일본에서 달려왔습니다."

후나즈 타다요시는 대일본제국을 재건하고 아시아를 군사력으로 지배하고자 획책하는 군국주의 망령들의 총수였다. 그의 밑에는 정치꾼과 재계인과 어용문화인 외에도 우익 폭력단이나 광신적인 국수주의자, 나아가서는 마약 조직의 보스들까지 모여 있었다. 원래 후나즈는 '만주국' 시절에 특무기관이나 특수부대를 조종해 마약 제조 판매, 납치, 인신매매, 약탈 등으로 막대한 재산을 모은 인물이다. 가장 정확한 의미에서의 전쟁범죄자였다.

그런 후나즈가 후지산 기슭의 육상자위대 연습장에서 급사하자 그가 건설하고 지배했던 암흑의 지하제국은 전국시대에 돌입했다. 후나즈는 용종의 피를 손에 넣어 영원히 일본을 지배할 생각이었으므로 후계자를 육성하거나 지명하지는 않았던 것이다. 세계적인 혼란 속에서 후나즈의 부하들은 추악한 다툼을 벌이고 서로에게 독니를 꽂아댔다. 특히 폭력단의 세계에서는 시민까지 말려들어, 칼로 찌르고 총으로 쏘고 불을 지르는 피비린내 나는 항쟁이 벌어졌다. 나고시를 비롯한 세 사람은 키타큐슈 일대의 폭력단을 지배하며 각성제 밀매 등으로 이익을 거두고 후나즈에게 매년 5천만 엔 정도의 상납금을 바쳤다. 하지만 거칠고 잔인하고 돈에 인색하다 보니 그런 업계에서조차 인망이 없었으므로, 후나즈 같은 괴물의 백업이 사라지자 금세 부하들에게 배신당하고 말았다. 그들 셋은 일본에서 쫓겨나 복수를 맹세하며 홍콩으로 도망쳐왔던 것이다. 그리고 홍콩에 있다는 후나즈 타다요시의 숨겨진 자식을 찾고 있었다.

나고시, 카츠타, 베츠에다 세 사람이 현재 하는 일은 인간의 장기를 매매하는 것이었다. 홍콩 주변에 모인 난민이나 외화를 벌기 위해 고향을 떠난 외국인 노동자에게 간이나 신장을 싸게 사들여 일본인에게 비싸게 팔았다. 처음에는 헐값이긴 해도 어쨌거나 구입을 했지만, 이내 상품을 거저 조달하게 되었다. 난민 아이나 여성을 납치하고 마취시켜 산 채로 인체에서 신선한 장기를 적출해 팔았던 것이다.

나고시 일당은 관동군 특수부대의 정신적인 잔당이었다. 수천 명이나 되는 포로와 정치범, 죄도 없는 현지 여성과 아이들까지 산 채로 해부하고도 태연했던 족속들의 후계자였다. 인간의 육체를 잘라 파는 데에 혐오감 따위 없었다. 다만 일본에서 쫓겨나 중국대륙 한구석에서 그런 짓을 계속하고 있으니 지독히 몰락했다는 기분이 들었다. 자신들을 쫓아낸 자들에게 복수도 하고 싶었다. 그들은 그런 한마음으로 불타고 있었다.

"저희는 일본의 권력자들이 후나즈 선생님의 은혜도 가르침도 잊고, 그저 욕심과 야심에만 사로잡혀 다투는 몰골에 마음이 아팠습니다. 어떻게든 손을 쓰지 않으면 일본은 멸망하고 말 것입니다. 하오나 저희는 구국의 뜻은 있을지언정 비통하게도 힘과 권위는 없었습니다."

"그래서 코바야카와 나츠코 님을 찾아 위대하신 선대인의 후계자로 옹립하고자 합니다. 부디 저희와 함께 일본으로 돌아가 주실 수 없겠습니까?"

"코바야카와 나츠코 님이 아니면 일본의 위기를 구할 수 없습니다. 무능한 정치가들을 꾸짖고 학계와 매스컴에 도사린 비국민들을 퇴치하고……."

"헌법 개정, 유사입법, 국가기밀보호법 제정, UN 안전보장이사회 상임이사국 진출을 실현시키고."

"대일본제국의 부활과 대동아공영권 재현, 핵무장. 코바야카와 나츠코 님이시라면 분명 해내실 수 있습니다."

세 사람은 세 개의 혀를 풀가동해 코바야카와 나츠코의 앞에 장밋빛 꿈을 늘어놓았다.

"내가 아버님의 후계자?"

코바야카와 나츠코의 두 눈은 갑옷 안에서 가늘게 빛날 뿐이었으나, 갑자기 눈동자에 별님이 반짝이는 듯했다.

"하지만 나는 정실의 딸이 아니라 그늘에서 살아가는 몸. 그런 내가 신이나 다를 바 없으셨던 아버님의 후계자가 될 수 있을까?"

"되실 수 있습니다. 되실 수 있고말고요."

세 일본인은 열렬히 입을 모아 말했다. 그들은 코바야카와 나츠코를 꼭두각시로 내세워 온 일본의 폭력단을 굴복시키고 지배할 생각이었다. 코바야카와 나츠코에게 아양을 떨어 신용을 얻지 못한다면 그들에게 미래는 없었다.

"되실 수 있는 정도가 아니라, 코바야카와 나츠코 님 이외의 그 누가 가능하겠습니까."

"부디 일본의 여제가 되어주십시오. 그렇습니다. 일본의 서태후가 되셔서 정재계에 군림하시는 겁니다!"

"서태후라고?"

"아, 비유가 좋지 못했습니다. 일본을 구하신 구국의 여걸, 일본의 잔 다르크가 되어 주십시오."

세 사람은 등골이 오싹해졌다. 코바야카와 나츠코가 돌창에 맞은 매머드처럼 으르렁거렸기 때문이었다. 괴녀의 비위를 건드렸나 싶어 세 사람은 식은땀을 흘렸으나, 그렇지 않았다. 코바야카와 나츠코의 으르렁거리는 목소리는 감동을 드러낸 것이었다.

"아아, 동양의 잔 다르크! 그거야말로 아름답고 늠름한 나에게 딱 어울리는 별명이야. 좋아, 달맞이꽃처럼 외롭게 살아갈 생각이었지만 모두 조국 일본에 평화와 정의를 가져오기 위해. 그대들의 청을 받아들여 일본에 돌아가겠어."

"만세——!"

"그대들의 충성에도 언젠가 후하게 보답하도록 하지."

"예! 성은이 망극하옵니다!"

세 사람은 갑판에 두 손을 짚고 이마가 닿도록 고개를 조아렸다. 성공했다. 이 괴녀를 철저하게 이용해 일본에서 다시 한 번 일어나주마. 내심 미칠 듯이 기뻐하던 그들은 자신들이 앞으로 얼마나 큰 재앙으로 가득 찬 불행한 인생을 걷게 될지, 이 때는 상상도 못했다.

Ⅲ

유유히 밤하늘을 나는 등사에 타고 오와루와 아마루는 홍콩 상공을 주유했다. 그들이 코바야카와 나츠코를 떨어뜨린 탓에 세 악당이 비극적인 인생을 보내게 된 셈이지만, 그들이 거기까지 알 수는 없었다.

머리 위에서는 야간비행의 불빛이 계속해서 깜빡거렸다. 폭음도 울린다. 홍콩에는 2개의 거대 공항이 있어 공로로서는 도쿄보다도 중요한 요지였다. 보석이 난무하는 듯한 야경 속에 이 세상의 것 같지 않은 시커멓고 거대한 그림자를 본 승객이 있었다 해도 확인하기는 지극히 어려웠을 것이다.

"아까부터 뭔가 생각하고 있었지, 아마루? 뭘 그렇게 궁리해. 돈 문제만 아니면 고민 들어줄게."

"응. 수상 레스토랑의 벽 그림 중에 있지, 마츠나가 군이랑 비슷한 개가 있었어. 그게 다였지만 왠지 마음에 걸려서."

"그야 우연이겠지. 근데 그중에 개가 나오는 얘기가 있었나? '서유기'에 나오는 건 원숭이랑…… 아, 너 '모모타로'랑 착각한 거 아냐?"

"설마. 내가 오와루 형도 아니고."

이 대화로 형제 중 누가 더 기분이 상했는지는 판단하기 어려웠다. 두 사람 모두 이 정도 말다툼 때문에 백룡과 흑룡으로 변신하거나 하지는 않았으므로 홍콩 시가지는 당분간 파괴를 면했다.

오와루와 아마루가 일단 목적지로 삼은 곳은 적의 본거지였다. 멀리건 파 이스트 코퍼레이션 빌딩을 공중에서 정찰하겠다는 생각이었다. 아난 반점에서는 면밀한 공략계획을 수립하고 있겠지만, 기왕 이렇게 예정에 없던 공중 산책을 나온 이상 겸사겸사 정찰 정도는 해도 좋지 않겠는가. 가벼운 식전 운동이다. 오와루는 그렇게 생각했다. 똑똑한 등사는 오와루의 뜻을 받아들여 멀리건 빌딩으로 향해 고도를 낮추었으나.

"앗, 망했다."

오와루가 중얼거렸다. 동시에 아마루가 건물 옥상을 가리켰다. 그곳에는 헬리포트가 있었다.

"저런 데 츠즈쿠 형이 있네."

잘못 알아볼 리가 없었다. 헬리포트 끄트머리에 서서 손을 흔들고 있던 젊은이는 류도 가의 차남이었다. 동생들의 시력에는 똑똑히 보였다. 츠즈쿠의 수려한 얼굴에 지극히 부드러운 미소가 어려 있는 것이. 그 미소는 빛나는 것처럼 아름답지만 핵폭발의 섬광을 방불케 하는 위험한 것임을 츠즈쿠의 형제들은 잘 안다.

"야, 토비마로. 안 내려가도 돼. 드래곤 공중수송공사에서는 히치하이커는 태우지 않기로 했어."

등사에게는 오와루의 조크가 통하지 않았는지 천천히 하강해 건물에 다가갔다. 다가감에 따라 츠즈쿠의 미소도 더욱 커져, 오와루는 대책을 생각해야만 했다. 코바야카와 나츠코에게 습격당해 수상 레스토랑에서 대난투를 벌인 끝에 놓쳤다고 해서는 "미숙자네요"라는 소리를 들을 것이다. 헬리포트에 착지한 것과 동시에 오와루는 등사의 등에서 뛰어내렸다.

"엽, 츠즈쿠 형. 이런 데서 뭐 해? 어딘지는 잘 모르겠지만."

"이곳은 멀리건 파 이스트의 건물이랍니다. 저는 아래에서 올라왔는데, 두 사람은 편하게 왔나 보네요. 어디 갔다 왔나요?"

오와루는 반사적으로 얼버무리려 했으나, 아마루의 대답이 빨랐으며 심지어 매우 태연했다.

"우리 수상 레스토랑에 갔다 왔는데, 있지, 별로 좋진 않았어. 츠즈쿠 형은 하지메 형이랑 마츠리 누나랑 저녁 먹었어?"

"아뇨, 그 전에 나왔어요. 형님과 마츠리는 오랜만에 재회했으니 방해하고 싶지 않아서요. 쌓인 이야기도 많을 테고."

"그렇구나. 하지만 딱히 방해하지 않아도 그 둘이 그렇게 깊은 얘기는 못할 거야."

아마루는 딱히 비꼬는 말투는 아니었지만, 지적만은 날카로웠다. 형이나 사촌누이가 그런 일에 얼마나 서툰지는 얌전한 막내도 잘 안다. 츠즈쿠는 쓴웃음을 지을 수밖에 없었다.

"뭐, 그건 그렇다 치고. 전면공격에 앞서 적진을 시찰하는 것도 좋지 않을까 해서 말이죠."

"콜! 나도 정찰할래."

"그렇군요. 오와루는 뭐, 괜찮겠지요. 아마루는 등사에 타고 먼저 돌아가세요."

츠즈쿠는 막내에게 명령했다.

"15세 미만은 슬슬 귀가할 시간이니까요. 보호자에게 너무 걱정 끼치지 않도록."

"그건 아니라고 생각해. 이제 막 7시 좀 넘었는걸."

아마루가 항의하자,

"기각!"

오와루가 잘난 척하며 팔짱을 끼었다.

"애들은 냉큼 돌아가서 이 닦고 자라."

"오와루의 헛소리는 무시한다 쳐도, 아마루는 돌아가서 형님께 보고를 드렸으면 해요. 우리는 산책을 다녀올 테니 걱정 마시라고. 형님은 걱정이 많으니까요. 이건 중요한 역할이니 오와루에게는 절대 맡길 수 없어요."

츠즈쿠의 궤변에 수긍했는지 어떤지는 알 수 없지만 아마루는 알았다고 고개를 끄덕이고 다시 등사에 올라타 밤하늘로 날아올랐다. 그 모습을 지켜본 츠즈쿠와 오와루는 즉시 역적모의를 시작했다.

"명심하세요. 어디까지나 정찰이에요."

"나도 알아."

이 대화에 한해서는 형도 동생도 진심이 아니었다. 우아한가 표한한가의 차이는 있을지언정, 츠즈쿠도 오와루도 선제공격을 선호했다. 적을 두려워하기는커녕, 적이 강할수록 사악할수록 마음이 들뜨는 것이다. 물론 극히 일부의 예외도 있다. 바로 조금 전에 오와루는 그 예외를 경험하고 온 참이었다.

옥상의 헬리포트에서 건물 안으로 침입하려면 당연히 탑옥의 문을 열어야만 한다. 류도 형제에게는 열쇠가 없었으며 전자식 암호도 알지 못했다. 따라서 신사가 아니라 도적의 수단을 쓸 수밖에 없었다. 침입을 포기하고 돌아간다는 선택을 내리지 않은 시점에서 그 후의 전개는 뻔했다.

탑옥의 문은 강철제였으며 표면에는 두랄루민을 덧붙인 듯했다. 손잡이에 손을 대 봤지만 반응은 전혀 없었다. 츠즈쿠와 오와루는 공범의 시선을 나누었다. 형에 앞서 오와루가 다시 한번 손잡이를 잡고 있는 힘껏 잡아당겼다. 비음악적인 소리가 울리고 손잡이만이 문에서 떨어져 나왔다. 이로써 다음 수단을 생각할 필요가 생겼다. 실패한 동생의 이마를 가볍게 손가락으로 퉁긴 츠즈쿠는 자못 그럴듯한 소리를 중얼거렸다.

"뭐, 이렇게 된 이상 어쩔 수 없네요. 무력으로 들어가도록 하죠."

세 걸음 정도 왈츠를 추는 듯한 풋워크로 후퇴한 츠즈쿠는 소리도 없이 허공을 날았다. 오른발 신발 바닥이 문을 걷어찼다. 문은 무시무시한 항의의 비명을 울리며 후방으로 날아갔다. 탑옥 안의 바닥에 넘어져 다시 밤공기를 뒤흔들었다. 츠즈쿠는 다시 한번 소리 없이 착지했다. 오와루는 그때까지 쥐고 있던 손잡이를 내팽개치고 탑옥 안으로 뛰어들었다. 이미 비상사태를 알리는 램프가 빨갛게 깜빡이며 경보가 히스테릭하게 울려 퍼지기 시작했다.

츠즈쿠와 오와루는 계단을 뛰어 내려갔다. 뛰어 내려가며 오와루는 자신들을 추적하는 CCTV 카메라의 존재를 알아차렸다. 점프해 손을 뻗어 카메라를 천장에 가까운 벽 구석에서 뜯어냈다. 그것을 전리품처럼 든 채 달려나갔다. 두 층을 뛰어 내려갔을 때 손을 홱 놀리자 허공을 가로지른 카메라는 그 층에 설치되어 있던 동료 카메라에 격돌해 함께 부서졌다. 모니터 화면을 보던 경비 담당자는 임기응변이 뛰어난 이 소년에게 분명 욕을 퍼부었을 것이다.

여섯 층 정도를 내려왔을 때, 방약무인한 두 침입자는 수평

이동으로 들어갔다. 계단실을 언제까지고 내려가고 있어봤자 별수 없기 때문이다. 여기서 '별수 없다'는 말은 상대가 그들에게 손을 대기 힘들다는 뜻이다. 넓은 복도로 나오자 좌우에 무수한 문이 늘어서 있었다. 어느 문을 열까 생각하는 2, 3초 사이에 고대하던 반응이 있었다. 전방에서 사람들이 몰려온 것이다. 미채무늬를 넣은 전투복과 경기관총. 우락부락하고 표정이 없는 얼굴을 가진 약 열 명의 사내들은 러시아인 용병부대였다. 싸워야 할 상대에게 망설임이란 것을 보이지 않는 그들은 무의미하게 소리를 지르거나 하진 않았다. 말없이 전후 2열의 총격 태세를 취했다. 전열이 바닥에 한쪽 무릎을 꿇고, 후열은 일어선 채 허리춤에 총을 들고 사격 자세를 취했다.

이때 무언가가 날아와 정한한 용병들을 짓눌러버렸다. 복도한쪽 벽 앞에 있던 무거운 소파였다. 상상도 못했던 반응에 깜짝 놀랐을 때 비상식적인 두 젊은이가 돌진했다. 용병의 거구가 허공을 날고 경기관총의 불줄기가 허무하게 천장과 벽과 바닥에 탄환의 대열을 뚫었다. 경기관총 한 자루를 빼앗은 츠즈쿠는 총신으로 용병들을 때려눕혔다. 뼈가 부러지는 섬뜩한 소리. 고통 어린 신음. 분노에 찬 허덕임. 공포에 질린 비명. 풍부한 실전경험도, 숙련된 전투기술도, 단련한 육체도 아무 소용이 없었다. 겨우 50초도 지나지 않아 건물 복도는 야전병원으로 변했다. 츠즈쿠는 총신이 구부러진 경기관총을 바닥에 내팽개치고 오와루는 두 손의 먼지를 털었다. 츠즈쿠는 아직 반쯤 살아있는 용병 한 사람에게 영어로 물었다.

"타운젠트가 죽은 다음 이 건물을 지휘하는 게 누구죠?"

별로 유창하지 않은 영어지만 반응이 있었다. "나다"라는 영어 목소리와 함께 새로운 사람이 나타났던 것이다.

IV

용병들에 비하면 가벼운 무장을 한 집단이었다. 정장 차림으로 손에는 권총을 든 대여섯 명의 남자들이었다.

"어라, 아시아인이네요."

츠즈쿠가 우아하게 고개를 갸웃했다. 다소 의외였다. 백인인 타운젠트의 후임은 역시 백인일 거라고 지극히 자연스럽게 생각했던 것이다. 하지만 츠즈쿠와 오와루의 앞에 나타난 것은 분명히 남방계 아시아인이었다. 체격이 좋고 영국제 정장을 맵시 있게 입어 마치 유럽에 유학을 간 동남아시아의 엘리트 같은 인상을 주었다.

"대학은 옥스퍼드를 나왔나요?"

비아냥거리는 질문에 오만한 대답이 돌아왔다.

"하버드 경영대학원이다."

"아, 유명한 바나나 양성소 말이군요."

츠즈쿠가 냉소를 번뜩였다. 오와루는 엘리트의 뺨이 실룩거리는 것을 보았으나 그가 분노한 이유는 알지 못했다. '바나나'

란 '피부는 노란 주제에 알맹이는 하얗다'라는 뜻이다. 백인 문명에 물들어 미국이나 유럽의 대리인이 된 아시아인에 대한 욕이다. 욕을 들은 상대가 화를 내는 것은 당연했지만 그에 이어진 광경은 너무나도 당연하지 않았다. 분노에 뺨을 실룩거리며 사내가 등을 쭉 뻗기 시작했던 것이다. 츠즈쿠와 오와루의 중간 정도 되는 신장이었는데 어느 샌가 츠즈쿠와 같은 높이가 되더니 더욱 커졌다.

"어~ 형, 내 눈이 어떻게 됐나봐."

오와루가 당황하는 것도 무리는 아니었다. 엘리트의 머리가 천장을 향해 상승하더니 그와 함께 목이 늘어났다. 그리고 몸통의 안쪽, 다시 말해 내장을 머리에 매단 형태로 몸통에서 빠져나오기 시작했다.

"로쿠로쿠비다……!"

오와루가 놀라 감탄성을 내자 츠즈쿠가 정정했다.

"비두만(飛頭蠻)이죠."

지명도가 높은 요괴였다. 패트릭 래프카디오 헌, 그러니까 코이즈미 야쿠모의 '괴담'에도 나오지만 중국에서는 '삼국지'에 등장하는 오나라의 명장 주환(朱桓)이 이 요괴를 만났다고 한다. 어느 날 그가 하녀를 고용했는데, 이 여자는 한족이 아니라 남방의 산속에 사는 이민족 출신이었다. 낮에는 일을 잘하고 충실했으므로 주환은 그녀를 아꼈지만 이내 다른 하녀들이 하소연하기 시작했다. 매일 밤 그녀의 머리가 몸통에서 빠져나와 하늘을 날아다니며 울음소리를 내기 때문에 무서워서 견딜 수가 없다는 것이었다. 주환은 대담한 사람이었으므로 그런 일에는 놀라지 않았으나 하인들이 무서워하는 것도 당연했으므로 여자를 해고했다. 그것뿐이라고 한다면 그것뿐인 이야기였다.

이 비두만이 동남아시아의 열도 지역에 가면 폰티아낙이 된다. 로마자로 쓰면 Pontianak인데, 비두만보다 훨씬 끔찍한 모습이다. 비두만은 머리만 몸통에서 떠나 날아다니지만, 폰티아낙은 머리와 함께 온몸의 내장이 몸통에서 빠져나오는 것이다. 머리 밑에 위장이며 심장이며 창자를 매달고 밤하늘을 날아다니니 끔찍함은 상상을 초월한다. 폰티아낙은 그런 그로테스크한 모습으로 사람을 습격하고 피를 빨아먹는다. 츠즈쿠와 오와루가 만난 것은 바로 그 폰티아낙이었다. 이제 그의 머리는 허공 3m 높이에 떠서 드러난 내장을 매단 채 츠즈쿠와 오와루를 내려다보고 있었다. 느닷없이 무언가 길다란 것이 두 사람을 향해 날아왔다.

굵은 로프인 줄 알았지만 지독하게 비릿한 악취가 코를 찔렀다. 그 정체를 알았을 때 츠즈쿠와 오와루는 자기도 모르게 소리를 지르며 뒤로 뛰어 물러나고 바닥으로 몸을 날려 접촉을 피했다. 비린내 나는 로프는 허공을 후려치고는 원래 위치로 돌아갔다. 그것은 폰티아낙의 머리에 매달려 있던 내장이었다. 여기에 닿는다고 생각만 해도 심장 표면에 소름이 돋는 것 같았다. 아무리 오와루라 해도 상대의 기괴한 변모에는 공격을 가하는 것도 잊어버리고 말았다.

"내장을 드러내다니 얼빠진 놈이라고 생각했는데, 이런 책략을 다 쓰네."

"오와루, 뒷일을 맡길게요. 저는 그만 전선에서 은퇴하고 싶어서요."

"치사해 형! 코바야카와 나츠코 때도 나한테 떠넘기더니."

"오와루에게 성장의 기회를 주려는 형의 마음을 모르겠나요?"

"3천 년 걸려도 모를 거야."

공포로 류도 형제를 위압하기란 지상의 존재들에게는 불가능했다. 하지만 생리적인 혐오감을 주어 진저리치게 만들면 츠즈쿠나 오와루에게서 전의를 빼앗을 수 있다. 코바야카와 나츠코와 폰티아낙의 공통점이었다.

다시 폰티아낙이 덤벼들었다. 긴 내장이 악취를 풍기는 굵은 로프가 되어 두 사람을 수평으로 후려치려 했다. 츠즈쿠는 몸을 낮추고, 오와루는 후방으로 한 바퀴 몸을 굴려 이를 피했다. 하지만 이 이상 함께 어울려줄 마음은 들지 않았다.

츠즈쿠와 오와루는 나란히 달려나갔다. 이것은 코바야카와 나츠코와의 대면 이후 처음 겪는 불명예스러운 사건이었다. 중국대륙을 밟기 전까지 류도 형제의 사전에 '퇴각'이라는 단어는 없었던 것이다. 하지만 일단 명예라는 두 글자에는 눈을 감을 수밖에 없었다.

인간의 창자는 길이가 8m나 된다. 그것을 자유자재로 휘둘러 무기로 사용하면 남을 후려칠 수도, 목을 졸라 죽일 수도 있다. 게다가 무엇을 써서 교살했는지 경찰은 도저히 짐작도 못할 것이다.

폰티아낙이 하늘을 날아 쫓아왔다. 독살스러운 웃음을 짓는 머리 밑에 끔찍한 브라운 핑크의 창자를 매달고. 그가 창자를 휘두를 때, 츠즈쿠와 오와루의 운동신경과 동체시력이라면 쉽게 이를 붙잡아 반대로 휘둘러서는 머리를 벽이나 바닥에 패대기칠 수 있다. 능력으로는 가능하지만 맨손으로 인간의 창자를 잡는다는 것이 생리적으로 싫었던 것이다. 아무래도 두 사람에게는 외과 의사의 소질은 없는 듯했으며, 심지어 외과 의사도 수술할 때는 장갑을 낀다.

"도망치지 마라, 버릇없는 꼬마들!"

하늘을 날며 폰티아낙이 웃음을 터뜨렸다. 분명 이제까지 패배한 적이 없었을 것이다. 완전승리의 자부심을 만면에 띠고 따라온다.

"목을 졸라 흰자위를 까뒤집게 만들어주마. 네놈들을 붙잡아 우리에 가둬 런던으로 보내면 나는 대간부로 출세하겠지. 조국에선 수상도 따라오지 못할 만한 거물이 되는 거다."

"정말 마음에 안 드네요. 상승지향이 강한 바나나라니."

츠즈쿠는 독설을 내뱉었지만 평소의 신랄함에 비해서는 빛이 바랬다. 조금이라도 움직임이 둔해지면 징그러운 창자 로프가 몸을 휘감을 테니 여유가 없는 것이다. 두 사람이 달려가는 전방에 다시금 사람의 무리가 나타났다. 손마다 특수 경봉이니 블랙잭을 쥐고 무력으로 침입자들을 저지하려 한다. 역효과일 뿐이었다. 거의 속도를 늦추지 않고 츠즈쿠와 오와루는 인간의 벽 속으로 돌진했다. 금세 혼전이 벌어졌다. 경봉과 블랙잭은 모조리 허공을 가르고, 사내들은 럭비공처럼 공중으로 날아올랐다. 폰티아낙은 부하들을 자신에게 집어던지며 추적을 방해하는 두 사람을 소리 높여 욕했다.

"본체예요, 오와루!"

츠즈쿠의 뇌리에 번뜩이는 영감이 있었다.

"저놈의 몸통을 해치우는 거예요. 그러면 머리가 돌아갈 곳을 잃겠죠."

"알았어!"

오와루는 즉시 형의 지시를 이해했다. 혼전의 소용돌이를 돌파해서는 지금 왔던 길을 역방향으로 달려나갔다. 전력질주였다. 공중에서 이를 본 폰티아낙이 저주의 고함을 질렀다. 무시무시한 얼굴로 오와루를 따라 날아왔다.

"으악, 야, 이쪽으로 오지 마!"

오와루는 제멋대로 떠들어댔지만, 폰티아낙도 필사적이었다. 내장을 매달고 날아가며 자신의 몸통 주위에 있는 부하들을 향해 고함을 질렀다. 자기 몸을 감추라고.

폰티아낙의 부하들은 상사의 몸을 안아들었다. 머리도 내장도 없으니 체중은 반감되었지만 다들 매우 섬뜩했을 것이다.

그 꼴로 복도를 도망치는 모습은 지옥의 망자들을 그려낸 르네상스 시대의 희화처럼 그로테스크하면서도 어딘가 우스꽝스러웠다.

"이 자식들아, 거기 서!"

오와루는 소리를 지르면서 불길한 예감에 목덜미가 시큰해지는 것을 느꼈다. 반사적으로 바닥에 다이빙해 몸을 낮추었다. 그의 머리 위를 시커먼 뱀 같은 그림자가 지나갔다. 폰티아낙이 뒤에서 오와루의 다리에 창자를 얽어 넘어뜨리려 했던 것이다. 오와루는 바닥을 한 바퀴 굴러 그 끔찍한 공격을 피했다. 손에 무언가 단단한 물건이 닿았다. 용병 한 사람이 내팽개친 러시아제 경기관총이었다. 오와루는 반사적으로 이를 붙잡고 몸을 일으키며 자세를 잡았다. 하지만 류도 형제는 원래 총을 싫어한다. 총이란 권력자의 끄나풀들이 류도 형제에게 쏘는 물건이다. 그러므로 반순간 망설였던 바로 그때, 폰티아낙의 창자가 날아와 경기관총에 감겼다. 오와루의 손에서 그것을 빼앗아간다.

폰티아낙이 불길한 웃음소리를 냈다. 창자가 구물텅거려 경기관총의 총신에 감기고 총구를 오와루의 얼굴에 겨누었다. 준동하는 창자의 가느다란 부분이 방아쇠에 얽혔다. 경기관총의 탄환 따위로 류도 형제가 죽지는 않겠지만 눈에라도 들어가면 대미지는 피할 수 없다. 탄환이 고속으로 발사되기 직전.

대량의 흰 거품이 폰티아낙의 머리를 감쌌다. 순식간에 산소

공급이 차단된 폰티아낙은 소리도 내지 못하고 고통스러워하며 미친 듯이 몸부림쳤다. 흰 거품은 그치지 않고 날아들어, 폰티아낙은 내장과 경기관총을 매단 채 여기저기 부딪치며 복도 저편으로 날아가버렸다.

"형, 괜찮아?"

그 목소리에 머리를 들고 동생에게 고맙다고 하려던 오와루는 소화기를 들고 아마루의 등 뒤에 선 훤칠한 청년을 보고 벌떡 몸을 일으켰다. 인사도 잊고 동생을 노려보았다.

"아마루, 너 일렀지!"

"그게 아니다."

아마루의 어깨를 두드리며 하지메가 오와루를 노려보았다.

"네가 저녁 먹을 때가 돼도 나타나지 않았잖냐. 어디서 뭔가 소동을 벌이고 있을 거라 생각하는 게 당연하지. 찾으러 가려고 했더니 마침 아마루가 돌아오더라."

2초 정도 걸려 오와루는 반격의 태세를 갖추었다.

"이 소동을 일으킨 건 내가 아냐. 난 선량하게 관광만 했는데, 코바, 코바⋯⋯."

오와루는 코바야카와 나츠코라는 무시무시한 이름을 꼴깍 삼켰다.

"뭐, 나중에 천천히 들으마."

하지메가 말했을 때, 방해하는 자들을 모조리 해치운 츠즈쿠가 달려왔다.

"예정보다 이르다만 어차피 해야 할 일이었으니까. 이제 와서 돌아가는 것도 찜찜하겠지. 한바탕 운동하고 돌아가도록 하자."

그 말에 동생들은 깨달았다. 맏형도 이제까지 전투 의욕을 억누르고 있었던 것이다. 맏형이 의욕을 보인 이상 그 무엇도 류도 형제의 행동을 막을 수는 없었다.

제4장 그리고 우주전

I

용은 산속의 깊은 연못에 몸을 숨기고 천계의 꿈을 꾸었다. 인계의 흥망치란 따위는 용이 알 바 아니었다. 인계의 평화도 선도 인간들 자신의 손으로 실현해야만 한다. 사악한 인간도 다른 인간들이 타도해야만 한다. 서로 간섭해서 좋을 일은 아무 것도 없다.

그런데 일부러 산속의 연못까지 찾아와 물속에 돌을 던지고 막대로 휘저어 맑은 물을 더럽히는 인간이 있다. 꿈에서 깨어난 용이 진노해 불손한 인간을 혼내주면 인간은 자신들의 무례함도 잊고 두려워하며 혐오한다. 용은 신물이 나 더더욱 인간들에게서 멀어지려 한다. 이리하여 인간과 인간이 아닌 존재는 좀처럼 양호한 관계를 맺을 수가 없다. 그랬어야 하는데.

……건물 내의 양상을 보고 류도 하지메는 반쯤 어이가 없었다.

"이게 무슨 몬스터 하우스야. 포 시스터즈는 인간이 아닌 것들과 묘한 관계를 맺고 있나 보군."

"이놈들에 비하면 우리는, 진짜, 평범해."

"오와루에게 그런 말을 들으면 저것들도 원통할걸요."

"어차피 일본어는 못 알아들을걸."

아마루의 의견은 타당했으나 결과적으로는 빗나갔다. 안경을 끼고 머리를 잘 빗어 넘긴 중년 동양인이 나타나더니 일본어로 말을 걸었던 것이다. 이 건물에는 중국인과 동남아시아인과 러시아인이 있으니 일본인이 있어도 전혀 이상할 것이 없었다.

"자네들은 누군가. 보아하니 일본인 같은데 이곳은 사유지일세. 무단으로 침입하면 법으로 처벌을 받을 텐데, 그래도 괜찮나?"

야구자 사건을 꺼내 반론해도 상관없겠지만, 하지메는 이런 자들과 성실하게 대화를 나눌 마음은 없었다.

"용건만 끝내고 돌아가마."

"용건이라니?"

"램버트 클라크를 만나게 해다오."

램버트가 홍콩에 있을 거라고는 생각하지 않았지만, 하지메는 그렇게 말해보았다. 일본인 중역은 표정을 흐렸다.

"누굴 말하는 건지 모르겠네만 만나서 어쩌자는 건가."

"묻고 싶은 게 천 가지 정도 있어서."

말한 다음 하지메는 비아냥거리듯 웃었다.

"뭣하면 기획서를 제출할까? 도장을 찍어서. 그렇게 하면 이상한 유리벽을 내리는 걸 멈춰주겠어?"

일본인 중역은 외견에 어울리지 않는 민첩함으로 후퇴했다.

빠르게, 소리도 없이 그와 하지메 사이에 투명한 벽이 내려와 두 사람을 차단했다.

"얼빠진 애송이 놈들. 신경가스 마시고 반성 좀 해봐라. 그 유리벽은 곰도 뚫을 수 없을걸."

돌아본 아마루는 등 뒤에도 투명한 벽이 있다는 것을 알았다. 천장의 조그만 구멍에서 누렇게 착색된 가스가 분출되기 시작했다. 하지메는 유리를 가볍게 두드려보았다. 두께는 3cm 정도. 그것이 두 장 겹쳐져 있었다. 비웃음을 머금은 일본인 중역을 무시하고 오와루에게 한 차례 고개를 끄덕여주었다. 오와루는 즉시 행동에 나섰다.

공간에 하얗고 거대한 거미집이 출현했다. 오와루의 강렬한 발차기에 방탄유리가 균열을 일으킨 것이다. 이어서 츠즈쿠가 점프해 정확히 같은 곳을 찼다. 매우 맑은 소리가 유리 파편과 함께 사방으로 퍼져나갔다. 동시에 독가스는 퇴로를 발견하고 누런 촉수가 되어 일본인 중역 일당에게 달려들었다.

"가스를 막아, 막으라고!"

일본인 중역은 고함을 지르며 구르다시피 도망쳤다. 그의 부하들도 비명을 지르며 뛰어나갔다. 유출된 가스는 적도 아군도 구별하지 않는다. 자신들이 확실하게 안전한 곳에 있지 않는 한 써서는 안 될 병기인 것이다. 하지메 일행은 그 뒤를 따라 쫓아갔다. 그들의 뒤에서는 싸구려 그림물감을 녹인 듯한 색조의 누런 가스가 따라왔다. 그 가스에 휩싸이면 피부가 짓무르고 구토를 하게 되며, 온몸이 경련을 일으켜 착란과 고통 속에 죽어간다.

"방해물이 사라진 건 좋지만 어디를 어떻게 찾는 게 좋을까요?"

"모조리 다 뒤지고 다니자. 타운젠트가 살아있었다면 불만을 제기했겠지만."

"타운젠트의 사무실이 아직 정리되지 않았다면 거기서 뭔가 발견할 수 있을지도 모르겠군요."

"동감이야."

누런 가스의 분출은 그쳤다. 이어서 중화와 배출이 이루어질 것이다. 류도 형제의 피해는 '연기 때문에 눈이 아리는' 정도였다.

다시 총탄의 샤워가 쏟아졌다. 천장에 벽에 바닥에, 탄흔이 피카소 풍의 그림을 그려나갔다.

"진짜 집요하네."

오와루가 혀를 찼지만, 적의 요새 내부이니 집요한 것이 당연하다. 목숨에는 지장이 없지만 일부러 소나기 속에 나갈 필요는 없었으므로 네 사람은 진로를 바꾸기로 했다. 츠즈쿠가 싸늘하게 웃었다.

"생각해보니 적도 안됐어요. 이만한 손해를 입고도 공표할 수가 없으니까요."

"공표하지 못하는 건 우리도 마찬가지지. 세계 경제를 지배하는 4대 재벌이 50억 명을 죽이려 한다고 말해봤자 아무도 안

믿을걸. 무엇보다 매스컴이 제대로 보도해주지도 않을 거고.”

“그러게요. 우리에게 전면적으로 죄를 뒤집어씌울 수 있을 때나 보도해주겠죠.”

“정보 조작은 놈들의 주특기니 말이다. 놈들과 대립하는 자는 모두 악마의 화신 취급을 당하지. 뭐, 우리의 경우 딱히 거짓말 같지도 않다만.”

“인류의 적이잖아, 우린.”

“가슴을 펴고 할 소리가 아니에요, 아마루. 오와루의 나쁜 물이 들면 못써요.”

“왜 일일이 날 갖다붙이는 거야.”

대화를 나누며 류도 형제는 건물 안을 뛰어다니고 한 걸음마다 포 시스터즈의 재정에 소소한 손해를 입혔다. 인적자원 면에서는 1개 중대 정도를 확실하게 병원으로 보내주었을 것이다. 그리고 10분 후, 자못 중요한 것처럼 닫힌 문 앞에 도착했다.

“이 문은 정확한 번호를 누르지 않으면 안 열려.”

“숫자 조합은 수백만 가지쯤 되겠네.”

아마루와 오와루의 대화에 맏형은 너무나도 쉽게 결론을 내려주었다.

“생각해봤자 헛수고야. 넷이 같이 때려부수자.”

“그래도 돼?”

오와루의 두 눈이 반짝 빛났다.

“마음껏 해치워라. 사양할 거 없으니.”

"분부 받들겠나이다."

이 건물은 테러리스트와 범죄자를 격퇴하기 위해 경비 시스템에만 1억 달러의 비용을 들였다. 류도 오와루의 용돈 10만년 어치 정도는 될 것이다. 하지만 이날 하룻밤 사이에 그것이 전부 무로 돌아가버릴 지경이었다.

오와루는 문에 날아차기를 날렸다. 조금 전의 방탄유리보다도 더욱 강렬한 킥이다. 축구공을 잇달아 터뜨리는 바람에 '부탁이니 다른 서클로 가달라'고 축구부 고문 선생님이 두 손을 비비며 애원하게 만들었던 원인 중 하나가 이 킥이었다. 강하다고 다 좋은 것은 아니지만 이번의 킥은 스포츠가 아닌 파괴행위를 위한 것이다. 아마 백만 달러 정도는 할 법한 문이 자신의 존재의의와 함께 멸망의 노래를 부르며 날아가버렸다.

네 사람은 쓰러진 문을 밟으며 실내로 들어갔다. 그곳은 몰개성한 호텔의 스위트룸 그 자체였다. 과거의 개성이 세간이나 장식에서 엿보이긴 하지만 그것도 극히 최근에 사라져버리고, 능률이라는 이름의 몰개성이 뒤를 차지했던 것이다. 그리고 그 중앙에 조금 전의 일본인 중역이 있었다. 책상에 앉은 채 도망치려 하지 않은 것은 강직한 성품 때문이 아니라 겁을 먹고 다리에서 힘이 풀려버렸기 때문이었을 것이다. 왼손에 수화기를 든 채 얼어버렸다. 다가간 오와루가 될 수 있는 대로 부드럽게 그 수화기를 빼앗았다. 다음 순간 일본인 중역은 의자에 벌렁 나자빠지더니 거품을 물고 기절해버렸다. 오와루의 귀에 수화기에서 새나오는 목소리가 들렸다. 기묘한 위화감이 드는, 인공적인 느낌의 일본어였다.

『홍콩과 런던의 시차를 생각해보라고. 나는 지금 점심을 먹으려던 참이었어. 자네 따위에게 방해받고 싶지 않아.』

상대의 목소리가 오와루의 식욕 중추를 강렬히 자극했다. 수상 레스토랑에서 저녁을 먹지 못했던 기억이 떠올랐던 것이다. 오늘 밤 안으로 한두 군데가 아니라 대여섯 군데의 가게를 돌며 '홍콩 먹어죽이기 투어'의 첫날밤을 화려하게 장식할 생각이었거늘. 대체 누구에게 책임을 물으면 좋단 말인가.

"당신 일본인이야?"

형제들의 표정을 살피며 오와루가 전화 상대에게 말했다. 반응은 냉담했으나 수상쩍어하는 것 같기도 했다.

『그 목소리는 하마다가 아닌데. 누구냐?』

"먼저 그쪽부터 이름을 대. 그게 예의잖아."

1.5초 정도의 간격을 두고 음습한 목소리가 땅 밑바닥에서 기어 올라왔다.

『드래곤 브라더즈로군. 나의 무능한 부하들을 해치웠나?』

오와루는 등골이 오싹해졌다. 물론 기뻐서가 아니라 불쾌해서였다. 폰티아낙의 B급 그로테스크 감성에서 오는 것과는 다른, 무언가 신성한 것을 모독당한 듯 심각하기 그지없는 감정이 고개를 들었다. 오와루는 황급히 수화기를 하지메의 손에 넘겼다. 이런 상황은 큰형에게 떠넘기는, 아니, 맡기는 것이

최고다.

II

사태는 급전개를 맞고 있었으나 전화회선의 양쪽 끝에 있는 인물은 모두 정면 결전의 준비가 부족했다. 당장 류도 하지메는 동생들의 '정찰'을 방치할 수 없었으며, 얼마 전의 타운젠트 살해에 대해 반격의 의지를 드러내는 것 이상은 생각하지 않았다. 우종과 싸우기 위한 선계의 계획은 여전히 입안 중일 테니 자신들만 마음대로 행동할 수 없다는 사정도 있었다.

램버트 클라크 뮈론 쪽도 아직은 드래곤 브라더즈와 직접 결판을 낼 마음이 없었다. 애초에 그의 책임은 신세계 질서에 불필요한 50억 명의 인간을 없애는 것이었으며, 류도 형제를 처리하는 것은 부차적인 문제였다. 램버트, 정확하게는 그의 육체와 정신을 지배한 누군가는 자기 혼자 용왕들과 목숨을 걸고 싸울 생각은 없었다.

그러나 류도 가의 장남과 전화로 대면했을 때, 간교한 지혜의 섬광이 램버트의 뇌리를 비추어주었다. 곁에 대기 중이던 빈센트 보좌관은 젊은 타이쿤의 표정이 처절한 웃음으로 일그러지는 것을 보았다. 램버트의 왼손이 수화기를 쥐고, 오른손은 펜을 놀려 메모지에 몇 줄의 문자를 써내려갔다. 다가와 메모지를 받아든 빈센트는 자신의 의지와는 달리 이마와 뺨의 근육이 굳는 것을 느꼈다. 아무 일도 없었다는 듯 램버트는 홍콩과의 대화를 이어나갔다.

"드래곤 브라더즈, 너희에게 선물을 하나 주지."

그 목소리에 담긴 악의의 파동은 1만 킬로미터의 거리가 있어도 전혀 약해지지 않았다. 이놈이 대체 무슨 수작을 부리려는 거지? 하지메도 당장은 판단을 내릴 수 없었다.

"필요 없다고 해도 떠넘길 생각이겠지. 민폐밖에 안 된다만, 대체 뭐냐."

"핵미사일이야."

희열에 달뜬 목소리가 하지메의 말문을 막아버렸다.

"뭐, 별로 대단한 규모는 아니고. 겨우 1메가톤 정도가 6개지. 시베리아의 치타에서 발사될 테니까, 어디보자, 앞으로 1시간쯤 있으면 홍콩에 도착하겠는걸."

치타의 러시아군 핵미사일 기지는 모스크바의 제어를 받지 않는다. 러시안 마피아라 불리는 범죄조직이 지배하며, 그 마피아에는 포 시스터즈의 강한 영향력이 미친다. 소련 붕괴 후 치타는 포 시스터즈에게 원자력과 병기와 용병의 중요한 공급 센터가 되었다.

"받아주겠나, 드래곤 제군?"

"홍콩과 광저우 주위에는 3천만 명도 넘는 사람이 살고 있을 텐데?"

"다 아시아인 아닌가. 대부분 중국인이고. 애초에 그것들은 수가 너무 많아. 한꺼번에 줄여야겠어, 지구를 위해."

"진심으로 하는 소리인가?"

"화를 낼 시간이 있으면 요격 대책을 짜는 게 어떨까? 자네들이라면 막을 수 있을 텐데."

악을 부추기는 메피스토펠레스의 목소리였다. 하지메는 그가 무슨 말을 하는지 이해했다. 이해하도록 만든 것이다. 용으로 변신하는 게 어떻겠냐고, 램버트는 그렇게 말하고 있다. 악의와 조롱을 담아 부추긴 것이다. 램버트는 용왕들을 보기 좋게 몰아넣고 있었다.

"막을 힘이 있는데도 막지 않겠다면 너희도 공범, 아니, 귀중한 조력자야. 3천만 명 살해계획에 힘을 보태준 셈이지. 미리 감사 인사를 해둬야겠어. 그럼 이만."

램버트는 수화기를 내려놓았다. 대화를 일방적으로 차단했다. 드래곤 브라더즈에게 생각할 시간을 주어서는 안 된다. 생각할 시간을 주지 않고 행동으로 몰아넣어야만 한다. 홍콩의 전선사령부는 아무래도 꼴사납게 궤멸당한 모양이지만 용왕들을 '처분'할 수 있다면 그 정도 실점은 문제가 되지 않는다.

"빈센트, 당장 지시를 실행에 옮겨라. 치타에서 핵미사일 6발을 홍콩으로 발사하도록 명령한다. 그와 동시에, 조종이 가능한 군사위성은 모두 동경 110도에서 120도 사이에 전개할 것. 드래곤들을 포위 공격하는 거다. 빈틈없이 실행하도록."

빈센트의 이마에서 뺨으로 땀이 투명한 폭포를 이루었다. 램버트는 류도 형제와 생각지도 못한 통화를 하는 사이에 이만한 책모를 펼친 것이다. 그렇다 쳐도 인류 50억 말살계획 속에서 홍콩은 분명 제외되었을 텐데, 망설이지도 않고 그걸 미끼로 사용하다니. 빈센트는 자신을 냉혈하다고 생각했으며 그것이야말로 엘리트의 필수조건이라고 믿었다. 하지만 램버트의 냉혈함 앞에서는 호랑이 앞의 고양이나 마찬가지였다.

빈센트의 기묘한 패배감 따위 아랑곳하지도 않고 램버트는 다시 수화기를 들었다. 곧 그의 입에서 흘러나온 언어는 빈센트가 전혀 이해하지 못하는 이국의 언어였다. 그도 8개 국어를 할 수 있지만, 고대 이집트어인지 아시리아어인지 감도 잡히지 않았다. 램버트가 빈센트에게 방에서 나가도록 명령하지 않았던 이유는 옆에서 들어봤자 이해하지 못하리란 것을 알기 때문이리라. 그리고 바로 그랬다.

"용의 비행 능력으로도 지구에서 달까지 3, 40시간은 걸릴 테지. 흠, 이틀 정도 사이에 극적인 변화가 일어날지도 모르겠어."

빈센트가 겨우 이해할 수 있었던 것은 수화기를 내려놓은 램버트의 혼잣말뿐이었다. 그것은 영어였으므로.

램버트의 도전을 받은 류도 형제에게는 선택의 여지가 전혀 없었다. 램버트가, 아니, 포 시스터즈가 실행도 불가능한 공갈을 칠 리가 없다. 그들은 50억 명의 말살을 실제로 실행하고 있지 않은가. 원래 용은 인계의 일에 관여해서는 안 된다. 그러나 용들은 지금 연못을 떠났으며, 우종이 의도한 폭거를 방관할 수는 없었다.

맏형의 설명을 들은 동생들은 이내 사태를 이해했다. 이것은 우종의 뻔한 도발이지만 받아들이지 않을 수는 없었다.

"내가 갈게. 내가 용이 될게."

아마루가 자청했다. 얌전한 막내지만 두 눈은 유성처럼 빛났으며 뺨은 상기되어 있었다.

"그 왜, 오와루 형이 요코타 미군기지에서 용이 됐을 때 내가 하지메 형의 명령으로 용이 됐었잖아. 그때 잘 됐으니까 이번에도 잘 될 거야."

"아마루……."

"나한테 핵미사일을 떨어뜨리라고 시켜, 하지메 형. 내가 잘 처리 할게."

"우리도 나름대로 잘 할 수 있을 겁니다."

"맞아맞아. 아마루 같은 미숙자는 불안해. 내가 가서 시범을 보여줘야지."

츠즈쿠도 오와루도, 얌전히 자리를 지킬 마음은 없는 모양이었다.

"굳이 전부 다 갈 필요가 있겠냐."

맏형은 그렇게 결론을 내렸다.

"아마루는 남아서 마츠리네와 함께 있어라. 사실은 아까 아

난 반점으로 돌아가 자고 있을 테니까."

아마루는 말대답하지 않았다. 맏형이 아끼는 막내인 그는 말대답 따위 한 적이 없었다. 이때 아마루는 행동으로 뜻을 보였다. 휙 소리가 날 정도의 기세로 몸을 돌리더니 옥상 끄트머리로 달려가버린 것이다. 한순간 놀란 형들은 금세 막내의 의도를 이해했다.

"아마루……!"

맏형의 목소리를 등으로 들으며 아마루는 옥상에서 지상으로 다이빙했다. 재빨리 내민 하지메의 손은 간신히 아마루의 뒷덜미를 붙들었다. 전날 밤의 오와루에 이어 이날 밤은 아마루가 맏형에게 목덜미를 잡혀 대롱대롱 매달렸다.

"알았다, 아마루. 넷이 같이 가자."

"만세!"

"소풍 가는 게 아니야. 아무래도 오와루의 영향이 점점 강해지는 것 같아서 큰일이야."

"그래그래, 내가 만악의 근원이다."

오와루가 부루퉁하게 대답하자 츠즈쿠가 어깨를 으쓱했다.

"그렇게까지 자신을 과대평가할 필요는 없잖아요? 오와루에게 악의는 없고, 사리분별이 현저히 부족하다는 것만은 잘 아니까요."

"아무튼 내가 1등으로 갈 거야!"

오와루가 뭔가 말하기도 전에 옥상으로 끌려 올라온 아마루가 그렇게 주장했다.

III

옥상에 흑룡이 출현했을 때, 건물 상층을 새하얗게 타오르는 빛이 에워쌌다. 충분히 예상했던 하지메도 츠즈쿠도 충격파를 받아 후방으로 밀려나고 오와루는 옥상 난간까지 날아가는 바람에 하마터면 추락할 뻔했다. 츠즈쿠가 몸을 일으키며 쓴웃음을 지었다.

"오와루는 그렇다 쳐도 아마루가 저렇게 막무가내일 줄은 몰랐어요."

"너무 애 취급했는지도 모르지. 인식이 부족했다고 반성해야겠어."

흑룡의 흑요석 같은 눈에 그 말이 맞다는 표정이 떠오르는 것 같았다. 하지메는 시계를 보았다. 아직 여유가 있다. 손을 내밀어 하지메는 가볍게 흑룡의 턱을 두드려주었다.

"아마루, 우리도 이제부터 용이 될 거다. 넌 먼저 아난 반점으로 가서 마츠리에게 모습을 보여줘. 한 마디 사정을 설명해 두지 않으면 쓸데없는 걱정을 끼칠 테니."

흑룡은 한 차례 고개를 끄덕이고는 밤하늘을 향해 나선을 그리듯 날아올랐다. 흑요석 같은 비늘에 대도시의 불빛이 반사되어 거대한 목걸이를 방불케 하는 빛의 염주가 물결쳤다. 그것도 한순간이고, 용의 모습은 금세 밤하늘로 녹아들었다.

"자, 시간이 없으니 서두르자."

맏형의 목소리에 츠즈쿠가 한쪽 무릎을 꿇었다. 그의 이마에 하지메가 손바닥을 가져다댄다. 두 사람은 함께 호흡을 고르고, 그 율동을 같은 파장으로 맞추었다. 츠즈쿠와의 교감은 처음이었지만 아마루에게 두 번 성공했던 것이 하지메의 자신감으로 이어졌다. 옆에서 바라보던 오와루는 이젠 호기심보다는 빨리 자기 차례가 왔으면 좋겠다는 심정으로 발을 동동 구를 정도였다.

"상상해라. 용이 되어 하늘을 나는 너의 모습을. 숨을 한 번 내쉴 때마다 너의 몸은 가벼워진다. 의식은 해방되어 상승한다. 하늘을 향해 날아오른다……."

그런 맏형의 목소리에 맞춰 오와루도 중얼거리고 있었다. 이렇게 해서 1분 후에는 홍룡이, 그로부터 다시 3분 후에는 백룡이 건물 옥상에 출현했다. 옥상에 있던 탑옥은 드래곤이 출현할 때 발생한 강렬한 에너지파에 날아가버리고, 건물 아래에는 구경꾼들이 몰려들었지만 무슨 일이 생겼는지는 이해하지 못하는 듯했다. 세 동생을 용으로 변신시킨 하지메는 상당히 지쳤다.

"난감한걸. 정작 난 아마루가 하려던 짓을 할 수밖에 없는 건가."

쓴웃음을 지은 하지메는 헬리포트 끝으로 걸어가기 시작했다. 홍룡이 천천히 긴 목을 내밀었다. 하지메는 도움닫기 없이 옥상을 한 번 박차 홍룡의 목에 올라탔다. 백룡이 높이 날아오르고, 이를 따르듯 홍룡도 날아 아난 반점으로 향했다. 구경꾼들의 소란 따위 신경도 쓰지 않았다.

한편 흑룡은 아난 반점 건물을 향해 밤하늘을 하강하고 있었다. 아난 반점 옥상에서는 탑옥에 몸을 기댄 등사가 똬리를 틀고 있었다. 오늘 밤의 근면한 활동에 대한 포상으로 많은 과일을 얻어먹고 배가 든든해진 행복감에 졸고 있었던 참이었다. 눈을 슬쩍 뜨고 흑룡의 모습을 보았지만 다시 눈을 감아버렸다. 창문 너머로 흑룡의 모습을 본 마츠리가 옥상으로 뛰어나왔다.

"아마루구나. 왜 그래? 무슨 일 있었어?"

흑룡은 대답하지 않았다. 인간의 말은 이해하지만 말을 하지는 못하는 것이다. 감응의 파동을 전하는 기술도 체득하지 않았으므로, 까만 눈으로 하염없이 마츠리를 바라볼 뿐이었다.

『그대여 보오, 두 눈의 색을*』── 내 눈을 보고 이해해달라는 것이었다. 중대사가 발생했음은 마츠리도 충분히 알아차릴 수 있었지만.

"츠즈쿠 오빠, 오와루!"

마츠리의 목소리에 대답하듯 홍룡과 백룡의 모습이 나타났다. 홍룡의 목에 타고 있던 사람이 옥상 위로 뛰어내렸다. 마츠리가 그쪽으로 달려갔다.

"하지메 오빠, 대체 무슨 일이야?"

---

*군간쌍안색(君看雙眼色). 에도시대의 선사 하쿠인의 말.

"포 시스터즈가 홍콩으로 핵미사일을 쐈어."

하지메가 단도직입적으로 말했다. 한순간의 침묵을 거쳐 마츠리는 사태를 이해했다.

"네 사람을 용으로 변신시키기 위해서구나."

"그래. 이건 함정일 거야."

하지메는 사촌누이의 총명함에 감탄했다.

"하지만 달리 방법이 없어. 이대로 핵미사일이 홍콩에 떨어진다 해도 포 시스터즈는 눈 하나 깜짝하지 않을 거야."

"하지메 오빠가 결심했다면 반대는 하지 않겠지만, 또 많은 사람의 눈에 뜨이겠네."

"걱정하지 마. 무슨 일이 일어나도 과학자가 과학적으로 설명할 테니까."

세계 각지에 용이 출현하고, 도쿄에서는 신주쿠 도심이 불길에 휩싸였으며, 샌프란시스코에서는 미국 태평양함대가 궤멸했다. 그런 것들은 사고와 집단환각으로 설명이 되어버렸던 것이다.

"너무 충격적인 대사고가 목격자에게 착각을 발생시키고 그것이 집단환각으로 성장했다. 용 따위 실존하지 않는다는 건 과학적인 상식이므로 목격 증언은 전혀 신용할 필요가 없다. UFO의 목격담과 마찬가지로 사태는 심리학이나 정신병리학의 영역이다."

그것이 과학계에서 주류가 된 공언이었다.

'너희는 존재하지 않는다'라는 소리를 듣는다는 것도 묘한 기분이지만, 정체를 알리고 싶지 않은 자들에게는 고마운 결론이었다. 실존이 인정된다면 다음에는 행동의 자유를 빼앗기고, 피와 세포를 채취당하고 뇌파를 기록당하는 등 무제한의 실험 재료가 될 뿐이다. 류도 형제를 사로잡아 생체해부를 하려 했던 매드 닥터 타모자와 아츠시는 극단적인 경우지만 예외적인 경우는 아니었다.

"그럼 마츠리, 다른 분들에게도 말 좀 전해줘."

말을 이어나가면 한이 없다. 하지메는 일부러 마츠리의 대답을 기다리지 않고 옥상 끝으로 달려갔다. 난간을 뛰어넘는다. 그대로 떨어진다. 밤바람을 가르며 추락한다. 세 마리의 용이 그 모습을 응시하고 있었다.

마츠리는 옥상에서 기다렸다. 하지메가 뛰어넘은 곳으로 시선을 고정한 채, 사촌오빠가 다시 나타나기를 기다렸다. 오래 기다릴 필요는 없었다. 마츠리의 시선 저편에서는 어둠을 원경 삼은 등불의 대해가 펼쳐져 있었다. 그 등불이 가로막혔다. 아래에서 거대한 그림자가 힘차게 솟아올라 하늘에 찬연한 광채의 파도를 뿌렸다. 긴 목을 뻗어 하늘에서 마츠리를 쳐다본다. 이 세상에서 가장 푸른 눈이 마츠리를 바라보자, 깊고도 깊은 신뢰의 마음이 마츠리의 마음에 솟아났다.

용에게는 용의 싸움이, 인간에게는 인간의 싸움이 있다. 마츠리는 아무래도 엄밀한 의미에서의 인간은 아닌 모양이지만 일단 인간의 형태를 하고 있으니 인간으로서 싸워야 할 것이다. 용을 방해할 생각은 없었다.

"다녀와, 하지메 오빠. 난 지상에서 애쓰고 있을게."

손을 흔들어주자, 청룡은 긴 몸을 천천히 꿈틀거리며 그대로 밤하늘을 향해 상승했다. 홍룡, 백룡, 흑룡이 뒤를 따르고 가장 성급한 백룡이 급상승해 흑룡을 추월했다. 위성궤도까지 상승해 핵미사일을 파괴한 경험은 이미 있다. 이번에는 미사일의 숫자도 적다. 가볍게 처리하고, 겸사겸사 우주에서 푸른 지구를 구경해줘야지. 백룡은 그렇게 생각하고 있었다. 백룡은 인간의 몸도 마음에 들었지만 방대한 에너지를 담을 그릇으로 삼기에 인간은 역시 너무 작다. 용의 몸으로 광대무변한 우주를 달려나가는 짜릿한 기분은 그 무엇과도 비교할 수 없었다. 아무튼 이번에는 핵미사일을 파괴한다는 대의명분이 생겼으니 마음껏 용의 몸으로 자유를 누리고 싶었다. 한밤의 검은 천장을 뚫고 나가듯 하염없이 위로 위로. 1초마다 중력의 사슬이 끊겨 지상으로 떨어졌다. 자유의 바람이 용의 몸을 밀어올린다. 온몸의 세포가 밖을 향해 터져나가고, 바람의 일부가 되어 약동하는 듯한 해방감이 들었다.

IV

네 마리의 거대한 용은 더욱 상승했다. 그것은 올해 여름, 세계가 전면 핵전쟁에 돌입하려던 것을 저지한 이후 처음 있는 일이었다. 지상 1,400km. 눈 아래에 펼쳐진 것은 벽옥 같은 색채로 빛나는 거대한 구체였으며, 하얀 구름의 흐름이 비단실처럼 표면을 감싸고 있었다. 다만 기분 탓인지 암회색의 사위스러운 구름이 일본 열도 동부를 뒤덮은 것처럼 보였다. 이것은 후지산의 대폭발에 따른 분연일 것이다. 거대한 분화에 의한 분연은 제트기류를 타고 지구를 한 바퀴 돌아 반구 전체의 기후를 바꿔버리는 경우도 종종 있다.

자신들의 힘으로 분화를 저지할 수 있었을까. 청룡은 그렇게 생각했으나 이는 오만이라는 사실을 금방 깨달았다. 무익한 회고보다도 일단은 눈앞의 의무를 처리해야만 한다. 네 가지 색의 네 마리 드래곤은 중국 대륙의 까마득한 상공을 따라 북상했다. 두 줄기의 굵고 힘차며 장대한 물의 곡선을 넘어섰다. 장강과 황하였다. 그리고 지구인의 역사상 최대 최장의 건축물인 만리장성을 넘었을 때, 전방의 하늘에서 꿈틀거리는 빛의 벌레 여섯 마리를 발견했다.

발견으로부터 처리까지는 1분도 걸리지 않았다. 드래곤은 핵미사일에 달려들어 가차 없이 파괴해버렸다. 그야말로 너무나도 쉽게 일을 마치고, 백룡은 부족하다는 듯 사방을 둘러보았다. 겨우 이걸로 끝이냐고 말하고 싶은 모양이다. 홍룡은 북쪽, 시베리아 상공을 거대한 루비색 눈으로 노려보았다. 두 번째 미사일이 날아올까 경계했지만 5분을 기다려도 제2격은 날아오지 않았다. 그러면 차라리 핵미사일을 발사한 기지를 파괴하고 후환을 없애버리면 어떨까. 홍룡이 청룡에게 그렇게 제안했을 때, 흑룡과 백룡이 동시에 경보를 발했다. 드래곤들은 머리 위를 올려다보았다. 벼락의 창이 떨어졌다. 이 고도에서 벼락이 발생할리가 없다. 몸을 틀어 회피한 드래곤들은 머리 위의 우주공간에 깜빡이는 몇몇 광점을 발견했다. 지구인들이 쏘아올린 인공위성이었다. 그것도 빔 병기를 탑재한 군사위성이다.

소련의 붕괴, 동서 냉전의 종결과 함께 머리 위의 위협은 수많은 이들에게서 잊히고 말았다. 그 직전까지는 '드디어 스타워즈의 시대'라고 떠들어대며 무수한 군사위성이 발사되었으나 이제는 존재의의도 없어 허무하게 지구 주위를 회전할 뿐이었다. 그러나 지상에 회수되지도, 기능을 잃어버리지도 않은 이들 위성은 지금 누군가의 지령을 받아 드래곤에게 이빨을 드러낸 것이다.

청룡의 지시를 기다릴 것도 없이 백룡과 홍룡이 긴 몸을 약동시켰다. 합계 네 개의 군사위성이 금세 격파되었다. 그리고 다섯 번째의 위성이 고속으로 청룡에게 육박했다.

이것은 구소련이 쏜 군사위성으로 레이저나 미사일을 쏜 후에는 상대 위성에게 육탄돌격해 자폭하는 병기였다. 경제적인 병기라고 칭송해야 할까. 청룡은 그렇게 생각하지 않았다. 이런 것을 진지하게 고안하고 막대한 비용과 기술력을 투입해 만들어내 가상 적국에게 이겼다고 좋아하는 '대국' 지도자의 유치함을 연민할 뿐이었다.

청룡의 눈앞에서, 육탄돌격 위성은 불덩어리로 변해 터져나 갔다. 홍룡이 초고열의 에너지 구체를 산탄처럼 발사했던 것이 다. 그때 또 다른 육탄돌격 위성이 다른 방향에서 달려왔다. 이 것은 신이 난 백룡이 달려들어 긴 꼬리로 힘껏 후려쳤다. 육탄 돌격 위성은 럭비공처럼 날아가 허무하게 폭발했다.

5분 사이에 드래곤들은 스무 대도 넘는 군사위성을 우주의 먼지로 만들어버렸다. 청룡은 상쾌함보다도 수상함을 느꼈다. 언젠가 포 시스터즈가 책략을 부릴 것은 확실하지만 과연 이 정도일까. 2단계 함정을 예상했던 청룡의 등 뒤에서 아무런 장 비도 없는 한 대의 위성이 작동했다. 입을 벌리고, 무언가가 그 곳에서 하늘로 튀어나왔다.

그것은 지구 방향에서 온 것이 아니었다. 달 방향에서 날아 와 용들의 배후를 친 것이었다.

그 존재를 홍룡이 가장 먼저 알아보았다. 은색 달을 배경으로 어두운 색조의 구름이 피어나는 것을 홍룡의 눈이 포착했다. 물론 그것은 기상학적인 의미의 구름은 아니었다. 조그만 생물 의 대군이 만들어낸 기괴한 구름이었다. 조그만 생물이라고는 해도 그것은 용의 몸과 비교해 그렇다는 것이며 한 마리 한 마 리는 지구인 어린아이만한 사이즈였다. 형태는 지구에 사는 거 미를 연상케 했다. 그 수는 최소 1만 마리. 홍룡이 형제들에게 경계를 촉구했을 때, 괴충들은 무시무시한 속도로 용들에게 몰려들었다. 1만 남짓한 벌레에게서 1만 개 남짓한 흰 섬광이 뿜어져 나왔다. 그것은 달빛에 희게 반짝이는 실이었다. 점도가 높으며 강인하고 굵은 실이 용들의 몸에 달라붙었다. 용들은 분노와 혐오의 파동을 발하며 몰려드는 거미떼를 쳐내고 짓이겼다.

"묶어! 드래곤 놈들을 묶어버려!"

이것은 지구의 어떤 한 점에서 우주공간의 한 곳을 향해 솟아나온 지령이었지만, 물론 용들에게는 들리지 않았다. 열 마리, 스무 마리를 쳐냈지만 그 백 배가 넘는 거미가 몰려들어선 실을 토해냈다. 흑룡의 얼굴이 실에 싸이고, 이를 홍룡이 앞발로 뜯어냈다. 청룡의 뒷다리에 수십 가닥의 실이 얽힌 것을 백룡이 갈라버렸다. 서로를 도와가며 한동안 싸웠지만 거미들은 교활한 전법으로 나섰다. 전체의 절반은 백룡에게 몰려가고, 나머지 절반은 다른 세 마리의 얼굴을 노려 실을 쏘았다. 세 마리가 견제당한 사이에 백룡은 온몸을 실에 묶이고 말았다.

가장 표한하고 민첩한 백룡이 가장 먼저 붙잡혀버린 것이다. 아마 배가 고파 움직임이 둔했을 것이라고 형제들은 추측했다. 백룡은 발버둥을 치고 몸을 굽혔다 펴며 탈출을 시도했으나 백룡을 감싼 실의 신축력은 힘을 흡수하고 확산시켜 탈출을 저지했다. 다른 세 마리가 거미를 쳐내고 구하려 했지만 사로잡힌 백룡은 형제들에게서 떨어지고 말았다.

적이 누가 됐든 용들의 사고방식을 간파하고 있음은 확실했다. 네 마리의 용을 모두 사로잡을 필요는 없는 것이다. 흰 실에 묶인 백룡의 몸은 달을 향해 스페이스 셔틀을 가볍게 능가하는 속도로 육박했다. 백룡 자신의 뜻이 아니었다. 눈에 보이지 않는 강한 파워가 백룡을 끌어당겼다. 백룡의 뇌리에 떠오른 것은 인간의 모습을 하고 지구에 서식했을 때 읽었던 SF 소설의 기억이었다. 트랙터 빔이라는, 거대한 우주선조차 포획해 끌어당겨버리는 병기였다. 선계의 주민들이 있었다면 "그건 황금신승(幌金神繩)이라는 보패, 다시 말해 비밀병기의 효용이야" 하고 가르쳐주었을 것이다.

달로 끌려가는 백룡을 청룡과 홍룡과 흑룡이 쫓아간다. 온 힘을 다해 우주공간을 질주하지 않으면 따라잡지 못할 만한 속도였다. 지구에서 달까지 약 38만 킬로미터의 암흑공간을 네 마리의 용이 일직선으로 질주한다. 지상에서 천체망원경으로 달을 보던 자가 있었다면 전례가 없는 생체형 UFO의 관측에 성공했을지도 모른다.

용들의 비행은 30시간에 이르렀다. 먹지도 마시지도 자지도 않고, 지구에서 달까지, 진공의 해협을 헤엄쳐 건넌다. 몇 번이나 구출의 기회를 노렸으나 그때마다 거미들의 수를 줄였을 뿐 결정적인 기회는 잡지 못했다. 그리고 어느샌가 용들의 시야에는 거대한 은화와도 같은 다른 천체가 펼쳐져 있었다. 달을 보는 청룡의 뇌리에 한 가지 기억이 떠올랐다.

그것은 지구에서 후나즈 타다요시라는 괴이한 노인에게 들

었던 이야기였다. 상당히 오래 된 이야기인 것도 같지만 아직 반
년도 지나지 않았다. 그때 노인은 용이 가진 구슬── 용주(龍珠)
에 대해 기이한 관심과 집착을 보였다.

　용주란 달을 말하는 것 아닐까. 그런 생각을 마음 한구석에
떠올리며 청룡은 월면을 향해 내려갔다. 왼쪽에는 홍룡, 오른
쪽에는 흑룡을 거느리고 백룡을 좇았다. 용들의 눈앞에 월면이
펼쳐졌다. 지구의 빛을 받아 둔중하게 빛나는 월면은 단조로
운 은회색으로 보였지만 군데군데 붉은색이며 푸른색의 광채
가 뿌려져 있는 것은 지질과 태양광과 지구광의 미묘한 관계에
서 오는 것이라 여겨졌다. 긴 비행 끝에 마침내 용들은 달 표면
에서 1킬로미터 정도의 저공에 이르렀다. 그리고 용들은 보았
다. 거대한 크레이터의 그늘, 지구에서는 도저히 관측할 수 없
는 바위투성이 분지에 원형의 구멍이 뚫려 있는 것을. 백룡은
분명 그곳을 향하고 있었다. 구멍 속으로 끌려 들어가려 하는
것이다.

　청룡은 갑자기 비행 속도를 높였다. 홍룡이 왼쪽으로, 흑룡
이 오른쪽으로 산개하는 대형을 취했다. 청룡은 맹렬히 달려들
어 눈에 보이지 않는 광선에 끌려가는 백룡을 추월해 달 표면
에 착지했다. 진동으로 먼지가 솟아난다. 달의 중력은 지구의
6분의 1. 미약해도 중력이 존재하면 청룡은 이를 조작할 수 있
다. 달에 내려섰다는 감회를 품을 틈도 없이 청룡은 능력을 해
방시켰다. 달 표면에 인공의 건축물이 있다면 그것은 지구의

건축물보다 약할 것이다. 중력을 견뎌낼 필요가 없기 때문이다. 여기에 고중력이 가해지면 어떻게 될까.

월면에 소리는 없다. 모든 것은 무음 속에 발생했다. 청룡이 커다란 암석 위에 내려섰다. 그 암석은 금세 가라앉기 시작했다. 월면에 파고들어, 더더욱 가라앉는다. 원래의 중력보다도 열 배, 스무 배의 하중을 받았기 때문이다. 무음의 세계인만큼 전조를 알아차리기란 어려웠다. 그래도 극히 미미한 진동을 감지하고 청룡은 암석에서 재빨리 물러났다. 암석은 무시무시한 기세로 지하를 향해 추락했다. 백룡의 몸이 크게 흔들리며 월면에 떨어졌다. 백룡을 사로잡았던 빔의 발생원이 암석에 짓이겨져 파괴된 것이었다.

백룡은 자유의 몸이 되었다. 해방된 기쁨의 파동을 다른 세 마리에게 전하며 요란하게 몸을 흔들고 앞발과 뒷발을 움직인다. 홍룡이 앞발을 대고 열파를 보내자 실은 숯으로 변해 스러지고 백룡의 움직임에 따라 거미줄의 잔재가 지저분한 눈처럼 찢겨나갔다.

수천 마리의 거미는 진공의 바다를 발버둥치듯 헤엄치며 문 안쪽으로 도망치려 했다. 가차 없이 홍룡과 청룡의 꼬리가 번쩍여 일이백 마리를 한꺼번에 달 표면에 떨어뜨리고 처박았다. 더욱 전의를 높이며 문 안으로 뛰어들려던 청룡은 저 멀리 안쪽에서 문이 닫힌 것을 보았다. 그 바로 앞에서 또 다른 문이 닫히고, 그 앞의 문도 닫혔다. 아마 열 겹 스무 겹으로 설치된

문이 잇달아 닫혀 청룡의 시야를 차단했다. 위험을 느낀 청룡은 동생들에게 경고하고 높이 날아올랐다. 아슬아슬했다. 바로 1초 전까지 용들이 있던 공간을 강렬한 에너지의 굵은 창이 꿰뚫고 지나갔다. 5km 정도 떨어진 전방의 크레이터 벽이 순식간에 소멸되었다. 모든 소리가 없는 세계에서 일어난 일이기도 해, 청룡은 자신들이 매우 비현실적인 상황에 놓인 것을 느꼈다. 물론 자신들은 별도로 치고 말이다. 드래곤들은 일단 거대한 무기를 피해 월면을 이동하기로 했다.

제5장 월광몽환곡

I

월면은 무채색의 세계처럼 보였다. 공기가 없으므로 태양광을 부드럽게 누그러뜨릴 것이 없어, 빛을 받은 장소는 하얗게 빛나고 그림자는 시커멓게 시선을 빨아들인다. 닫혀버린 수수께끼의 문도, 소실된 크레이터도 어쩐지 환영이었던 것처럼 여겨지기까지 했다.

청룡은 하늘을 올려다보았다.

사파이어 색으로 빛나는 지구는 우주의 심연에 내팽개쳐진 한 개의 보석이었다. 그곳에서 이 월면까지 자력으로 날아왔다는 사실이 청룡에게는 믿기지 않았다. 올 때는 정신이 없었지만, 다시 진공의 어두운 해협을 헤엄쳐 건너 지구로 돌아가려면 꽤나 고생할 것 같았다. 특히 백룡은 자유의 몸이 된 순간 공복을 떠올리고 음식 한 조각 존재하지 않는 월면에 낙담한 듯했다.

이미 백룡은 구출했으니 이 황량한 불모의 땅을 벗어나 한시라도 빨리 지구로 귀환해야 할 것이다. 그렇게 생각하면서도 그들이 당장 달을 떠날 마음이 들지 않았던 데에는 '기왕 왔으

123

니까' 하는 거지 근성도 있기는 있었지만, 무엇보다도 기묘한 그리움이 그들을 붙들어놓고 있었던 것이다. 그리운 고향이 지금은 황폐한 불모의 황야로 변하다니. 그 녹색 들판은 어디로 갔단 말인가. 그런 종류의 감상을 금할 수 없었다. 아주 어렸을 때 읽었던 '타케토리 이야기'*의 기억도 떠올랐다. 달은 카구야히메의 고향이기도 하다.

"『타케토리 이야기』는 달에 사람이 산다는 거짓말을 사람들에게 심어주는 비과학적인 이야기니 읽어서는 안 된다."

그렇게 주장하는 과학자는 없을 것이다. 있다면 그 사람은 문학적 진실이란 것을 이해하지 못한다는 점에서 야만인이라 불려 마땅하다.

달에 대해 온갖 잡설을 제기하는 오컬트주의자들도 많아, 류도 하지메도 그런 책을 꽤 읽었다. 물론 그들을 믿어서가 아니었다. 바로 얼마 전 사촌누이 토바 마츠리와 영능력자에 대해 이런 대화를 나눈 적이 있다.

"3천 년 전 이집트의 왕이 독살당했다는 사실을 투시한 영능력자가 현대 일본에서 실종된 변호사 일가의 소재지에 대해서는 전혀 모르기도 하고."

"정치가나 재계인의 불치병을 치유했다는 초능력자가 자기 근시는 고치지 못해 안경을 쓰고 다니기도 하고."

"참 신기한 세상이야. 뭐, 모순이 있다고 해서 전부 사기라고

---

*대나무 속에서 태어난 아름다운 여자아이 카구야히메가 마지막에는 달로 돌아가는 이야기.

단정할 수도 없지만."

하지메는 갑자기 입을 다물고 마츠리도 침묵했다. 신기하다고 하면 그들이 더 사기꾼 초능력자 따위보다도 훨씬 더 신기한 존재다. 과학자는 용의 존재를 부정한다. 하지메는 할아버지에게 이런 말을 들은 적이 있다.

"과학자를 두려워하고 존경하거라. 하지만 과학교 신자에게는 그럴 필요가 없다. 그들은 과학과 기술을 독점해 일반 시민을 배제하고 권위와 권력에 다가서는 것만 생각하니까."

어렸던 하지메는 그 말을 잘 이해하지 못하고 그저 고개만 끄덕였다. 지금은 어렸을 때보다도 잘 이해한다. 아이러니하게도 자신들이 설명할 수 없는 것을 모두 착각이니 환상으로 치부하는 사람들 덕분에 드래곤 형제의 정체는 널리 알려지지 않을 수 있었다.

"재미있지, 마츠리? 고대에는 국가가 오컬트를 독점했어. 점성술이나 음양도 같은 걸 국가가 독점했고, 그 권세와 권력에 대항했던 게 과학이야. 그런데 현대에서는 우주개발이니 원자력이니 하는 거대 과학을 국가가 독점하고, 개인이 여기에 대항할 방법은 없어."

"대항할 무기로 오컬트가 있는 거구나."

"아, 맞다. 달에 대해 서왕모님의 궁전에서 약간 재미있는 이야기를 들었는데."

서왕모라는 말을 듣자 마츠리의 표정이 살짝 바뀌었다. 마츠리에게 어머니는 아직 도쿄에 있는 토바 사에코이며 서왕모는 만나본 적도 없는 신화상의 인물이다. 이때 하지메가 들려준 것은 서왕모의 딸, 다시 말해 마츠리의 언니인 요희에게 들은 이야기였다. 미국의 아폴로 우주선이 달에 착륙해 자신들의 영토도 아닌 곳에 성조기를 세웠다. 그 깃발이 펄럭이고 있었으므로 달에 공기가 있다고 생각되었다는 것이다.

"그럼 하지메 오빠는 달에 공기가 있다고 믿어?"

"설마."

하지메는 쓴웃음을 지으며 손을 내저었다.

"그건 깃발에 그런 장치를 했던 거래. 다만 문제는 NASA——미항공우주국이 정보를 독점한다는 점이야. 자기들에게 유리한 정보는 공개하고, 불리한 정보는 숨기고, 때로는 데이터를 조작하고. 심지어 그걸 외부에서 검증하는 건 아주 어려우니까."

"그러게. 민간인이 달에 가서 진위를 확인할 수는 없는걸. 가령 그 깃발이 박물관에 전시되었다고 해도 진짜인지 어떤지는 증명할 방법이 없고."

"그러니까 온갖 잡설이 생겨나는 거야. 뭐, 그건 권위에 대한 반발이니 아무리 과학적으로 반증되더라도 사라지진 않겠지. 나치 독일이나 일본제국이나 소련처럼 국가가 거짓말을 해 국민을 속였던 사례는 얼마든지 있어. NASA가 관리하는 정보를 곧이곧대로 모조리 믿어버리는 것도 너무 순진한 짓이겠지."

"세상에는 국가에게 속고 싶어서 견딜 수 없어하는 사람도 꽤 있는걸."

⋯⋯그런 대화가 청룡의 뇌리를 스쳤다. 청룡은 한 가지 사안에 따라 어떤 방향으로 날아가고 있었다. 산악을 누비고 크레이터를 넘어, 계곡을 건너. 다른 세 마리도 그 뒤를 따랐다.

달의 표면은 30억 년 전에 활동을 정지한 죽음의 세계다. 공기도 없고 생명도 물도 존재하지 않는다. 그 사실은 현대의 과학으로 의심할 여지없이 확인되었다. 다만 모든 것이 해명되지는 않았다. 달이 어떻게 생겨났는가 하는 점도 아직 알지 못한다. 또한 'LTP'라는 과학용어가 있다. 이것은 'lunar transient phenomena(일시적 월면 변화현상)'의 약자로, 이제까지도 2천 건 이상이나 관측되었다. 원인불명의 발광현상이나 가스 분출 등으로 대부분이 '착각, 오인, 날조'라고 단정되었다. 실제로 그렇겠지만, 원인을 알 수 없는 것도 몇 가지 있었다.

달의 내부는 텅 비었다는 설이 옛날부터 존재했다. 구소련의 과학자가 제창한 가설이라고 한다. 그 말에 따르면 달은 평균 반경 1,740km 구체지만 두께 370km의 이중 껍데기를 가졌으며, 내부는 반경 1,370km 거대한 공동이라고 한다. 이 경우 달의 껍데기는 1세제곱센티미터 당 388g이나 되는 초고밀도의 중금속으로 이루어졌다는 뜻이 된다. 달의 표면에 설치된 지진계는 인공지진의 진동이 3시간이나 이어졌음을 보여주었다. 그것은 달의 내부가 공동임을 의미한다는 것이다. 한편으로는 다른 데이터도 있어서, 그것은 월면의 자연적인 지진 발생원이

지하 1천 킬로미터에 있음을 나타냈다. 이 두 가지 데이터는 서로 모순된다.

지구의 지하에는 광대한 동굴이 있고, 지하도시며 지하군사 기지도 건설되어 있다. 그렇다고 지구의 내부가 완전히 텅 비었음을 의미하지는 않는다. 공동인 부분도 있고, 그렇지 않은 부분도 있다. 아마 달의 지하에는 지구에서 조사할 방법도 없는 거대한 인공도시가 있는 것이 아닐까. 바로 조금 전에는 용들이 그곳의 극히 일부에 접근하기도 했다.

어딘가 다른 곳에도 지하로 이어지는 통로가 있을지 모른다. 청룡은 푸른 눈으로 주위를 둘러보았다. 홍룡이, 백룡이 이에 따라 시선을 사방으로 돌렸다. 2시간 정도 비행하자 용들이 올려다보던 하늘에서 지구의 모습이 사라졌다. 불모의 황야를 날고 또 날아, 그들은 마침내 달의 뒷면으로 돌아간 것이다.

달의 뒷면은 표면과 달리 지구에서는 관측이 불가능하다. 지구인의 발자국도 표식도 남겨지지 않았다. 이제까지 몇 차례에 걸쳐 인공위성으로 관측이 이루어졌지만, 극히 일시적인 것뿐이며 표면을 손으로 만져본 적조차 없다.

'달의 바다'라 불리는 것은 현무암으로 이루어진 평지를 말하는데, 달의 뒷면에는 '바다'가 거의 없다. 아름다운 풍경을 추구하는 이들이 본다면 의기소침해질 수밖에 없는, 산악과 협곡과 크레이터의 연속이다. 크레이터 뒤에 무엇이 숨어있는지, 지구인의 탐사는 아직 여기까지는 미치지 못한 것이다. 달의 지극히 기묘한 특성 중 하나로, 달의 지각 두께는 앞면과 뒷면이 크게 다르다. 앞면에서는 50km, 뒷면에서는 150km. 지구의 과학은 아직도 그 이유를 설명하지 못한다.

흑룡은 씩씩하게 달의 지면을 뛰며 탐험을 즐기는 듯했다. 배가 고프다는 점에서는 백룡과 다를 바 없겠지만 형제 전원이 자유롭고 건재하다는 점이 흑룡의 마음을 들뜨게 했다.

늘 씩씩한 백룡이 소극적인 이유는 월면의 비행이 별로 즐겁지 않기 때문이었다. 중력이 가벼운 것은 용들에게는 상관이 없다. 대기가 존재하지 않으므로 바람도 없어, 바람을 타는 것을 즐기는 백룡에게는 불만이었다. 이런 비행은 단순한 이동일 뿐이다.

예상했던 공격은 아직 오지 않았다. 용들이 이 국면을 타개하려면 적의 공격에 대해 반격한다는 형태밖에 취할 수가 없다. 보이지 않는 적들은 용들이 얌전히 달을 떠날 때까지 기다리려는 것일까. 청룡은 그렇게는 생각하지 않았다. 백룡을 포로로 삼기 일보직전이 아니었던가. 자신들의 작전에 미련이 있다면 다시 공격을 감행할 것이다. 월면은 아마 적의 최중요거점이 분명하며, 지리적 이점은 적에게 있을 테니까.

II

전조도 없이 용들의 발밑에서 빛이 터져나왔다. 강렬한 에너지가 솟아나 용들은 반쯤 여기에 떠밀리다시피 하늘로 솟아올랐다. 흑룡은 자신의 신장 다섯 배쯤 되는 거리를 밀려났으나 공중에서 자세를 다시 갖추었다. 나머지 셋은 지면과 크레이터의 벽에 처박혔지만, 지구의 6분의 1밖에 안 되는 중력에서는 별다른 피해는 없었다. 그래도 솟아나는 모래와 돌덩어리 속에서 두 바퀴 세 바퀴를 굴러야 했다. 그때 다시 몇 줄기의 섬광이 짓쳐들어 용들의 비늘에 맞고 튕겨나 찬연한 무지개색 불꽃을 뿌렸다. 흑룡이 급강하해 강력한 앞발을 휘두르자 지표에 거의 닿을락말락한 위치에서 꿈틀거리던 세라믹 뱀이 뜯겨져 나가면서 똑같이 불꽃을 뿜었다. 가동성 촉수 끝에 에너지 빔 발사 장치가 달려 있었던 것이다. 튕겨 날아갔던 백룡이 긴 꼬리를 휘두르자 대여섯 개의 발사 장치가 한꺼번에 폭발했다. 빔 병기의 파편이 너울너울 허공에 난무했다. 그 밑에서 바위가 움직였다. 솟아오르고 늘어나고 줄어들며 무언가 하나의 형태를 이루려 했다.

그러한 암석은 변형을 이어나가 마침내 거대한 바위산 하나가 괴물의 모습이 되었다. 네 마리의 용이 곰 앞의 고양이로밖에 보이지 않을 만큼 거대한 괴물이었다. 전체적으로는 말과 비슷했지만 머리에는 네 개의 구부러진 뿔이 돋아났으며 꼬리는 소와 비슷했다. 흉흉한 모습이 완성된 것과 동시에 괴물은 포효했다. 달 표면에서는 소리가 전달될 리 없는데도 용들은 어째서인지 위협의 포효를 똑똑히 지각할 수 있었다. 악의의 파동이 진공 속에서 전해졌다.

처음 몸을 날린 것은 역시 백룡이었다. 지루한 이동보다는 위험한 전투를 훨씬 선호하는 것이다. 백룡은 바람을 일으켜 소닉 빔을 쏘지만 달 표면에서는 그의 무기는 쓸 수가 없다. 은백색 긴 몸을 꿈틀거려 온몸을 부딪치듯 덤벼들었다. 이어서 홍룡이 뛰어들었다. 괴물이 홍룡의 배를 향해 뿔을 내질렀다. 홍룡은 이를 아슬아슬하게 피했다. 그 틈에 백룡이 괴물의 배 밑으로 파고들려 했지만, 뒷다리에 밟힐 뻔해 간신히 회피했다. 하지만 백룡은 그대로 괴물의 몸을 타고 상승하더니 멋진 전투 센스를 보여주었다.

몸을 괴물의 등에 밀착시키고 소닉 빔을 직접 괴물의 몸에 꽂았던 것이다. 괴물은 몸을 떨었다. 온몸을 타고 소닉 빔이 퍼져나갔다. 공기가 있다면 파쇄음이 쩌렁쩌렁 울려 퍼졌을 것이 분명하다. 용들이 뛰어 물러난 것과 동시에 괴물의 온몸은 분열되었다. 무수한 암석이 사방팔방으로 튕겨 날아갔다.

순식간에 강적을 물리친 백룡은 선드러지게 승리의 포즈를 취했다. 하지만 그 득의양양한 태도는 5초도 가지 못했다.

부서졌던 무수한 암석이 그대로 탄환이 되어 용들에게 날아갔던 것이다. 온몸을 난타당한 용들은 진저리를 치며 암석의 비에서 벗어났다. 물러나 태세를 재정비할 동안 암석은 회오리 바람이 되어 미친 듯이 날뛰며 한곳으로 모이더니 다시 거대한 괴물의 모습을 이루기 시작했다. 이 괴물에게 자신의 의지가 있는지 어떤지는 알 수 없지만, 청룡은 무한한 재생으로 용들을 피로에 빠뜨리려는 적의 목적을 알아차렸다. 이미 충분하고도 남을 만큼 깊이 파고들었다. 적의 중요 거점이 틀림없이 달에 있음을 확인한 이상 이제는 일단 물러나야 한다. 하지만 얌전히 물러나게 해줄지 어떨지.

아무튼 청룡은 동생들에게 후퇴하자는 뜻을 전했다. 당연히 청룡이 가장 후방을 맡을 생각으로 움직이기 시작했을 때, 괴물이 돌진했다. 홍룡이 허공에서 몸을 돌려 긴 꼬리로 괴물의 옆머리를 후려쳤다. 가차 없는 일격에 괴물의 거대한 몸이 크게 흔들리더니 천천히 옆으로 쓰러졌다. 홍룡은 여기에서 그치지 않고 거대한 몸에 앞발을 걸고 냉각의 파동을 직접 흘려보내려 했다. 괴물의 몸 일부가 갈라졌다. 생명이 있는 존재처럼 암석의 무리가 홍룡의 몸을 타고 올라와 에워싸려 했다. 달려온 청룡이 꼬리를 휘둘러 암석을 쳐내면서 홍룡의 목을 물고 급상승했다. 홍룡은 하마터면 바위 속에 갇혀버릴 뻔했다. 이 못된 적을 어떻게 해치울지, 용들은 하늘에서 다소 당혹스러워했다. 그때였다.

"청룡왕. 지구로 돌아오십시오."

그 목소리는 청각신경을 타고 전해진 것이 아니라 용들의 뇌리에 울려 퍼졌다.

"서왕모님의 뜻입니다. 달의 지하세계에 침입하는 것은 시기상조이며 아직 천기(天機)가 되지 않았으니 물러나라 하십니다."

용들의 여덟 눈이 하늘의 한 점을 바라보았다. 청백색의 담담한 빛을 가진 구체가 허공에 떠서 그곳에 여성의 상반신을 투영하고 있었다. 구룡비봉(九龍飛鳳)이라 불리는 형태로 머리를 묶고 주옥을 뿌려놓은 황금색 옷을 입은 미녀였다. 용왕들이 서왕모의 궁전에서 만났던 구천현녀였다. 냉정하면서도 청각을 통하지 않는 목소리로 구천현녀가 말을 이었다.

"그 괴물은 유유(猰貐)라고 합니다. 예로부터 그 괴물이 출현하는 세상에는 악인이 활개를 친다고 하는데, 그 모습을 본떠 만든 것이지요."

그런 괴물을 형성했다는 점에서 거대한 누군가의 악의가 느껴졌다. 누군가란 물론 우종일 것이다. 온갖 수단으로 드래곤의 역량을 시험하려 한다. 최종결전은 아직 멀었다. 적어도 달에서는 우종이 우세하며 여유만만한 것이다.

구천현녀는 서왕모가 통치하는 여왕국의 재상이다. 속된 표현을 쓰자면 '쿨하고 우아하고 지적인 미인'이 될지도 모르겠다. 아무튼 딱딱하고 예리하고 냉철하며, 재능과 미모도 날카롭기 그지없다는 인상이었다.

"이 정도 괴물은 저희에게 맡기십시오. 용왕 분들께서는 더욱 강대한 적과 싸우셔야만 합니다."

'이 정도 괴물'이라는 것에 애를 먹어서야 더 강대한 적과 싸울 수 있을까?

홍룡은 그렇게 비아냥거리는 것 같다고 생각했지만, 구천현녀는 아랑곳하지 않고 청백색 빛의 구체를 괴물의 앞으로 보냈다. 괴물은 온몸으로 증오를 뿜으며 빛의 구체를 향해 돌진하려 했다. 빛의 구체에서 무언가 고리 같은 것이 날아가자 순식간에 괴물의 거대한 몸을 감쌌다. 괴물은 앞으로 고꾸라져 얼굴부터 지면에 처박혔다. 그러면서 몸은 급속도로 흐려지더니 쓰러진 것과 동시에 완전히 사라지고 말았다. 그리고 두 번 다시 나타나지 않았다.

청룡은 실제로 이 이상 달에 머무는 것은 무익하다고 생각하지 않을 수 없었다. 구천현녀의 비술은 괴물을 어딘가 먼 곳으로 날려버린 듯했다. 용왕들이 나설 자리는 없었다. 구천현녀는 대수롭지 않다는 투로 말했다.

"이제부터 용왕님들을 인계로 돌려보내드리겠습니다. 부디 이 고리 안으로 들어오십시오."

달의 지면에 고리 하나가 나타났다. 거무스름한 현무암 표면에 청백색 원이 떠올랐다. 네 마리의 용이 온몸을 넣을 수 있을 만큼 넓었다. 묻고 싶은 것은 얼마든지 있었지만 일단 청룡은 다른 세 마리를 채근해 고리 안으로 들어갔다.

"용왕님들을 인계의 홍콩이라는 도시로 순간이동시키겠습니다. 도착하셨을 때는 용의 몸에서 인간의 몸으로 변화하실 테니 부디 걱정 마십시오."

선계나 천계의 슈퍼 하이테크놀로지에 일일이 놀라선 한이 없다. 흑룡, 백룡, 홍룡, 청룡 순서대로 고리 안에 들어갔다.

고리 바깥쪽에서 엷은 황금색 빛이 솟아났다. 그 빛은 완전히 고리 주위를 에워싸더니 황금색으로 빛나는 원통이 되어 위로 위로 뻗어 올라가 빛의 기둥이 되었다. 이윽고 그 빛이 차츰 흐려지고 사라지자, 달에서 드래곤들의 모습 또한 사라졌다. 이 빛이 지구에서 목격되었다면 'LTP'의 중요한 사례 중 하나가 되었겠지만, 달의 뒷면에서 일어난 일이었으므로 아무에게도 알려지지 않고 끝났다.

III

마츠리의 사촌 형제들이 밤하늘을 향해 날아오른 지 이틀이 지났다. 그들이 목적을 이루었다는 것은 잘 안다. 홍콩은 핵폭발의 섬광에 불타는 일도, 방사능의 재에 뒤덮이는 일도 없이 온갖 혼란과 소동에 시달리면서도 여전히 건재했다. 그렇다면 목적을 이룬 류도 형제는 어디에서 뭘 하고 있을까. 그들의 절대적인 능력에 전면적인 신뢰를 기울이면서도 마츠리는 역시 걱정이 되었다. 밥은 잘 먹고 있을까.

대답이 돌아왔다.

"다녀왔어, 마츠리 누나. 배고파~!"

문을 열고 오와루와 아마루가 굴러 들어왔다. 그 뒤에서 하지메와 츠즈쿠도 들어왔다. 구천현녀 덕에 지구로 전송된 그들은 아난 반점의 자기네 방에 출현했을 때 인간의 몸으로 돌아와 있었다. 황급히 옷을 입은 후, 그들은 강렬한 공복감에 사로잡혔다. 오와루는 달을 통째로 튀겨서 먹어버려도 좋을 정도로 식욕을 느꼈다. 오와루는 주저앉다시피 테이블에 달라붙었다. 아마루 쪽은 그나마 여유가 있어 무언가 손에 들고 있던 것을 마츠리에게 내밀었다.

"마츠리 누나, 선물이야."

"어머, 고마워. 아마루가 제일 기사님 소질이 있구나. 그런데 이게 뭐야?"

"월석이야. 그것도 달의 뒷면에서 가져온 거."

"멋져라. 가보로 삼아야겠네."

그렇구나. 달까지 갔다 왔구나. 마츠리는 새삼 놀라지도 않았다. 그저 이해할 뿐이었다.

"아 배고파. 죽을 거 같아. 아 어떡해, 벌써 죽었어."

오와루는 테이블에서 미끄러져 떨어지려 했다.

"잠깐 기다려봐. 아직 죽으면 안 돼. 배고픈 채로 죽으면 오와루가 천국에 못 가."

마츠리는 재빨리 결식 형제를 위한 준비를 갖추었다. 그것은 우유와 두부와 스위트콘 통조림을 믹서에 돌려 소금과 후추로 간을 낸 다음 데워 수프처럼 만든 것이었다. 이것을 전자레인지에 가열했다. 원래 밤샘이나 숙취 때문에 위장이 약해졌을 때 먹는 영양식이지만 오래 굶은 후에도 효과가 있을 것 같았다.

"일단 이걸로 속이라도 좀 달래고 있어. 본격적인 음식은 지금 장만할 테니까. 그래도 80% 정도만 채워. 배부르게 먹는 건 푹 잔 다음에 하고."

마츠리는 4형제의 위장이 진정될 여유를 주기 위해 시간을 들여 음식을 만들었다. 황로, 니지카와, 미즈치, 신카이 네 사람은 어떤 회의를 위해 자리를 비웠으므로 그들과의 재회는 날이 밝은 다음이 될 것 같았다.

'나 원, 달에서 괴물하고 싸우고 배가 고파 돌아오는 사촌 형제를 가진 여자애는 우리나라에 나 하나밖에 없을 거야.'

오와루나 아마루의 단편적인 보고를 들으며 마츠리는 새삼 그렇게 생각했다. 솥 가득 끓인 달걀죽에 흰살생선 튀김, 햄과 채소를 넣은 중화풍 오믈렛, 많이 사놓았던 유조 튀김빵 등을 상다리가 휘어지게 놓았다.

"자. 기왕 죽을 거면 배가 터져서 죽도록 해."

오와루는 수상 레스토랑에서 코바야카와 나츠코의 기습을 받은 후 제대로 된 음식을 먹지 못했다. 지난 며칠 동안의 불행을 이참에 한꺼번에 보상받아야만 했다. 오와루의 옆에서 죽을 퍼먹던 아마루가 발밑에서 짖는 소리를 듣고 강아지 한 마리를 발견했다.

"아, 마츠나가 군. 네 정체는 대체 뭘까."

그렇게 말한 아마루는 강아지를 안아들고 두툼한 햄 한 조각을 주었다. 츠즈쿠는 꼬리를 흔들며 햄을 먹는 마츠나가를 보며 의아하다는 표정을 지었다.

"그게 무슨 뜻인가요, 아마루?"

"아마루가 얼마 전부터 계속 마츠나가 군의 정체에 대해 집착했어."

오와루는 그렇게 설명했지만, 그 이상은 말이 없었다. 먹느라 바빴기 때문이다. 먹는 기능만으로도 입이 세 개는 필요할 지경인데, 말을 하는 여분의 기능에 쓸 수는 없었다.

"무슨 소리냐?"

하지메까지 물었으므로 아마루는 스스로 설명을 시작했다. 그렇다고 해도 매우 애매한 것이어서, 수상 레스토랑에서 보았던 그림에 개의 모습이 있었다, 그게 마츠나가 군과 비슷한 것 같았다는 정도였다. 이야기를 들은 하지메와 츠즈쿠는 막대동생의 마음에 상처를 주지 않도록 마음을 쓰면서도 웃을 수밖에 없었다.

"근거가 좀 빈약한 것 같네요, 아마루. 그야 마츠나가 군은 인간보다 똑똑할 정도이기는 하지만 그냥 개인걸요."

"그런데 무슨 이야기의 그림에 나왔던 거냐?"

"그걸 잘 모르겠어……. '양가장연의'는 아니었던 것 같은데."

아마루는 머리를 긁었다. 마츠나가 군이 그 손을 핥아주었다.

'양가장연의'는 중국의 유명한 역사소설로, 일본에서는 어째서인지 전혀 알려지지 않았지만 '양 레이디 제너럴즈(양씨 가문의 여장군들)'라는 이름으로 서양에도 출간이 되었다. 송나라 시대의 궁국은 북방기마민족의 침입에 시달렸는데, 양씨라는 무인 일족이 그들과 용감하게 싸워 공을 세우고 천하에 이름을 떨쳤다. 그 일족은 몇몇 유능한 여성 장군이 통솔했으며, 특히 목계영(穆桂英)이라는 여성은 수나라 말기에서 당나라 초기의 화목란(花木蘭, 뮬란), 남송의 양홍옥(梁紅玉), 명나라의 진양옥(秦良玉)과 더불어 중국 사상 최대의 히로인이다. '양가장연의'는 민족의 흥망과 전란을 그려 재미있는 것만이 아니다. 남존여비의 세계라 여겨지던 중국사 속에서 사실은 재능과 실력 있는 여성이 대활약했다는 사실을 아는 데에도 귀중한 작품이다. 중국에서는 극으로도 나오고 영화화도 되었지만, 일본에서는 번역조차 되지 않았다. 일본에서 중국 문학의 소개는 극히 일부의 작품에 치우쳐 있다.

아무튼 하지메의 기억으로는 '양가장연의'에 개는 나오지 않았던 것 같았다. 개가 나와 활약하는 것이 과연 어느 작품이었더라. 더욱 기억을 더듬어 생각을 정리하려 해보았지만 좀처럼 잘 되지 않았다. 꼬박 이틀 동안 잠도 못 자고 활동한 데다 배도 고팠으므로, 식사와 휴식으로 보답을 받자 긴장과 흥분이 차단되어 소나기구름 같은 기세로 졸음이 밀려왔다. 총명한 사촌누이 말대로, 모든 것은 푹 잔 다음 생각할 일이었다…….

"……구천현녀가!"
분노와 증오에 가득 찬 목소리였으나 여기에는 두려움의 미립자가 섞여 있었다. 램버트의 육체와 정신을 지배하는 누군가는 지난 이틀 동안의 고생이 헛수고로 돌아간 데에 분개했다.

"너무 서둘렀나…… 처음부터 다시 해야겠어."

그렇게 자신을 타일렀지만, 용들을 달까지 유인해놓고 붙잡지도 죽이지도 못한 채 용들이 달에 대한 의혹과 경계심을 품게 만드는 데에서 그쳤다. 실책이라고 해야 하리라. 젊은 타이쿤의 음산한 안광을 보고 빈센트 보좌관은 조심스레 입을 열었다.

"만약 도움을 드릴만한 일이 있으시다면 제가……."

"네가 알 필요도 없는 일이다."

심장에 냉수를 끼얹은 듯한 심정에 빈센트 보좌관은 입을 다물었다. 공포의 비지땀을 흘리며 빈센트는 램버트의 눈치를 살폈으나 상대는 이미 다른 생각에 잠겨 있었다. 빈센트 따위에게 집착할 때가 아니었던 것이다. 드래곤들에게 여유를 주어서는 안 된다. 물론 공정할 필요도 없다. 당장이라도 다음 책략에 나서야 한다. 램버트의 시선이 TV 화면에 향했다. 그곳에는 방대한 재에 뒤덮인 회색의 거대도시 도쿄의 광경이 비치고 있었다.

IV

……흑룡은 깊고 깊은 연못 속에서 천계의 꿈을 꾸며 자고 있었다.

천계는 달에 있되 달이 아니다. 그곳은 진공과 불모가 지배하는 죽음의 나라가 아니라, 자연과 인공의 미를 다한 낙원이었다. 은하를 배경으로 하늘배가 밤하늘을 나아간다. 화원은 무지개 색으로 가득하고, 꽃에 날개를 단 듯 아름다운 새가 지저귄다. 산들바람은 꽃과 수목의 향기를 실어 아름다운 선녀들의 소맷자락을 가볍게 흔들었다. 인계에서 솟아나는 빛은 비취 가루를 뿌려놓은 듯했다.

그러나 낙원은 느닷없이 먹구름과 천둥번개에 뒤덮였다.

세력으로 천계를 양분하는 용종과 우종이 마침내 전쟁을 벌이기에 이른 것이다. 대부분의 신선은 중립을 유지하는 것이 고작이었으며 중재조차 불가능했다. 용왕들의 거성인 수정궁에서는 동서남북 네 용왕이 군장을 입고 넓은 실내에 모였다. 청의청갑을 입은 청룡왕 오광이 장검을 뽑았다. 이제부터 출진의 의식을 시작하려는 것이다.

"병사를 일으키노라!"

청룡왕이 낭랑히 선언했다. 장검을 머리 위로 들고 이를 날카롭게 내리치자 반상에서 푸른 섬광이 내달렸다. 용종의 장이 휘하 전군에 출동을 명령한 것이다.

"병사를 일으키노라! 천병 및 지병(地兵)을 일으키노라. 음병(陰兵) 및 양병(陽兵)을 일으키노라. 수병(水兵) 및 화병(火兵)을 일으키노라. 육해공 뭇 병사를 일으키노라. 사방사궁(四方四宮)의 병사를 일으키노라!"

용종의 군대는 오가군이라고 하며, 병력은 95만이 넘는다. 이들 전체를 출동시키려면 의식이 필요해, 네 용왕이 정식으로 의례에 따라 키워드를 읊어야만 모든 병기를 작동시킬 수 있다.

"천천장병은 장수를 따라 나아가라! 만만장병은 장수를 따라 일어나라! 천장만병은 이곳에 모여 진을 펼쳐라. 급급여율령*!"

청룡왕의 등 뒤에는 투명한 격벽이 있었으며 그곳에는 수백만의 별들이 반짝였다. 그곳에 새로운 은색 광채가 더해졌다. 수백 척의 하늘배가 아래에서 밀려 올라왔던 것이다. 이어서 홍의홍갑의 홍룡왕 오소가 형을 따라 장검을 뽑았다.

"병사를 일으키노라, 병사를 일으키노라! 남방 백만(百蠻)의 병사를 일으키노라! 홍기홍군은 장수를 따라 오라. 홍마홍병은 장수를 따라 일어나라. 홍룡왕이 이에 명하노라. 급급여왕명**!"

홍룡왕은 장검을 높이 들었다가 거세게 내리쳤다. 반상에 붉은 섬광이 내달리더니 실내를 붉게 비추었다.

"병사를 일으키노라, 병사를 일으키노라! 서방 백융(百戎)의 병사를 일으키노라! 백기백군은 장수를 따라 오라. 백마백병은 장수를 따라 일어나라. 백룡왕이 이에 명하노라. 급급여왕명!"

백의백갑의 백룡왕 오윤은 장검을 쳐들고 위에서 아래로 허공을 갈랐다. 반상에 하얀 섬광이 내달리더니 실내는 하얗게 빛났다.

"병사를 일으키노라, 병사를 일으키노라! 북방 백적(百狄)의

---

*急急如律令, 율령과 같이 이를 서둘러 행하라.
**急急如王命, 왕명과 같이 이를 서둘러 행하라.

병사를 일으키노라! 흑기흑군은 장수를 따라 오라. 흑마흑병은 장수를 따라 일어나라. 흑룡왕이 이에 명하노라. 급급여왕명!"

흑의흑갑의 흑룡왕 오염이 장검을 들었다가 힘차게 베었다. 반상에 검은 섬광이 내달리더니 실내에 한순간 어둠이 가득 찼다.

"병사를 일으키노라, 병사를 일으키노라! 동방 백이(百夷)의 병사를 일으키노라! 청기청군은 장수를 따라 오라. 청마청병은 장수를 따라 일어나라. 청룡왕이 이에 명하노라. 급급여왕명!"

다시 실내에 푸른 섬광이 찼다. 그것이 사라졌을 때, 격벽 밖에 이제 별빛은 보이지 않았다. 수만 척의 하늘배가 빛을 형형히 뿜어내며 하늘을 가득 메웠으며 그 뒤에 펼쳐진 우주의 심연에 반짝이는 별들을 가려버린 것이다. 오가군의 장대한 진용이 사해용왕 앞에 전개되었다.

"큰형님, 전군 큰형님의 명령을 고대하고 있습니다. 이 숙경에게 선봉을 명령해 주십시오."

백룡왕이 열기를 띤 목소리로 말했다. 전부터 품었던 바람을 청룡왕이 받아들였다.

"좋아. 백룡왕에게 북두함대를 맡긴다."

북두함대는 오가군의 중추이며 일곱 척의 전함으로 편성되어 있다. 각 함의 이름은 탐랑(貪狼), 거문(巨門), 녹존(祿存), 문곡(文曲), 염정(廉貞), 무곡(武曲), 파군(破軍)이다. 이는 북두를 구성하는 일곱 별의 이름을 붙인 것이다.

"파군이라니 불길한 이름이로군. 이상하지 않은가?"

그런 말을 하는 자도 있었으나 용왕들은 개의치 않았다.

"이름 때문에 군대가 패배하는 일은 있을 수 없다. 패배한다면 재주가 없기 때문. 패배해 이름 탓으로 돌리는 것이야말로 한심한 행위다."

선봉을 맡고 싶다는 바람을 이룬 백룡왕은 흔연히 형왕 앞에서 퇴실했다. 당장이라도 북두함대에 올라탈 기세였다. 흑룡왕이 형왕의 늘씬한 몸을 올려다보았다.

"큰형님, 저는 어디로 출진하면 되겠습니까?"

"계경은 일단 내 본영에 있거라."

"또 후방에서 대기하는 겁니까?"

"숙경이 적을 교란하여 우리의 포진 속으로 유인하면, 그때 계경의 멀쩡한 병력이 필요할 거다."

"알겠습니다. 하지만 셋째 형님은 혼자 다 이기실 생각일걸요."

"어디 혼자 이길 수 있겠느냐."

청룡왕은 그렇게 생각하면서도 말은 하지 않았다. 날래고 용맹한 백룡왕은 이따금 맏형의 예측을 넘어선다.

"그저 이기면 되는 것이 아니다만."

웃으며 막내의 어깨에 손을 얹은 청룡왕은 흑룡왕에게 먼저 다실로 가 기다리도록 말하고 그를 보냈다. 홍룡왕이 조용한 발걸음으로 다가왔다.

"큰형님, 지금 이 시기에 말씀드려야 할지 어떨지 고민했습니다만 허락해주실 수 있겠습니까.”

“말해봐라.”

“혹시 옥제는 천궁에 안 계신 것이 아닐는지요.”

청룡왕은 홍룡왕의 수려한 얼굴을 보았으나 대답은 하지 않았다. 홍룡왕은 형과 나란히 격벽 앞에 서서, 질서정연하게 대열을 갖춘 하늘배의 무리를 바라보며 다시 입을 열었다.

“우종이 옥제를 어딘가로 납치해, 옥제의 이름을 참칭하여 대권을 마음껏 휘두르고 있다는 것이 천계의 실상 아닙니까?”

“아마 그럴 것이다.”

청룡왕은 지혜로운 동생의 지적을 처음으로 인정했다. 이제까지는 신중하게 단정을 회피했음에도. 그러나 천계의 주권자인 옥제에게 알현을 청하고도 거절당하기를 십여 차례. 그동안 천계의 모든 명령은 우종이 내리기에 이르렀다. 용종의 정당한 권리를 계속해서 침범당해, 천계의 질서와 세력균형은 현저히 기울어졌다. 홍룡왕과 백룡왕의 분노를 달래며 청룡왕이 우종의 횡포와 도발을 그저 인내했던 것은 막내 흑룡왕이 천궁에 인질로 잡혀 있었기 때문이었다. 그리고 얼마 전에 그 흑룡왕을 구출하는 데 성공했다. 이제는 인내할 필요가 사라졌다. 그것이 청룡왕이 전군에 명령을 내린 이유였다.

“우종에게 도리는 통하지 않는다. 오가군의 힘으로 대항해야만 한다.”

그렇게 결의하고, 결의를 실행으로 옮기기는 했지만 역시 옥제의 행방만이 마음에 걸렸다…….

V

꿈이 먼 기억을 모두 재현한다 해도 순서대로 올바르게, 균등한 속도로 진행되는 것은 아니었다. 책의 페이지를 건너뛰듯, 혹은 비디오를 되감듯 장면은 급격히 전환되고 바뀌었다. 아난반점의 객실, 옆 침대에서는 바로 위의 형이 건강한 숨소리를 내며 곯아떨어져 있었다. 류도 아마루는 몸을 뒤척이며 다시 꿈나라를 헤맸다.

……조금 전에는 분명 자유의 몸이 되어 세 형과 함께 병사를 일으켰는데, 지금 흑룡왕은 천궁의 한 곳에 유폐되어 있었다.

모양만을 보면 포로 같지 않았다. 어디까지나 귀빈이었다. 용왕 일족의 일원을 천궁에 거주시켜, 용종이 옥제와 친밀한 관계이고, 충성을 다하며, 칙명에 따를 용의가 있다는 사실을 천계 전역에 알린다는 정치적 상징이 바로 흑룡왕이었다. 흑룡왕을 천궁에 거주시키라는 요구를 청룡왕이 거절하려 했을 때, 흑룡왕은 자신이 스스로 인질이 되고자 자청했던 것이다. 형의 괴로운 처지를 헤아려주었기 때문이기도 했고, 자신이 희생되면 그만이라는 소년다운 감상적인 영웅심리 때문이기도 했다. 호화로운 거실과 번듯한 식사 대접을 받으며 깍듯한 예의로 대해주지만 행동은 자유롭지 못하고 교우관계도 제한된다. 마음을 열 상대도 없다. 동정해주는 사람은 있는 것 같지만 상대에게 피해가 미칠 것을 생각하면 말을 나눌 수도 없다. 사람 하나 보이지 않는 내원에서 꽃을 바라보며 그저 수정궁을 그리워하는 것이 흑룡왕의 하루하루였다.

"어라, 넌……."

흑룡왕이 발밑을 내려다보았다. 어디서 왔는지 강아지 한 마리가 소년을 올려다보며 힘차게 꼬리를 흔들고 있었다. 그 강아지를 어디서 본 기분이 들었지만 흑룡왕은 기억하지 못했다. 탑(榻, 의자)에서 내려와 파리금석을 깐 바닥에 한쪽 무릎을 꿇고 앉아 강아지를 안아들었다. 그가 묻기도 전에 목소리가 들렸다. 젊고 약동감이 넘치는 남자의 목소리였다.

『오가의 계자(季子, 막내아들)인가?』

그 목소리는 강아지에 달린 비취 목걸이에서 들려왔다. 지체 높은 신인 용왕에게는 거만한 말투였지만 흑룡왕은 화를 내지 않았다. 오히려 정중히 그 목소리에 대답했다.

"오가의 사남, 이름은 염, 자는 계경이라 합니다. 북해에 책봉되어 흑룡왕 칭호를 받고 있습니다. 귀하는 천궁의 지체 높으신 신인 듯하오나 대관절 뉘신지요."

『오, 형들보다 훨씬 고분고분하고 예의바른걸. 마음에 들었다.』

"형님들을 아십니까?"

『알다마다. 그대를 구출하러 오고 있다는 것도.』

흑룡왕의 표정이 햇살을 머금은 것처럼 빛났다. 반면 목소리는 놀리듯 말을 이었다.

『하지만 그들의 계획은 성공하지 못할 것이다.』

"그것은 어째서입니까?"

『왜냐하면 그 전에 내가 그대를 도주시켜줄 테니까.』

"그런 일을 하셔도 괜찮으시겠습니까?"

『내가 받은 칙명은 동해, 남해, 서해 세 용왕을 저지하라는 것이었다. 북해흑룡왕을 도주시키지 말라는 말은 듣지 못했거든. 후후후…….』

목소리가 웃었다. 활달하고 명랑해 음모를 꾸민다기보다는 장난을 즐긴다는 인상이 강했다. 흑룡왕은 웃음의 파편조차 띄우지 않고 진지하게 물었다.

"형님들과 싸우실 겁니까?"

『그렇다고 했잖나. 칙명은 어길 수 없으니까.』

"그만두시는 것이 좋으리라 생각합니다."

『왜지?』

"당신이 반드시 패배할 것이기 때문입니다. 천계에서 형님들께 이길 수 있는 분은 없습니다."

『한때는 나도 그렇게 생각했지.』

목소리에 노기는 없었으나 이 이상 문답을 나눌 마음도 없는 듯했다. 강아지가 흑룡왕의 주의를 끌듯 조그맣게 짖었다. 목소리가 화제를 바꾸었다.

『그 강아지는 똑똑해서 천궁의 통로도 반쯤은 안다. 따라가 거라. 어지간히 큰 실수를 저지르지 않는 한은 그대를 천궁 밖으로 데려가줄 것이다.』

천궁의 통로에는 곳곳에 결계가 있다. 강아지를 따라가면 그 결계를 피해 지나갈 수 있다는 뜻이었다. 흑룡왕은 목소리가 하는 말을 믿기로 했다. 여기서 흑룡왕을 속여봤자 의미가 없는 일이었다. 앞으로 어떻게 되든 천궁에서 영원히 포로로 잡혀 있는 것보다는 낫다. 흑룡왕은 그렇게 생각했다. 사태가 발각된 후, 흑룡왕이 앞으로도 천궁에 있어야 한다는 결론이 나왔을 때 그렇게 하면 되지 않겠는가.

흑룡왕이 강아지를 따라 달려가기 시작했을 때, 천궁 한곳에서는 동해, 남해, 서해 세 용왕이 천병들을 상대로 격렬한 백병전을 벌이고 있었다.

천계의 싸움에서 물리적인 수단만을 사용한 공격은 효과가 없다. 모든 무기는 영력의 전달체일 뿐이다. 세 용왕의 검은 엷은 무지개색 섬광을 발하며 풀을 베듯 천병을 쓰러뜨렸다. 쓰러진 천병의 갑주가 갈라지자 혈광이 허공으로 솟았다. 피 그 자체로밖에 보이지 않지만 흘러나온 영력이 눈에 보이는 입자가 되어 붉은 파장의 빛만을 반사하는 것이다. 베어도 죽지는 않지만 영력의 유출량에 따라서는 회복에 100년이 필요할 때도 있다. 상대가 우종의 사병이 아닌 천병이기에 그나마 손속에 사정을 두고 있는 것이다. 백여 명의 천병을 혼절시키고 용왕들이 안으로 나아가려 했을 때, 어디선가 목소리가 날아들었다.

"멈추어라, 청룡왕."

친근함마저 담긴 목소리였다. 그러나 청룡왕의 발을 붙들기에는 충분했다. 그가 시선을 돌리자 찬연한 황동색 갑주를 입은 젊은 천장이 계단 위에 서서 천천히 내려오기 시작했다. 그를 보고 청룡왕이 이름을 불렀다.

"적성왕(赤城王)……."

"오랜만이다. 내가 수나라에 전생해 가주(嘉州)의 수괴(水怪)를 퇴치했을 때 만난 후 처음이 아닌가."

계단을 다 내려온 천장은 세 용왕과 수평의 위치에 섰다. 간단히 인사를 나눈 후에는 당연하다는 듯 선고했다.

"칙명에 따라 그대들을 이곳에서 막아야겠다. 지나가고 싶다면 검으로 자격을 얻어라."

"지금 여기서 그대와 검을 나눌 시간이 없네. 거기서 비켜주시게."

"안 들리는데."

한껏 짓궂은 표정을 지은 천장은 한 걸음을 더 다가왔다. 청룡왕과 거의 같은 연배로 보였다. 키도 청룡왕과 비슷했다. 날카로운 끌로 돌을 깎아낸 듯한 이목구비는 단아했으나 그 이상으로 정한하고 야성적이었다.

홍룡왕과 백룡왕이 동시에 한 걸음 나와 맏형의 앞을 지킬 태세를 보였다. 그들은 적성왕이라 불린 천장이 쉽지 않은 적임을 알고 있었던 것이다. 무예로 청룡왕에게 대항할 수 있는 유일한 사내가 용왕 형제의 앞에 있었다. 적성왕은 재미있다는 듯 세 용왕을 둘러보았다.

"홍룡왕의 요사스러운 검, 백룡왕의 격렬한 검. 양쪽 모두 시험해보고 싶지만 역시 청룡왕의 호쾌한 검과 먼저 맞붙어보고 싶군. 어떤가?"

청룡왕은 좌우의 동생들을 보았다.

"중경, 숙경. 물러나거라."

"큰형님!"

"달리 방법이 없다. 적성왕, 내가 상대하겠네."

"좋아. 그대는 나와 달라 여자 놀음보다 독서를 더 좋아하는 터무니없는 괴짜지만 무용은 천계에서 가장 뛰어나지. 손속에 사정을 두지 않고 싸울 수 있는 상대가 존재해 기쁘다네."

천장의 손에 무기가 있었다. 그의 장신을 능가할 정도로 긴 자루 끝에 커다란 칼날이 달려 있었다. 칼날은 폭이 넓은 양날에 끝이 세 갈래로 갈라져 척 보기에도 비할 데 없이 강렬한 참격을 펼칠 것 같았다. 삼첨양인도(三尖兩刃刀)라고 하는 무기였다.

"당나라 현종 황제 이융기(李隆基)가 나를 적성왕에 책봉했을 때 선사한 물건이지. 제법 마음에 들었다네."

"적성왕이라는 봉호도 마음에 드신 모양이지."

"그래. 이융기 그자는 인군(人君) 주제에 신선에게 위계를 주는 뻔뻔한 성격이 좋았거든."

"호색한끼리 마음이 맞았던 것 아닙니까?"

싸늘하게 지적한 이는 홍룡왕이었다. 현종 황제는 양귀비의 미모에 빠져 국정을 소홀히 하는 바람에 천하에 큰 난을 불러왔다. 적성왕은 주눅 들지도 않고 웃었다.

"인계의 나라는 반드시 멸망하는 법이지만, 기왕이면 미녀에게 반해 나라를 멸망시키는 것이 남자의 바람 아니겠나. 그런 것보다도 슬슬 시작해보지 않겠나?"

적성왕의 두 손이 천천히 움직이기 시작했다. 세워놓았던 삼첨양인도를 허리 언저리에 들고 겨누었다. 그 동작 하나만 보더라도 어느 위치에서든 자유로이 참격을 펼칠 수 있다는 자신감이 드러났다. 물러나 지켜보는 홍룡왕과 백룡왕의 눈에는 맏형에 대한 부동의 신뢰가 담겨 있었다. 청룡왕의 칠성보도 또한 발산되지 못한 투기를 담아 천천히 곡선을 그렸다.

"차앗!"

적성왕이 허공으로 뛰어올랐다. 그와 완전히 동시에 청룡왕도 천궁 바닥을 박차고 있었다. 칠성보검과 삼첨양인도. 각각의 무기에 모든 기술과 영력을 담아 두 사람은 칼날을 맞부딪쳤다. 가공할 참격의 격돌은 벼락과도 같은 칼울림을 낳았으며 사방으로 흩어지는 불꽃도 번갯불을 연상케 했다.

맞물린 칼날은 금세 떨어졌다. 섬광이 곡선을 그리며 2합, 3합 격돌을 되풀이했다. 어느샌가 두 사람의 다리는 지면을 떠나, 소용돌이치는 조그만 구름 위에 얹혀 있었다. 베고, 튕겨내고, 찌르고, 흘려내고, 뿌리친다. 몸을 낮춰 피한다. 수평으로 긋는다. 높이 뛰어 피한다. 1합마다 칼 울리는 소리가 천궁을 뒤흔들고 불꽃은 두 사람의 얼굴을 태워, 백여 합을 겨루어도 승패는 판가름이 나지 않았다. 기술도 영력도 완전히 호각으로 보였다. 투구의 술이 베이고 갑옷에 균열이 일어났다. 천궁의 주민들, 신선을 비롯해 천관, 천장, 천병, 여관들이 멀리서 가까이서, 이제까지 본 적도 없는 장절한 칼부림을 지켜보며 숨을 죽였다. 이 싸움이 인계에서 일어났다면 휘몰아쳐 폭주하는 영력의 폭풍에 말려들어 주위에 있던 사람은 무사하지 못했을 것이다.

적성왕이 복도에서 정원으로 뛰어나가자 이를 따라 청룡왕도 도약했다. 샘물과 수목 사이를 누비며 적성왕이 뛰었다. 정원으로 쏟아져나가는 구경꾼도 있고, 다른 누각으로 뛰어 올라가는 구경꾼도 있다. 이렇게 되면 천계 최고의 무용을 자랑하는 두 영웅이 애초에 왜 싸우는지를 과연 몇 명이나 의식하고 있을까. 홍룡왕과 백룡왕도 말 한 마디 나누지 않은 채 맏형의 싸움을 응시하다, 문득 홍룡왕이 제정신을 차렸다. 백룡왕에게 뜻을 전하고, 천궁 전체가 들끓는 이 틈에 흑룡왕을 찾아내고자 했다. 홍의홍갑의 우아한 젊은이를 여관 수십 명이 알아보았다. 때 아닌 교성이 터져나오더니 홍룡왕의 주위로 여관들이 몰려왔다. 생각지도 못하게 홍룡왕과 백룡왕은 인파에 휩쓸렸다.

흑룡왕은 발을 멈추고 하늘을 올려다보았다. 조금 전부터 천궁 한곳에서 무용과 영력을 겨루는 싸움이 전개되고 있다는 것은 느꼈지만, 하늘 전체가 희뿌연 보라색 섬광으로 가득 차 충격파가 퍼져나가고 수백 장의 옥기와가 천궁 지붕에서 떨어져 나가는 모습을 본 것이다. 흑룡왕의 발밑에서 복도 바닥이 크게 물결쳤다. 문득 정신을 차리고 보니 앞장서서 가던 강아지가 없었다. 혼란 속에서 흑룡왕은 섬광이 발생한 방향으로 달려갔다. 얼마나 달렸을까, 쓰러진 천병들 앞에서 가볍게 숨을 헐떡이며 발을 멈추었다.

"계경, 이런 데 있었구나!"

외치며 달려온 이는 백룡왕이었다. 그의 얼굴이 흑룡왕에게 불안을 가져다주었다. 동생을 만난 기쁨 이외의 무언가가 있는 표정이었다.

"큰형님은 어디 계십니까?"

"큰형님은 싸우던 도중 시공의 틈새에 빠져버리셨다."

"큰형님이 패배하셨단 말입니까?!"

"멍청아, 큰형님이 지기는 왜 져!"

백룡왕은 뺨을 시뻘겋게 물들이며 외쳤다. 흑룡왕은 자신이 마른침을 삼키는 소리를 들었다.

"그렇다면……."

"완전히 호각, 무승부였다. 적도 제법 하더구나. 어서 와라. 둘째 형님과 만나 차후책을 강구하자."

두 소년 용왕이 겨우 도착한 곳은 오가가 소유한 하늘배 '절풍(絶風)'이었다. 기다리던 홍룡왕과 재회하기는 했지만 기뻐할 틈도 없었다.

"큰형님께서 어느 시공에 떨어지셨는지 지금 조사하고 있습니다. 아마도 당나라, 오대 시대, 송나라, 그쯤이겠지요."

"조사에 시간이 걸릴까요?"

"금방 끝날 겁니다. 다만 송나라 초기라면 조금 귀찮아질 수도 있지만요."

"귀찮아지든 뭐든 내가 큰형님을 구하러 가겠다. 둘째 형님, 어서 알아내 주십시오."

동생의 채근에 홍룡왕이 선내의 시공의(時空儀)를 써서 계산하고 곤원경(坤元鏡)으로 확인한 결과 청룡왕이 어느 시대에 떨어졌는지가 판명되었다. 형의 행방을 밝혀내기는 했지만 홍룡왕의 표정은 밝지 못했다.

"어땠습니까?"

"송나라 초기, 태종 황제 조광의(趙匡義) 시대…… 이거 위험하게 됐군요. 최악이에요."

왜 최악인지 흑룡왕이 물으려 했을 때 갑자기 시야가 크게 요동쳤다.

"야, 아마루! 일어나 보라고!"

목소리와 동시에 흑룡왕의 몸이 크게 흔들렸다. 아마루가 누구더라…… 수마의 촉수를 간신히 떨쳐내고 소년은 침대 위에서 몸을 일으켰다. 그보다도 조금 연상인 소년이 무언가 소리를 질러댔다.

"일어나, 호텔이 완전 난리야. 코바야카와 나츠코 그 괴물이 부하들을 데리고 쳐들어왔어. 언제까지 자고 있다간 잘게 다진 고기 신세가 될걸!"

이리하여 북해흑룡왕 오염은 꿈에서 현실로 돌아와, 류도 아마루로서 코바야카와 나츠코의 위협에 직면하게 되었다.

제6장 아난 반점의 수난

코바야카와 나츠코가 아난 반점에 쳐들어온 것은 이번이 두 번째였다. 첫 침입 때는 화교의 거두 황대인을 살해했으며 포 시스터즈의 극동지배인 타운젠트가 중상을 입었다. 그때는 코 바야카와 나츠코가 혼자 나타나 폭풍과도 같이 날뛰었으나 이 번에는 스무 명 남짓한 부하와 함께 다섯 대의 4륜구동차에 나 눠 타고 돌입한 것이었다.

"워―호호호호! 껄렁패 류도 형제와 끄나풀들을 뼈째 쳐부숴 잘게 다져주지! 정의는 나에게 있으니! 너희의 분발을 아버님 께서 천국에서 지켜보고 계실 거야."

코바야카와 나츠코의 격려를 받은 부하들은 뻣뻣한 표정으 로 고개를 끄덕였다. 보스급은 나고시, 카츠타, 베츠에다 세 사람이며 다른 사내들도 모두 일본에서 흘러온 자들이었다. 돌 입 직전에 코바야카와 나츠코는 일본의 신문을 읽고 있었다. 일본이 UN 안전보장이사회에 참가하는 문제에 대해 부하들에 게 이렇게 말했다.

"처음에는 헌법이 허용하는 범위 내에서 국제공헌을 하고 군사활동은 하지 않으면서 국민들을 구워삶는 거야. 그리고 일단 상임이사국이 되면 '지위에 어울리는 책임을 져야만 한다. 피를 흘리지 않고 평화를 역설하는 것은 도의적으로 용납되지 않는다'라고 하면서 군대를 보내면 돼. 워호호호, 뻔한 책략이지만 이게 일본에는 먹히거든."

"몇 번씩 속아도 정신을 못 차리는 자들이니까요."

"워호호호, 일본인에게는 기성사실이야말로 정의지. 소비세도 그렇고 소선거구도 그래. 어느샌가 결정이 나버리고, 한번 결정이 나면 서서히 받아들이고 말거든. 원칙에 따라 반대하던 자들은 따돌림을 당하고. 정치가에게는 이렇게 편리한 국민도 없을 거야."

코바야카와 나츠코는 신문을 내팽개치고 웃었다.

"예, 지당하신 말씀입니다."

손을 비벼 아첨하면서도 나고시는 내심 혀를 차고 있었다. 이 인간이 거들먹거리는 꼴은 못 봐주겠다고 생각한 것이다.

코바야카와 나츠코를 꼭두각시로 이용하는 이상 좋은 대접을 해주는 것은 당연했다. 고급 아파트를 빌려주었으며, 맛있는 음식과 술을 제공했다. 그런데 먹는 것도 마시는 것도 보통이 아니었다. 홍콩은 자유무역항이라 관세가 없으므로 일본에 비해 주류의 가격이 싼 편인데, 일본에서 구입하면 1병에 8만 엔이나 하는 샴페인 '크뤼그'가 하루에 10병씩 사라졌다. 오후에는 얌차 15인분을 비우고, 밤에는 만한전석을 먹어치운다.

그리고 침대에 누우면 천둥처럼 코를 골아 옆방에 대기 중인 보디가드들은 한숨도 자지 못했다.

코바야카와 나츠코가 술과 음식 다음으로 요구한 것은 남자였다. 나고시 일당은 일단 부하 중에서 젊고 얼굴이 반반한 남자를 다섯 명 배정해주었는데, 하룻밤이 지나자 모두 반송장이 되어 보스 앞에 나타나더니 손을 싹싹 빌며 더는 못하겠다고 통사정했다. 코바야카와 나츠코는 어마어마한 정력가라 그녀의 욕구를 만족시키기 위해 남자 다섯이 반쯤 죽을 정도로 시달렸던 것이다.

그들은 젊은 여성을 속여서는 저금을 뜯어내고 회사 돈을 횡령하게 만들고는 매춘업소에 팔아버린 자들이었는데, 다섯이 덤벼도 코바야카와 나츠코를 당해내지 못했다. 나고시 일당은 하는 수 없이 홍콩의 일류 호스트 다섯을 고용했지만 그들도 하룻밤 사이에 같은 신세가 되어 맨발로 도망쳐버렸다. 게다가 알고 보니 코바야카와 나츠코는 이 호스트들에게 보석 박힌 시계니 이탈리아산 스포츠카니 경주마 같은 것들을 흔쾌히 사주었다.

이 꼭두각시는 터무니없이 비싸게 먹힌다. 나고시 일당이 그 사실을 깨달았을 때, 그들의 자금은 이미 3할이나 줄어든 후였다. 겨우 이틀 동안에 말이다. 그들의 얼굴은 새파랗게 질렸다.

"야, 이거 예정이랑 다르잖아."

"이러다 예정의 '예' 자도 꺼내기 전에 거지가 되겠어."

"동양의 잔 다르크는 무슨. 잔 다르크는 처녀였다며. 저건 서태후 그 자체야."

세 사람은 흉악한 얼굴에 불안을 드리웠다.

나고시 일당의 사업은 선진국 국민의 부와 이기심이 지탱해 주었다. 예를 들자면 이렇다. 눈의 각막을 이식할 경우 실명을 면할 수도 있다는 사실은 널리 알려졌는데, 최근 일본인을 대상으로 실시된 신문사의 설문조사에 따르면 '자신의 각막을 타인에게 제공하는 것은 싫다'는 사람이 68%, 반대로 '자신이 실명하면 각막 이식수술을 받고 싶다'는 사람이 67%로 나타났다고 한다. 3명 중 2명은 '남에게 각막을 주기는 싫지만 나는 받고 싶다'고 생각하는 셈이다. 말이 되느냐고 탄식하고 싶어지는 결과다. 완전한 뇌사 이후에 수술을 하는 각막에 대해서조차 이런 반응이니 수요와 공급의 균형이 맞을 리 없다. 이러한 이기심을 이용한 나고시 일당은 그동안 막대한 이익을 거두었다. 이제는 그 이익을 코바야카와 나츠코의 강대한 욕망이 하루아침에 먹어치우려 한다. 세 사람은 의논한 내용을 정리해 코바야카와 나츠코 앞에 나섰다.

"공주님."

나고시가 코바야카와 나츠코를 불렀다. 그렇게 부르도록 명령받았기 때문이다.

"공주님, 저희에게는 일본에 돌아가 대일본제국을 재건하고, 헌법을 개정하고, 비국민들을 쳐 죽여 전 아시아를 지배한다는 숭고한 사명이 있습니다. 이제 슬슬 귀국하심이 어떨는지요."

"그래. 홍콩에 오래 있어도 안 되겠지만, 일본에 돌아가기 전에 꼭 해놓아야 할 일이 있어. 일본의 원수인 비국민 류도 형제에게 정의의 철퇴를 내려야 해!"

"그 류도 형제란 자들이 누굽니까?"

나고시 일당은 후나즈 타다요시의 계획에 가담할 만한 자들은 아니었으므로 류도 형제에 대해 몰랐다. 분노와 증오가 되살아난 코바야카와 나츠코는 통째로 들고 뜯어먹던 돼지통구이의 뼈를 큰 접시에 뱉고는 폭풍처럼 콧김을 뿜어댔다.

"아버님의 원수야!"

"네?! 그, 그랬습니까?"

"그러니까 류도 형제를 때려죽이는 데 도움을 준다면 막대한 공을 세우는 거야. 최선을 다해 날 보필해! 상은 원하는 대로 줄게!"

……그렇게 되어, 3인조는 뛸 듯이 기뻐하며 코바야카와 나츠코의 뒤를 따라왔던 것이었다.

"오~ 싱싱한 간과 신장이 잔뜩 있는데."

살인과 납치와 장기매매를 아무렇게도 생각하지 않게 생각하는 자들이다. 코바야카와 나츠코 앞에서는 존재감이 희미해지지만 눈빛에서도 하는 말에서도 이상성이 보였다. 아울러 이 대소동의 자리에 구 일본군의 군가를 요란하게 틀어놓은 것도 분위기의 이상성에 한몫 거들고 있었다. '일본을 사랑하는 자들의 싸움에 가장 어울리는 음악'이라면서 코바야카와 나츠코가 틀어놓은 것이다. 아울러 군가는 그녀가 카스타에게 짊어지게 한 카세트테이프 플레이어에서 나왔다.

"아아, 군가를 들으면 몸과 마음에 기합이 꽉 들어가. 우리 아버님은 전쟁 중에 중국인을 대상으로 일본도를 시험할 때는 꼭 군가를 틀어놓으셨지. 이 아름다운 음악을 듣고 있으면 몇만 명이든 죽일 수 있을 것 같은 용기가 솟아난다니까."

코바야카와 나츠코가 황홀해하는 동안 그녀의 가증스러운 적이 나타났다. 광대한 로비에서 양측이 서로를 노려보았다. 전의는 쳐들어온 자들이 훨씬 높았으며, 맞서는 쪽은 졸린 데다 진저리가 났다. 류도 아마루의 모습을 확인한 코바야카와 나츠코는 체인톱을 들이대며 힐문했다.

"너희 그때 어디로 갔던 거야?! 솔직히 말해!"

"달에 갔어."

아마루는 솔직히 대답했지만 괴녀의 분노를 자극했을 뿐이었다.

"달에 갔다고? 이 허풍쟁이! 거짓말을 하는 애는 교육위원회를 대신해 내가 체벌해주겠어!"

오와루가 아마루를 감싸며 한 걸음 앞으로 나섰다.

"아줌마, 그만 좀 해. 막무가내도 정도껏 부려야지, 안 그러면 조만간 목숨까지 잃어버릴 거야."

"사랑과 정의를 위해서라면 내 목숨 따위 아깝지 않아!"

"그야 나도 당신 목숨 따위 아깝지 않지만."

"워—호호호호! 솔직한 녀석이구나. 상으로 황금 체인톱을 줄게. 고맙게 받으렴!"

"필요 없어!"

"워—호호호호! 주고 싶은 것이 곧 받고 싶은 것! 네 가느다란 목이 체인톱의 날을 원한다는 걸 잘 안단다."

코바야카와 나츠코는 포효하더니 돌진하려 했다. 그 순간 두 명이 허공으로 몸을 날렸다. 츠즈쿠와 오와루가 나란히 도약해, 육박하는 코바야카와 나츠코의 가슴을 카운터로 걷어찬 것이다.

진동이 호텔 전체를 뒤흔들었다. 멋지게 걷어차여 나자빠진 코바야카와 나츠코는 볼링공처럼 로비 바닥을 굴러 의자며 관엽식물 화분이며 잡지 거치대를 쓰러뜨렸다. 그러고도 기세가 멈추지 않아 하염없이 굴러갔다.

"쏴라, 쏴! 다 죽여버려!"

카츠타가 고함을 지르며 자신도 자동소총을 겨누었다. 하지만 츠즈쿠의 오른팔이 번뜩이자 자동소총은 로비 저편으로 날아가버렸다. 타츠타는 그 충격에 나자빠졌다. 총성이 간헐적으로 울려 퍼지고, 노성이 메아리치고, 군가가 쩌렁쩌렁 흘러나오는 가운데 류도 가의 차남과 삼남은 맨손으로 춤을 추듯 적들 사이를 누비고 다녔다. 츠즈쿠는 화려하고 우아하게, 오와루는 경쾌하게 약동하며. 총은 절반은 쏴도 맞지 않았으며, 나머지 절반은 쓰기도 전에 **빼앗겨** 내팽개쳐졌다. 흉악한 야쿠자들은 손도 발도 쓰지 못하고 한꺼번에 나가떨어져 바닥에 겹겹이 쌓였다.

코바야카와 나츠코가 간신히 몸을 일으켰을 때 멀쩡한 자는 나고시, 카츠타, 베츠에다 세 사람뿐이었다. 그들은 입만 딱 벌린 채, 먼지를 털며 유유히 물러나는 츠즈쿠와 오와루를 바라보았다.

II

"네 이놈들, 거기 서! 서지 못할까, 이놈들!"

바닥을 쾅쾅 구른 코바야카와 나츠코는 달려가려다 발을 멈추더니 세 종자 나고시, 카츠타, 베츠에다에게 손짓했다. 불안스런 표정을 짓는 세 사람에게 명령을 내렸다.

"너희들, 나를 태우고 뛰어가."

"네에?!"

"운동회 때 기마전 정도는 해봤을 거 아냐. 셋이 팔을 엮어서 말이 되고, 날 태운 채 전력질주하라고!"

"으아아……."

"빨리 해!"

무시무시한 여주인을 거역할 마음은 들지 않았다. 나고시가 앞, 카츠타가 오른쪽, 베츠에다가 왼쪽에 자리를 잡고 코바야카와 나츠코를 태웠다. 갑옷을 입었으니 중량은 150kg에 달할 것이다. 어젯밤에 류도 오와루는 코바야카와 나츠코에게 체중을 물었다가 호통을 들었는데, 나고시 일당은 몸으로 실태를 알게 되었다. 눈앞이 아찔해지고 근육이 비명을 지를 정도의 무게였다.

이 셋은 과거 키타큐슈 일대에서 1,500명의 부하를 거느리고 위세를 떨친 적이 있다. 한국이나 대만과의 사이에 구축된 밀수 루트를 지배하고, 각성제며 권총을 팔아대고, 매춘조직을 만들어 인신매매를 자행하고, 경찰을 매수하고, 현의회와 시의회 의원을 부려먹고, 온갖 비리와 이권 다툼에 널리 관여했다. 이제까지 몇 명이나 되는 사람을 죽였으며, 수백 명을 다치게 하고 수만 명의 각성제 중독자를 양산했다. 폭력단 추방운동의 리더를 차로 들이받고 그의 아내와 딸을 납치해 중독환자로 만들어버린 적도 있다. 그야말로 전염병 바이러스보다도 흉악한 3인조였다. 하지만 지금은 땀투성이로 코바야카와 나츠코의 거구를 짊어진 채 비틀거리며 전진했다. 입은 다물어지질 않았으며 안구는 튀어나올 것 같았다.

"저건 뭐 하자는 거지."

권총을 든 미즈치와 니지카와가 얼굴을 마주 보고 누가 먼저랄 것도 없이 어깨를 으쓱했다.

"너무 불쌍해서 쏠 마음도 안 드는데."

니지카와의 목소리에 미즈치가 대꾸했다.

"총알 낭비할 거 있나. 다 같이 2층으로 올라가자."

"2층에 올라가서 뭐 하게?"

"우린 아무 것도 안 해. 저 흉악한 개그 4인조가 알아서 올라오다가 알아서 나자빠질 거야."

일동은 오와루를 선두에, 하지메를 최후방에 두고 계단을 뛰어올랐다.

"이놈들! 도망치지 마라, 비겁하다!"

고함을 지른 코바야카와 나츠코는 당연히 세 명의 인간 말에게 계단을 오르도록 명령했다. 코바야카와 나츠코에게는 당연해도 세 사람에게는 악몽과 다를 바 없는 명령이었다. 계단 두 개를 올랐을 때 세 사람 중 베츠에다에게 한계가 왔다.

"파, 팔 부러져……!"

뭐라고 표현하기 힘든 불길한 소리가 들리더니 베츠에다가 절규했다. 인간 말의 균형이 무너지고 코바야카와 나츠코의 몸이 뒤로 벌렁 쓰러지며 허공에서 배영을 하듯 버둥거렸다. 본능적으로 위험을 감지한 나고시와 카츠타는 살기 위해 팔을 풀어버렸다. 코바야카와 나츠코와 베츠에다는 한데 얽힌 채 계단에서 굴러떨어졌다. 겨우 두 계단뿐이었지만 아래에 깔려버린 베츠에다에게는 충분하고도 남을 만한 높이였다.

"흡!"

코바야카와 나츠코는 기합성과 함께 상반신을 세우고 일어났다. 그녀의 발밑에서 베츠에다의 갈비뼈가 부러지는 소리가 났다. 괴녀는 귀찮다는 듯 베츠에다를 내려다보았다.

코바야카와 나츠코는 베츠에다의 두 발목을 잡더니 별 힘도 들이지 않고 들었다. 그리고는 휘둘러대기 시작했다. 야구 선수가 배트를 휘두르듯. 그리고 손을 놓자 원심력이 붙은 베츠에다의 몸은 10m 정도 날아가 벽에 처박혔다.

"흥, 쓸모도 없는 것!"

나고시와 카츠타는 계단에서 굴러떨어져 로비를 가로질러 달아나버렸다. 그들 자신의 안전을 위해 베츠에다를 저버린 것이다. 생애 최악의 실수가 그들을 궁지로 몰아붙였다. 이제는 일본에서의 야망도, 베츠에다와의 너절한 우정도 머릿속에 들어있지 않았다. 로비의 깨진 유리벽을 몸으로 깨며 밖으로 뛰쳐나가서는 구경꾼을 권총으로 쫓아내고 도망쳤다. 홍콩은 24시간 활동하는 도시이므로 심야에도 인파가 끊이질 않는다. 코바야카와 나츠코는 바닥에 떨어진 자동소총을 줍더니, 숨을 헐떡이는 베츠에다의 몸을 발로 툭툭 찼다.

"너, 너무해……."

베츠에다는 피거품을 뿜으며 신음했다.

"충성에 후하게 보답하겠다더니……."

"워—호호호호! 물론 기억하지. 일본에 돌아가 멋진 대리석 묘비를 만들어줄게. 미련 없이 성불하렴."

코바야카와 나츠코는 다시 발을 들었다.

"소인배 주제에 위대한 아버님의 딸인 나를 꼭두각시로 삼으려 하다니, 분수도 모르고 자만했지! 도망친 그 두 놈에게도 언젠가 천벌을 내려주겠어."

이 여자는 나고시 일당 3인조의 계획을 이미 눈치챘던 것이다. 베츠에다는 공포에 두 눈을 크게 뜨며 자신에게 내리꽂히는 발을 보았다.

기절해버린 베츠에다의 몸을 짓밟으며 코바야카와 나츠코는 다시금 계단으로 향했다. 류도 오와루가 계단 밑에 서서 그녀를 맞았다.

"쓸데없는 참견이긴 한데 자기가 자기편을 해치워서 어쩌려고?"

"워―호호호호! 사랑과 정의의 아름다운 전사에게는 고독의 그림자가 어울린단다."

"그냥 다들 댁을 싫어하는 거 아니고?"

"그거야말로 네가 무지하다는 증거지. 나 같은 미혹의 히로인에게는 전국에 800만 명의 열렬한 팬이 있거든."

"그 숫자에 무슨 근거가 있어?"

"에잇, 언제까지고 쓸데없는 잡담이나 할 거야?!"

코바야카와 나츠코는 느닷없이 일방적으로 설전을 중지했다. 투구 안에서 지옥의 불길이 타올랐다. 체인톱의 스위치가 켜지자 회전하는 칼날 소리가 허공을 헤집어댔다.

"워―호호호호호호호호호호호호호호호호!"

오른손에 체인톱, 왼손에 구소련제 자동소총을 든 코바야카와 나츠코가 몸을 날렸다. 자동소총이 가벼운 발사음과 함께 오렌지색 불줄기를 뿜었다. 오와루는 얼른 옆에 있던 원형 테이블을 튕겨 올려 방패로 삼았다. 탄환을 받은 테이블에 고랑이 파이고 나뭇조각이 튀었다. 착탄음이 둔중하게 울려 퍼졌다. 그때 갑자기 오와루의 눈앞에서 테이블의 한가운데에 하얀 세로줄이 생겨났다. 테이블이 좌우로 갈라지더니 그곳에서 체인톱의 회전하는 칼날이 튀어나왔다.

"워—호호호호! 곱게 뒈지시렴!"

홍소가 폭풍이 되어 몰아쳤다. 오와루는 뒤로 한 바퀴 굴러 체인톱을 피했다. 자동소총이 다시 굶주린 노랫소리를 내고, 오와루의 몸을 스친 탄환의 무리가 바닥을 갈랐다. 자세를 회복할 틈도 없이 체인톱의 회전칼날이 오와루의 옷을 찢고 피부에 닿았다. 피부와 살이 갈라지고 터지며 피가 솟아——야 했다. 하지만 맑고 단단한 소리가 나더니 살육의 칼날이 튕겨나왔다. 찢어진 옷 사이로 오와루의 옆구리 피부가 보였다. 엷은 진주색으로 빛나는 비늘이 코바야카와 나츠코의 시선을 사로잡았다.

"워—호호호호! 괴물 녀석, 마침내 정체를 드러냈구나."

자신은 뒷전으로 미뤄놓고 코바야카와 나츠코가 포효했다.

"포기하렴! 너를 썰어 불에 구워다 간장 찍어 김에 말아 먹어줄 테니까. 홍콩 명물 드래곤 김말이가 될 거야!"

오와루는 의외로 맛있을지도 모르겠다고 생각했지만, 시험해볼 마음은 들지 않았다. 코바야카와 나츠코가 다시 돌진하려 했을 때 그녀의 머리 위에 무언가가 낙하했다. 코바야카와 나츠코는 체인톱을 휘둘러 낙하물을 잇달아 베어버렸다. 그녀의 모습은 순식간에 난무하는 하얀 것에 휩싸였다. 그녀의 머리 위에서 떨어졌던 것은 대여섯 개나 되는 깃털 베개였던 것이다.

"네 이놈, 시시한 눈속임을!"

흩날리는 깃털이 마치 커튼처럼 눈앞을 가려 코바야카와 나츠코가 이를 돌파하려던 순간, 다시 그녀의 머리 위에서 떨어진 것이 있었다. 이번에는 깃털 베개가 아니라 인간의 형상을 하고 있었다. 흠칫 놀란 코바야카와 나츠코가 머리 위를 올려다보며 체인톱을 들었다. 인간의 형상은 허공에서 한 바퀴 공중제비를 돌더니 그녀의 오른손 손목에 강렬한 발차기를 꽂았다. 체인톱이 오른손에서 날아갔다. 상대는 동시에 두 손으로 코바야카와 나츠코의 투구에 싸인 머리를 붙잡았다. 포효하며 떨쳐내려 하는 코바야카와 나츠코의 등 뒤에 착지한 그는 그대로 두 손을 위로 휘둘렀다. 코바야카와 나츠코의 거구는 후방을 향해 팽그르르 돌며 날아갔다. 난입자의 머리 위를 넘어, 포물선을 그리며 머리부터 떨어졌다. 지진과도 같은 진동이 호텔 전체를 흔들었다.

"잘했어, 츠즈쿠 형. 대단해."

로비를 내려다보는 2층 회랑에서 아마루가 손뼉을 치고 마츠나가 군이 씩씩하게 짖었다. 말도 못하고 바닥에 뻗은 괴녀를 내려다보며 난입자, 다시 말해 류도 츠즈쿠는 계단 위에 있는 사람들에게 우아한 인사를 보냈다.

"쳇, 자기만 멋지게 나오고."

투덜거리며 오와루가 옷에 묻은 깃털을 떼어냈다. 웃음을 지은 츠즈쿠가 동생에게 다가가려 했을 때, 회랑에서 하지메가 외쳤다.

"츠즈쿠, 오와루, 조심해!"

차남과 삼남은 나란히 다섯 걸음 정도의 거리를 도약했다. 뇌진탕을 일으켜 한 시간 정도는 기절할 줄 알았던 코바야카와 나츠코가 거구를 일으켰던 것이다. 그녀는 허리에 찬 자루에서 무언가를 붙들더니 기분 나쁜 웃음을 터뜨렸다.

"워—호호호호! 너희에게 맛있는 수수경단을 주지. 먹으렴!"

그녀의 손에서 잇달아 허공으로 바닥으로, 타원형의 물체가 던져졌다. 그것을 본 미즈치가 외쳤다.

"엎드려, 수류탄이다!"

섬광이 번쩍였다. 폭발음이 울려 퍼졌다. 시커먼 연기가 솟아나고 타는 듯한 자욱한 냄새가 풍겼다. 바닥에 엎드린 츠즈쿠와 오와루의 머리 위로 열풍이 휩쓸고 지나가고 천장과 기둥의 파편이 쏟아졌다. 한 번이 아니라 7, 8회에 걸쳐 그것이 되풀이되었다. 폭발은 연속적이긴 해도 그리 크지는 않았다. 코바야카와 나츠코가 던졌던 것은 보병전이나 게릴라전에서 적을 교란하기 위한 연막수류탄이었던 것이다. 가공할 섬광과 폭발음을 내며 대량의 연기를 뿜어내 적을 혼란에 빠뜨리는 무기다. 혼란을 틈타 코바야카와 나츠코가 흉기를 휘두르면 많은 피해가 나왔을지도 모른다. 하지만 아무리 아시아 최강의 괴녀라 해도 츠즈쿠의 공격에 대미지를 입었다. 일단은 퇴각한 모양이었다. 연기가 걷힌 후, 로비에 남은 것은 베츠에다를 비롯한 열 명 남짓한 불행한 사상자뿐이었으며 코바야카와 나츠코의 거구는 흔적도 없었다.

III

아난 반점은 완전히 호텔의 기능을 상실해버렸다.

"이젠 폐업할 수밖에 없겠군요. 캐나다에라도 이주할 겁니다. 토론토에 장남 부부가 있거든요."

지배인의 어조는 약간 자포자기한 듯했다. 황대인이 죽어 자신의 임무는 끝났다는 심정도 있었을지 모른다. 신카이가 투덜거렸다.

"아무래도 요즘은 액일만 이어진 것 같아. 회의도 잘되지 않았고. 처음부터 다시 시작해야겠어."

"회의라니, 무슨 회의가 있었나요?"

츠즈쿠가 질문했지만 이미 짐작은 하고 있었다. 물론 그 회의는 화교의 유력자가 모여, 황로의 이야기를 듣고 포 시스터즈의 '인류 50억 명 말살계획'에 대항할 수단을 강구하기 위한 것이었다. 생전의 황대인이 아시아, 오세아니아 각지에서 30명의 유력자를 모았는데, 정작 당사자는 영원히 결석하게 되고 말았다.

"황대인을 잃은 게 치명상이 됐을지도 모르겠어. 화교 네트워크의 가장 중요한 고리가 사라져버렸지. 우리 손으로 고리를 다시 만들 수 있을지 어떨지."

신카이는 비관적인 태도를 보였다. 그들은 황대인이 무엇과도 바꿀 수 없는 사람이었음을 잘 알게 되었던 것이다.

아마루는 자신이 꾸었던 천계의 꿈 이야기를 누구에게도 들려주지 못했지만, 어른들은 꿈보다 현실의 처리에 바빠 아마루를 상대해주지 않았다. 막내에게 한없이 약한 장남 하지메도 황로나 니지카와와 무언가 열심히 이야기를 나누었으며, 마츠리는 지배인을 도와 홍콩 경찰과 소방서에 형식적인 설명을 하고 있었다. 그때 아마루는 화장실에서 나온 미즈치에게 다가갔다.

처음에 마츠나가 군을 주워온 사람은 미즈치였다. 육상자위대 중위였던 미즈치는 고용살이 신세에 신물이 났을 때 탱크를 탈취한 류도 형제와 만나, 어떻게 생각해도 정상적이라고는 할 수 없는 충동에 사로잡혀 이에 가담하고 말았다. 그 후 물론 원대복귀도 하지 않은 채 옛 친구 니지카와를 찾아가는 도중 강아지를 주웠던 것이다. 마츠나가 요시히코라는 이름을 받은 강아지는 그 후로 용감하고 충실한 동지가 되어 행동을 함께 했다.

"마츠나가 군을 주웠을 때의 정황?"

질문을 받은 미즈치는 고개를 갸웃했다. 여러 가지 면에서 일반인의 상궤를 벗어난 사내지만 아마루의 질문은 기묘하고도 의도를 종잡을 수 없었다.

"어느샌가 뒤를 따라오고, 쫓아내도 떨어지질 않길래 그대로 데려왔지 뭐. 니지카와 녀석은 건방지게 마당 있는 단독주택에 사니까 강아지 한 마리 정도는 데려가도 괜찮겠다 싶어서."

"왜 마츠나가 군은 미즈치 아저씨를 따라왔을까요?"

"글쎄다. 그건 마츠나가한테 물어보렴. 미안하다만 얘야, 어른들은 좀 바쁘단다."

미즈치는 손을 흔들며 어른들의 무리에 끼어들었다. 아마루가 시선을 아래로 돌리자 마츠나가 군이 그를 올려다보며 꼬리를 흔들고 있었다. 아마루는 어깨를 으쓱하고는 마츠나가 군을 데리고, 소파에 드러누운 오와루에게 다가갔다.

일본인이 모두 선량한 것은 아니듯, 모든 화교가 이해심이 있고 도량과 식견이 있는 것은 아니다. 유력자인 만큼 재능과 자금력과 인맥은 있지만, 마음이 하나인 것은 아니었다. 회의 석상에서 그들은 전설의 영웅인 황로에게 경의를 표하면서도 일치단결해 협력할 마음은 없었던 것이다.

"마치 내가 조국에서 쫓겨난 분풀이로 쓸데없는 파풍을 일으키려는 것처럼 굴더군. 그렇게 말하고 싶은 눈초리였어. 나는 몇 번이나 자리를 박차고 돌아갈까 생각했다네."

황로는 분개했다. 공평하게 봐서 황로가 난을 선호하는 인물인 것은 사실이다. 유능한 혁명전략가이며 게릴라전의 천재라는 황로의 명성은 어떤 면에서는 악명이기도 했다. 반혁명군이나 일본군이나 미군을 혼내주고 희롱했던 노장군. 그 후에는 베이징의 중앙정부를 거역해 강제수용소에 끌려가선 '열사 늙었으되 사나이 마음까지 끝난 것은 아니니*'라고 큰소리를 쳤다. 이 위험하기 짝이 없는 노인이 수상쩍은 일본인들과 함께 홍콩에 와선 '포 시스터즈라는 악당들에게 한 방 먹여주지 않겠나' 하고 선동해봤자 화교들이 호락호락 넘어와주지는 않았다.

화교 중에는 베이징 정부와 밀접한 관계를 맺은 사람도 있고, 포 시스터즈와 큰 거래를 하는 자도 있다. 동남아시아 각지에서 이어지는 대규모 반 화교 폭동에 시달리는 사람도 있다. 반대로 전세계적인 동란을 틈타 큰 이익을 챙기고자 획책하는 사람도 있다.

"진짜 황로 맞나? 진짜는 수용소에서 죽고 여기 있는 건 가짜 아냐?"

하고 의심하는 사람까지 있었다. 아울러 이렇게 생각하는 사람도 있다.

'황로는 진짜겠지만 그래봤자 과거의 인물이지. 함께 미래를 이야기할 사람은 아니야.'

----

*열사모년 장심불이(烈士暮年 壯心不已). 삼국지의 조조가 지은 시의 한 구절.

쉽게는 의견이 정리되지 않을 것 같았다.

신카이가 한숨을 쉬었던 것처럼 황대인, 즉 황타이밍의 죽음은 포 시스터즈와의 싸움을 앞두고 치명상이 되었다. 일본인 일동은 이런 상황에선 인망과 권위를 겸비한 리더가 반드시 필요하다는 것을 뼈저리게 깨달았다. 정말 얄궂은 이야기지만 어제의 회의는 후나즈 타다요시가 죽은 후의 일본 지하제국을 연상케 했다. 다들 자기 멋대로 생각하고 자기 멋대로 떠들고 자기 멋대로 행동하고 싶어하는 것이다.

"이대로 가면 난 그저 여자에게 인기 있는 선량하고 온화하고 똑똑한 은거 노인으로 끝나고 말 걸세. 말도 안 되지."

말도 안 되는 것은 황로의 자기 인식이라고 생각했지만, 츠즈쿠는 굳이 입에 담지 않았다.

한편 구두쇠가 아닌 화교 유력자들은 황로에게 평생의 안락함을 약속했다. 전설의 영웅은 캐나다나 미국으로 건너가 평화롭고 윤택한 노후를 보내면 된다는 말이었다. 하지만 황로는 그런 것을 바라고 칭하이성의 수용소에서 탈출한 것이 아니었다. 포 시스터즈를 상대로 마음껏 큰 싸움을 벌일 생각이었으므로 안락한 여생 따위는 말도 되지 않는다. 다만 왕포렌은 황대인과 레이자우신이 죽어 기운을 잃어버렸다. 황대인이 남긴 덕망으로 넘치는 미국 화교 사회로 돌아가 처음부터 다시 시작해야 할지도 모른다고, 그런 생각을 하기 시작했다.

결국 회의는 결론이 나지 않은 채 이틀 후로 미뤄졌다. 싱가포르에서 온 창(長)이라는 사람은 자리를 뜨며 일본인 일동에게 내뱉었다── 자신은 어렸을 때 눈앞에서 아버지와 할아버지를 일본군에게 잃었다고. 일본도에 목이 베인 아버지의 얼굴을 기억하는 한 도저히 일본인과는 손을 잡을 수 없다고. 일본인 일동은 반론하지 못하고 입을 다문 채 그의 뒷모습을 지켜볼 수밖에 없었다.

"싱가포르 화교 학살이 이런 데서 돌아오는군."

신카이가 어깨를 늘어뜨리자 니지카와가 고개를 가로저으며 대답했다.

"우리는 학교에서 제대로 배우지도 않지만, 피해자들은 잊을 수 없어."

……9세기, 당나라 시대 중국에 구사량(仇士良)이라는 사람이 있었다. 악명 높은 환관으로, 황제를 조종해 권력을 마음껏 누리고, 자신에게 반대하는 중신들에게 무고한 죄를 뒤집어씌워 죽였으며, 뇌물을 마음껏 받아 막대한 부를 쌓았다. 말년에 이르러 결국 실각해 재산을 몰수당하기는 했지만, 이 환관은 은퇴할 때 후배 환관들에게 다음과 같은 '교훈'을 남겼다.

"우리 환관의 권력은 황제를 조종해 얻는 것이다. 그러기 위해서는 황제를 어리석고 무지한 상태로 만들어야만 한다. 황제를 어리석게 만들려면 책을 읽혀서는 안 된다. 특히 역사는 절대 배우게 해서는 안 된다. 과거의 역사를 알고 현재의 상황에 의문을 품을 때, 황제는 환관의 말을 듣지 않게 된다."

인간을 어리석게 만들려면 역사를 가르치지 말아야 한다. 천년 전의 환관이 남긴 교훈은 지금도 살아있다. 제2차 세계대전을 전후해 일본군이 저질렀던 온갖 만행—— 남경대학살, 싱가포르 화교 학살, 중경 무차별 폭격, 종군위안부 강제 연행, 중국인 노동자 강제 중노동, 오키나와 주민 말라리아 오염지역 연행—— 그러한 사실을 문부성이 역사 교과서에서 말소하고자 한 것은 구사량의 교훈을 실행하려 했던 것이다. 이렇게 젊은 사람들에게 역사를 가르치지 않고 무지한 상태로 놓아둔 결과 사이판이나 싱가포르에서 어떤 일이 있었는지 모르는 젊은 관광객이 현지 사람들의 반감을 사게 된다. 학살을 기록한 비석 앞에서 손가락으로 V자를 그리고 웃으며 기념사진을 찍는 것이다.

하지메가 츠즈쿠에게 말하는 어조는 분노로 가득했다.

"남경대학살이 없었다고 주장하는 일본인의 책은 몇 권이나 되는데, 그중에 현지에 가서 피해자인 남경 시민을 취재한 책은 한 권도 없어. 이유는 하나뿐이지. 취재하면 자기들에게 불리하기 때문이야."

"남경대학살의 진상은 아직까지 알 수 없다고 주장하는 신문사나 출판사도 있죠."

"그런 신문사나 출판사는 현지에 조사단을 파견해서 현지인에게 취재를 해 진상을 밝히면 돼. 현지 취재가 저널리즘의 최소조건 아냐? 진상을 알 수 없다니, 어이없는 소리지. 50년이 넘는 세월 동안 뭘 한 거야."

"자기들에게 불리한 진상을 감춰왔죠. 피해자를 취재하지도 않으면서 사건은 없었다고 강변만 하잖아요. 수치심을 알면 도저히 그럴 수는 없어요."

1994년, 일본 수상이 말레이시아를 방문해 제2차 세계대전 중 일본군의 침략행위에 대해 사죄했다. 말레이시아 수상은 이렇게 말했다.

"왜 일본이 50년도 더 지난 일을 사죄하는지 이해할 수 없다."

일본의 매스컴은 소란을 떨며, 일부 신문과 잡지는 '그것 봐라, 사죄 따위 할 필요가 없다'고 망언을 늘어놓았다.

그러나 이 말레이시아 수상은 '국가에 해를 끼친다'는 이유로 평화적인 가두시위조차 금지하고 야당과 신문사에 대한 탄압을 그치지 않는 비민주적인 권력자였다. 위정자가 테러를 금지하는 것은 당연하지만 평화적인 시위까지 금지한다는 것은 민의를 대표하지 않는다는 증거일 것이다. 그리고 말레이시아의 야당과 신문, 대만이나 필리핀이나 홍콩 등 말레이시아 수상의 발언을 비판하는 목소리는 일본에는 거의 보도되지 않았다. 애초에 그 발언 직후 말레이시아 부수상은 일본을 방문해 이런 발언을 했다.

"수상의 발언은 일본의 죄를 용서한 것도 인정한 것도 아니다. 일본의 지도자와 국민이 침략을 당했던 아시아 인민에게 진심으로 사죄하고 잘못을 인정한다면 일본 수상은 외유 때마다 사죄하지 않아도 될 것이다."

부수상의 말은 아시아 각국에서는 널리 보도되었지만, 일본의 신문은 완전히 무시하고 한 줄도 보도하지 않았다. 한 싱가포르 학자가 그 사실을 지적했다. 일본의 신문이 어떤 체질을 가졌는지가 잘 드러나는 이야기다. 정상적이고 상식적인 의견은 무시하고 특이한 의견만을 취급하며 소란을 떨어대는 것이다.

"귀가 따가운걸."

신문기자였던 신카이가 망연자실한 표정을 짓자 니지카와가 동정하는지 비꼬는지 알 수 없는 목소리로 말했다.

"자네가 퇴사하고 싶었던 것도 무리는 아니었구만. 자네가 있던 국민신문사는 특히 심했고."

신카이가 뭐라 대답하려 했을 때, 이상하게 날카롭고 얄팍한 소리가 어딘가 먼 곳에서 들려왔다.

"무슨 소리지……?"

의아해하는 목소리에 날카롭게 반응한 것은 미즈치였다. 뭐니 뭐니 해도 그는 일행 중에서 가장 근대병기의 전문가인 것이다.

"엎드려! 머리를 보호해!"

모두가 그 지시에 따랐다. 한순간도 지나기 전에 굉음과 섬광이 작렬했다. 폭풍이 유리며 건축자재의 파편을 휘감으며 몰아쳤다.

"그놈들이 돌아왔나?!"

신카이가 니지카와의 귓가에 대고 고함을 질렀다.

"나한테 물어본들 아나?!"

니지카와도 고함을 질렀다. 폭음 때문에 청각이 반쯤 마비되어 서로 고함을 질러야만 했다. 정답은 금방 나타났다. '그놈들'이란 코바야카와 나츠코의 일당을 가리킨 것이었는데, 그렇지는 않았다. 연기와 불꽃과 함께 호텔에 나타난 것은 미채무늬 전투복을 입은 굴강한 백인 남성들이었다. 러시아인 용병의 잔당으로, 아직도 열 명 이상은 남아 있었다. 지휘를 맡은 것은 동남아시아 계열의 남자였으며 츠즈쿠와 오와루는 그의 얼굴을 기억했다. 타운젠트의 후임이 되었던 사내, 요괴 폰티아낙이었다.

포 시스터즈의 홍콩 지부는 아무래도 최상층부에 버림을 받은 모양이었다. 램버트는 홍콩에 핵미사일을 쏘려 했으니 그곳에 있는 부하들 따위 안중에도 없었으리라. 이리하여 절망에 사로잡힌 그들은 바로 얼마 전의 타운젠트처럼 아난 반점에 무력도발을 감행한 것이다. 강대한 조직의 하부에 있는 자들끼리는 정신성도 닮는 모양이었다. 나름대로 계획하고 결단해 실행에 옮기기는 했지만, 계획성은 용기를 쥐어짜낼 틈도 없이 날아가고 말았다.

"워—호호호호호호호호호호호호호호호호!"

홍소가 쩌렁쩌렁 울려 퍼지고, 자욱한 연기 속에서 거대하고 시커먼 그림자가 불쑥 튀어나왔다.

"저, 저 여자, 안 도망쳤어?"

니지카와가 신음했다. 코바야카와 나츠코는 도주한 척해놓고 호텔 안에 숨어 있었던 것이다. 갑옷에서 물을 뚝뚝 흘리는 것을 보니 저수탱크 안에라도 들어갔던 걸까. 놀라 어이가 없어진 포 시스터즈의 졸개들은 갑옷을 입은 괴녀를 바라보았다.

"워—호호호호! 며칠 기회를 살필 생각이었지만 팔백만 신들께서 기특한 야마토 나데시코를 굽어 살피셨나봐. 오늘 안으로 복수의 기회가 찾아오다니!"

츠즈쿠가 커다란 한숨으로 폐의 절반을 비웠다.

"포 시스터즈가 우리를 공격하고 싶다면, 그때마다 난입해서 방해하는 저 괴녀를 일단 어떻게든 해야 할 거예요."

"누굴 응원하지?"

아마루의 질문은 태평했으나 사실은 아이러니한 상황변화를 제대로 파악한 것이었다. 코바야카와 나츠코의 난입으로 포 시스터즈의 졸개들은 완전히 정신적인 실조 상태에 빠져버렸다. 그 점에서도 타운젠트의 전철을 밟아버린 셈이었다. 얼굴에 분노를 드러낸 리더의 머리가 점점 위쪽으로 늘어났다. 그에 따라 내장이 몸통에서 빠져나왔다. 츠즈쿠와 오와루가 두 번 다시 보고 싶지 않았던 동남아시아의 요괴 폰티아낙이었다.

그러나 폰티아낙의 괴기함도 코바야카와 나츠코에게는 통하지 않았다. 내장을 늘어뜨린 채 날아온 폰티아낙을 본 코바야카와 나츠코는 호쾌하게 웃음을 터뜨렸다.

"워—호호호호! 아름다운 것이 아니면 살아갈 자격이 없지. 너처럼 징그러운 놈은 내가 존재를 용납하지 않아. 괴식 요리점 쇼윈도에나 들어가렴!"

폰티아낙의 창자가 허공을 가르며 코바야카와 나츠코에게 날아들었다. 츠즈쿠나 오와루라면 몸을 날려 피했겠지만 코바야카와 나츠코는 뒷걸음질치지도 않았다. 그뿐이랴, 바닥을 박차 한 걸음 전진하더니 굵은 팔을 들어 날아오는 창자를 덥썩 움켜쥔 것이다. 당황한 폰티아낙이 허공에서 비명을 질렀다. 코바야카와 나츠코는 창자를 붙들고는 한 손으로 크게 휘둘렀다. 두 번 세 번 돌리며 회전속도를 높인다. 폰티아낙의 머리는 해머던지기 경기의 해머처럼 공중에서 빙글빙글 돌았다. 지상에서 가장 소름끼치는 무기를 붕붕 돌려대며 코바야카와 나츠코는 적진으로 뛰어들었다.

"워—호호호호호호호호! 정의의 분노를 받으렴!"

사실 포 시스터즈가 무조건 코바야카와 나츠코의 적인 것은 아니다. 류도 형제를 해치운다는 한 가지 목적에서는 동맹을 맺을 수도 있을 것이다. 하지만 코바야카와 나츠코는 폰티아낙의 창자를 붙잡고 돌려대며 그의 머리로 잇달아 포 시스터즈의 말단 조직원들을 쓰러뜨렸다. 눈에 보이는 것이 없다는 표현이 딱 들어맞았다.

"대단하네."

아마루는 감동에 찬 목소리로 말하고, 오와루는 자기도 모르게 박수를 치고 말았다. 상당히 추악하고 스플래터한 광경이었지만 이렇게까지 되니 우스꽝스러워, 마츠리는 기가 막히다 못해 딸꾹질 같은 웃음소리를 내고 말았다. 츠즈쿠가 동생들을 불렀다.

"왜 넋 놓고 보고만 있나요. 저 사람들이 자기들끼리 싸우는 동안 냉큼 퇴각해야죠."

맏형의 뜻을 받아들인 말이었다. 새삼스럽기는 하지만 하지메는 미성년자들, 특히 아마루에게 이처럼 원색적이고 잔인한 광경은 별로 보여주고 싶지 않았다.

"이런 상황에서도 형님은 아마루를 온실에서 기르고 싶나요?"

츠즈쿠는 그렇게 비꼬면서도 결국 맏형의 의견에 따랐다.

"퇴각하는 건 좋다 쳐도 갈 데는 있어?"

오와루의 현실적인 질문에 대답한 것은 황로의 목소리였다.

"걱정 말거라. 나에게 한 가지 생각이 있으니."

오래 있어봤자 좋을 거 없다는 점에서 일행의 의견은 일치했다. 류도 4형제와 토바 마츠리, 니지카와, 신카이, 미즈치, 황로와 왕포렌, 그리고 마츠나가 군. 합계 10명과 1마리의 중일 혼합 팀은 황급히 지배인에게 감사와 작별의 인사를 했다. 지배인은 완전히 해탈한 표정으로 일동이 무사하기를 기원하고 왕포렌의 손에 달러와 엔화 지폐 다발을 건네주었다.

"워—호호호호! 대일본제국의 신병(神兵)을 거역하는 역적 놈들의 최후를 똑똑히 지켜보렴."

켜켜이 쌓인 사상자를 짓밟으며 코바야카와 나츠코가 으스 댔다. 완전히 본래의 목적을 잊어버린 그녀는 핏덩어리로 변한 폰티아낙의 머리를 내팽개쳤다. 그리고 그것이 바닥에 부딪치는 소리에 제정신을 차렸다. 황급히 주위를 둘러보았지만 움직이는 사람은 아무도 없었다. 지배인을 비롯한 호텔 관계자도 그녀의 시야에서 사라져버렸다. 그리고 지배인이 부른 홍콩 경찰의 순찰차 사이렌이 빠르게 다가왔다.

제7장 애수의 도시에 재는 쏟아지고

I

도쿄는 사멸하진 않았지만, 중상의 고통에 허덕였다. 필사적인 제회(除灰) 작업에도 불구하고 매일 쏟아지는 화산재는 길을 메우고 나무를 고사시켰으며 사람들의 목과 폐를 병들게 했다. 카와사키의 석유화학 콤비나트는 천 명 이상의 희생자를 내고도 완전히는 진화되지 않았다. 도쿄, 요코하마, 카와사키 3개 도시를 합쳐 화산재에 의한 화재는 900여 곳에 이르렀으며 아직도 60여 곳이 타고 있다.

"뭐, 영원히 쏟아지지는 않겠지. 조금만 더 참으면 돼. 다들 불평이나 비판을 쏟아내기 전에 직접 재를 치울 노력을 해야지."

관저에서 수상이 말하자 대장성 사무차관이 차갑게 웃으며 대답했다.

"무슨 일이 일어나도 이제 예산에는 걱정이 없습니다. 소비세가 얼마나 좋은 건지 잘 알 수 있지요."

그 말이 끝나기도 전에, 동석했던 도쿄 도지사가 허덕이며 몸을 움직였다.

자치성의 우수한 관료였던 도지사는 행정 수완도 있고, 금전면에서도 일본의 정치가치고는 깨끗한 편이었다. 다만 권력욕과 명예욕이 강했다. 이미 85세가 되었는데도 아직까지 은퇴할 생각이 전혀 없어 '평생 도지사', '100세까지 현역'을 부르짖으며 수상을 진저리치게 만들었다. 적당히 은퇴해줘야 수상의 부하 중 하나를 후임 도지사로 앉힐 수 있는데 말이다.

도지사가 허덕이며 수상에게 호소했다.

"불타버린 도청 청사를 그대로 놓아둘 수는 없습니다. 제 눈에 흙이 들어가기 전에 더 훌륭한 청사로 다시 지어야지요. 용 따위에게 짓밟혀도 부서지지 않는 영원한 금자탑을!"

'눈에다 흙을 확 뿌려줄까보다.'

수상은 그렇게 생각했으나 아무리 그래도 그런 말까지 할 수는 없었다. 눈치를 보는 도지사의 표정을 확인하며 대답했다.

"안됐지만 도청 청사 재건은 나중으로 미뤄야 할 겁니다. 일단은 병원, 도로, 전선, 상하수도 복구를 마쳐야지요."

수상의 말은 정론이었으나 복구공사를 맡은 건설회사는 모두 수상에게 정치헌금을 하는 곳이다. 지사를 쫓아내자, 남아 있던 대장성 사무차관이 이야기를 재개했다.

"저희가 생각해낸 소비세는 마법의 지팡이였습니다. 휘두르면 얼마든지 돈이 솟아나니까요. 언젠가 20%까지 올려야겠습니다."

"그리 쉽게 말하지 말게. 자네들 관료하고는 달리 우리에게는 선거란 게 있으니까. 국민감정을 너무 자극할 수는 없어."

관료의 특징은 극단적인 엘리트주의다. 자신들만이 우수하고 공정하며 국가를 걱정한다고 믿어 의심치 않는다. 그들에게 국민이란 중우(衆愚)일 뿐이며 중우에게 선택받은 정치가도 무능하다고 생각한다. 그들은 행정개혁도 하지 않고, 세금도 끊임없이 낭비하고, 앞으로도 영원히 대기업이나 재단의 높은 자리에 낙하산으로 앉을 것이다. 왜 이를 마다하겠는가. 어용문화인이나 매스컴을 동원해 국민을 세뇌한 결과 모두가 '소비세가 올라가는 것은 복지를 위해서일 뿐'이라고 생각하게 되었다. 하지만 소비세가 정말로 복지를 위해 쓰이는가 하는 증거는 어디에도 없다. 국민이 자료 제출을 요구해도 '수비의무'라는 이름으로 거부한다. 관료는 자신들을 절대 '공복(公僕)'이라고 생각하지 않는다. 어리석은 국민을 지배하고 지도하는 엘리트라고 철석같이 믿는다. 이제 그들은 소비세라는 이름의 무한한 재원을 손에 넣었다. 3%가 5%가 되고, 앞으로는 7%에서 10%로 계속 오르기만 할 것이다. '서유럽 국가들의 세율이 더 높다'는 말도 있지만 원래 서유럽은 일본에 비해 물가가 싼 편이다.

"아무튼 하나에서 열까지 다 안 좋은 것만은 아니니까."

수상은 내심 들떴다고 해도 좋을 정도였다. 토카이 대지진에 이어 후지산 대분화가 일어나, 피해는 매우 심각했지만 수상에게는 몇 가지 이익도 있었던 것이다. 우선 수상 자신도 얽혀있던 비리 사건 뉴스가 어디론가 날아가버렸다. 수상의 책임을 추궁하던 목소리에 국민신문 같은 어용 매스컴이 '이런 비상시에 그저 정부를 몰아붙이는 것은 무책임하다. 하나가 되어 거대한 재해로부터 회복하는 것이 먼저다'라고 주장했다. 이럴 때 정권을 교체할 수도 없으므로 수상의 지위는 오히려 탄탄해 졌다.

건설업계도 되살아났다. 일본을 대표할 만한 건설회사가, 소 위 '대형 종합건설기업 의혹'으로 정치꾼이나 관료와 결탁해 비 리, 담합 등의 범죄를 마음대로 저질렀다는 사실이 밝혀지면서 신용은 땅에 떨어졌다. 하지만 지진과 분화로 국토를 재건하려 면 당연히 건설회사가 필요하다. 혼란을 틈타 정부와 건설업계 의 유착은 다시 부활해버렸다.

며칠 전에는 수상의 부하였던 어떤 전(前) 하원의원이 비리 사건의 재판에서 무죄 판결을 받았다. 누가 어떻게 보더라도 유죄였지만 도쿄 지방 재판소의 재판관은 정말 이해심이 깊은 자였다.

"기업이 몇 년에 걸쳐 거금과 주식을 정치가에게 선물했던 것은 뇌물이 아니라 정치헌금이다. 정치가도 이것이 뇌물이라 고는 생각하지 않았다고 한다. 따라서 무죄."

이렇게 눈물이 날 정도로 고마운 판결을 내려준 것이다.

"이제 뇌물이라고 똑똑히 쓴 영수증을 주고받지 않는 한 정 치가가 비리 사건에서 유죄 판결을 받을 일은 없게 됐어. 아주 좋아. 정치헌금이라는 네 글자가 있는 한 어떤 법도 두렵지 않 지. 정말 만능의 부적이라니까."

수상은 만족스러운 미소를 지으며 창밖을 보았다. 오후 3시인데도, 여전히 쏟아지는 화산재와 하늘을 가득 메운 분연 때문에 도쿄 시내는 납빛으로 물들어 유리창에 비친 것은 수상의 웃는 얼굴뿐이었다.

수상 관저가 있는 치요다구 나가타쵸만이 아니라 나카노구도 끊임없이 쏟아지는 재에 지배당하고 있었다.

"아아, 정말. 왜 우리가 이런 꼴을 당해야만 한담. 후지산도 마음에 안 들지만 정부도 쓸모가 없어."

자연과 인간 양쪽을 욕하며 삽을 휘둘러대던 것은 류도 가의 이웃인 하나이 킨코 부인이었다. 하나이 가의 마당에 쌓인 재를 치우기 위해 분투하고 있었다. 이따금 빈틈을 봐 잿더미를 도로나 이웃집 마당에 던져넣었다.

"누구나 다 그렇게 하는걸."

그것이 그녀의 변명이었다. 그리고 그와 비슷한 빈도로 목을 길게 뽑으며 류도 가의 동태를 살폈다. 류도 4형제가 자취를 감춘 후, 고모부라는 토바 부부가 집을 맡아 살고 있었던 것이다. 그녀의 다부진 뒷모습에 누군가가 말을 걸었다. 책 한 권을 손에 든 하나이 씨가 거실 창문을 열고 부인에게 말을 걸었던 것이다.

"여보, 구립 도서관에서 빌려온 책에 낙서를 하면 안 되지. 자기 책이라면 무슨 짓을 해도 상관없지만 도서관 책은 공공재산이잖아. 거기에 낙서를 하다니 창피한 짓이야. 당신 다음에 지저분한 책을 읽어야 하는 사람 입장도 생각해봐."

"이 비상시에 무슨 잠꼬대 같은 소리래!"

하나이 부인은 고함을 버럭 지르더니 삽을 내리쳤다. 재가 뭉게뭉게 피어나 하나이 부인도 하나이 씨도 요란하게 기침을 했다. 하나이 부인은 가증스럽다는 듯 옷에 묻은 재를 털었다.

"그보다도 쌀이랑 화장지 매점해왔겠지?"

"부부 둘이서 3개월은 충분히 버틸 수 있지 않겠어? 3개월이나 지나면 복구도 완전히 끝날 거고, 이 이상은 필요 없지."

"무슨 소리야. 이럴 때는 아무리 많아도 부족해. 남으면 이웃에……."

"준다고?"

"설마. 팔아야지."

"……실례합니다."

냉정한 여성의 목소리가 끼어들어 하나이 씨는 아내에게 하려던 말을 삼켰다. 안경을 낀 중년 여성이 생울타리 건너편에 서 있었다. 키는 하나이 부인보다도 크지만 몸의 폭은 절반 정도였다. 류도 형제의 고모이자, 인계에서 토바 마츠리의 어머니인 토바 사에코였다.

"어머나 부인, 정말 힘들지 않나요. 정부도 도청도 정말 도움이 안 돼서 우리 같은 서민은 스스로 자신을 지켜야 하니 정말 힘들고 진짜 너무 힘들지 뭐예요."

하나이 부인이 '힘들다'를 연발한 것은 마음에도 없는 행위였다. 그녀는 처음부터 사에코를 적대시했다. 애초에 하나이 부인은 류도 형제가 사라졌다는 사실을 반쯤 의심했다. 오래됐지만 넓고 큰 저택 어딘가에 류도 형제가 숨어있는 것은 아닐까, 그렇게 망상하며 매일 밤낮으로 몰래 감시했다. 사에코는 이미 그 사실을 아는 듯했지만, 표면적으로는 완전히 무시했다. 하나이 부인은 그것도 마음에 들지 않았다.

"그런데 부인, 무슨 일이신가요?"

하나이 부인은 제 딴에는 사교적으로 대한다고 생각했으나, 짐짓 꾸민 표정 밑바닥에서는 적의와 의심이 배나왔다. 토바 사에코는 상관하지 않고 말했다.

"갚아드려야 할 것이 있어서 말입니다."

"어머, 뭔가 빌려드렸던가요?"

굵은 목을 갸웃하면서도 하나이 부인은 갚아준다면 받아주겠다는 표정을 지었다. 그녀의 눈앞에서 재먼지가 요란하게 솟아났다. 사에코가 쓰레기봉투를 열고는 어마어마한 양의 재를 하나이 가의 마당에 집어던졌던 것이다.

"뭐, 뭐 하시는 거예요!"

"며칠 전부터 그쪽에서 저희 마당에 버려주셨던 재랍니다. 양을 완전히 정확하게 파악하지는 못했지만 대충 맞춰서 갚아드렸어요."

하나이 부인의 두 눈에서 흰자위와 검은자위가 바쁘게 자리를 바꾸었다. 분노로 목소리를 높였다.

"세, 세상에, 무슨 생트집이래. 대체 무슨 증거로……."

태연히, 또한 냉정하게 토바 사에코가 대꾸했다.

"재 속에서 부인의 귀걸이가 나왔더군요. 모르셨나보죠?"

"네? 어머나? 그때는 귀걸이를 안 했을 텐데."

하나이 부인은 황급히 두 귀에 손을 가져다댔다. 사에코는 더욱 냉담한 목소리로 덧붙였다.

"그렇군요. 귀걸이는 제가 착각했나 보네요. 그러면 이만 실례하겠습니다."

그 자리에 굳어버린 하나이 부인에게 등을 돌리고 토바 사에코는 류도 가의 저택으로 돌아갔다. 3.5초 정도 망연자실했던 하나이 부인은 노성을 터뜨렸다.

"세, 세상에, 어쩜 저렇게 건방지고 뻔뻔한 여자가 다 있지. 저 딴 여자한테 심판을 내리려면 도서관에서 빌려온 책에 저 여자의 욕을 써서 부끄럽게 만들어줄 수밖에 없겠어. 두고 보라지!"

하나이 씨는 한숨을 쉬며 창문을 닫았다.

Ⅱ

수도권의 길가에는 10만 대가 넘는 자동차가 방치되어 있었다. 뜨거운 화산재 때문에 도로를 포장한 아스팔트가 녹아 타이어와 붙어버린 채 떨어지지 않게 되었던 것이다. 소유자가 돌아오지 않을 거라 생각하고 일본인이며 외국인 그룹이 기름

통을 들고 와서는 가솔린을 뽑아냈다. 어떤 상황에서도 다부지게 살아가려는 사람은 있는 법이지만, 들키면 당연히 다툼이 발생하고 부상자가 나왔다.

의외로 폭동의 발생 건수는 적었다. 이번에는 제아무리 정부가 부패했다 하더라도 인위적으로 후지산을 분화시킨 것이 아님은 확실했다. 모두가 당장 생활을 방어하는 데 급급해 샐러리맨들은 쏟아지는 재 속에서 5시간이나 걸어 출근하고, 주부는 우산을 쓴 채 마트에 줄을 섰다. 여기에 '왜 무슨 재해가 속출해도 학교는 계속 다녀야 하나'를 탄식하는 아이들도 있었으니, 그들은 류도 오와루와 친구가 되고도 남을 것이다.

신문과 TV 뉴스는 거의 후지산 대분화에 대한 것뿐이었지만, 아프리카 내륙에서 내전과 전염병과 화산분화로 이미 천만명 이상이 사망했다는 소식 또한 전해졌다. 이 뉴스를 본 토바 세이치로가 감상을 말했다.

"뭐, 아프리카라면 아무리 난민이 발생해도 일본으로 밀려오는 일은 없겠지. 당분간은 괜찮을 거야."

세이치로는 냉혹한 것이 아니라 둔감하고 솔직한 것뿐이었다. 실제로 후지산이 대분화를 일으키고 재분화의 위험도 있는 상태에서 대부분의 일본인은 아프리카에까지 마음을 쓰지는 못할 것이다. 세이치로는 현재 문부성과의 여러 가지 절충으로 고생하고 있었다. 후지산이 폭발해 수많은 사상자가 발생했어도 일본의 사회 시스템에는 별다른 변화가 없었다. 문부성이 망하지도 않았고, 내년에도 대입은 있다. 요즘 들어 문부성은 재계의 압박을 받았다. '학생의 이과 이탈 현상을 막지 않으면 일본은 테크놀로지 면에서 외국에게 뒤처질 것'이라며 보조금을 이과 위주로 제공하겠다고 떠들어대는 것이다. 세이치로의 입장에서는 쿄와 학원을 더 큰 규모로 확장해 보조금도 더 많이 받고 싶었다.

하지만 근대 일본의 역사를 보면 항상 이과는 우대를, 문과는 냉대를 받았다. 츠쿠바 연구학원도시는 정부가 거액의 자금을 투입해 건설했지만, 그곳에 있는 것은 이과 계열 시설뿐, 문과 계열의 시설은 거의 없다. 대기업도 이과 학부나 대학원에는 자금을 원조하지만, 문과에는 기부도 거의 하지 않는다.

제2차 세계대전 무렵 일본에서는 '학도동원'이 일어났다. '대학생도 총을 들고 전장에 나가 나라를 위해 죽어라'라는 것이다. 그런데 이때 전장으로 끌려 나갔던 것은 문과 학생들이었으며 이과 학생은 동원을 면제받았다. '문학부나 법학부 학생따위 죽어도 상관없다. 하지만 의학부, 이학부, 공학부 학생은 쓸모가 있으니 살려두자'라는 것이 일본군의 생각이었다. 그런 성향은 전쟁이 끝난 후에도 변함이 없었다. 고등학교에는 이수과(理數科)라는 것이 생겨, 그곳에서 배우는 학생은 학교 측에 엘리트 대접을 받고, 딱히 의사가 되고 싶지 않아도 대학 의학부에 합격하는 것은 성공으로 여겨졌다. 이과 계열 과목을 교과나 학문이 아니라 학생을 엘리트와 비엘리트로 차별하는 수

단처럼 사용하니 학생들이 진저리를 치는 것도 당연하다.

"학생들의 국어능력이 저하되고 있다. 우리나라의 역사를 모른다."

그런 지적을 받아봤자 국가도 대기업도 전혀 신경을 쓰지 않았다. '스스로 생각할 줄 아는 사원 따위 필요 없다'고 호언장담하는 기업인도 있을 정도였다. 그래놓고는 '이과 이탈 현상이 심하다'고 소란을 피우면 허겁지겁 대책을 짜내고 자금을 댄다. 학문을 자신들에게 유리한 도구로밖에 보지 않기 때문이다.

세이치로는 교육가로서의 영혼이 아주 희미하게나마 남아있었다. 교육 내용에서까지 문부성에게 이러쿵저러쿵 잔소리를 듣고 싶지 않기도 했지만, 문부 관료에게 거역할 용기는 없었다.

1994년 10월에 '행정수속법'이라는 것이 시행되었다. 그중에는 '행정지도에 따를지 말지는 어디까지나 상대의 자유이며, 따르지 않는다고 해서 불리한 취급을 받아서는 안 된다'라고 규정되어 있다. 다시 말해 그전까지는 관료가 하는 말을 듣지 않으면 혼이 났다는 뜻이다. 그런 사실이 있기에 금지된 것이다. 살인범이 있기에 살인죄가 존재하는 것과 같은 이치다.

실제로 '관갈(官喝)'이라는 단어가 있을 정도다. '관료의 공갈'이라는 뜻으로, 무슨 일만 있으면 관료가 권력과 권한을 내세워 민간인을 겁준다는 것이다. 대형 건설업체는 관료 OB에게 매년 10억 엔을 기부하고 골프 시합이나 연회의 비용을 부담해준다.

"돈을 너무 뜯겨서 못살겠다니까."

그렇게 투덜거리는 어떤 회사의 사장에게 한 신문기자가 '그럼 기부를 그만두면 될 게 아니냐'고 물었더니 낯빛을 바꾸며 이렇게 대답했다고 한다.

"말도 안 돼. 그랬다간 무슨 보복을 당할 줄 알고."

이래서는 폭력단이나 다를 바가 없다. 법과 권력을 배경으로 두고 있는 만큼 더욱 악질적이며, 이런 자들을 '관비(官匪)'라 하는 것이다.

예전에는 하지메가 이용했던 서재에서 세이치로가 이것저것 고민하고 있으려니, 사에코가 나타나 손님이 왔다고 말했다. 경찰이라고 했다는 것이다.

"겨, 경찰?!"

세이치로의 낯빛이 붉은색과 푸른색 사이를 빠르게 왕복했다. 그는 법을 어기려 한 적은 없지만 권력과 권위에는 약해 경찰이란 말만 들어도 신경성 안면혈액순환장애를 일으켰다. 올해 들어 그가 접근했던 권력자들이 하나하나 모습을 감추고 의지할 자가 없어지는 바람에 세이치로는 더욱 겁을 집어먹기도 했다. 무언가 야단을 맞을 만한 일이 있으면 모두 류도 형제, 다시 말해 조카들 탓으로 돌려야겠다고 생각하며, 세이치로는 일단 아내 사에코에게 손님을 맞이해달라고 부탁했다. 사에코는 남편의 1만분의 1도 당황하지 않았다. 공무라면 경찰관이 혼자 시민의 집을 찾아올 리가 없기 때문이다. 사에코는 손님을 응접실로 안내했다. 50대 초반의 우락부락한 용모를 가진 사내였다.

그의 이름은 미나미무라라고 했다. 경시청의 형사부장, 다시 말해 현재 홍콩에 있는 니지카와의 상사였다. 과거형으로 표현한 이유는 바로 얼마 전의 인사이동에 따라 '총감부'라는 한직으로 좌천되어버렸기 때문이다. 부하가 실종된 건에 대해 책임을 진 셈인데, 원래 주류 경찰 관료들에게서는 좋은 취급을 받지 못했다.

"니지카와가 선생님 학교의 졸업생이라 들었습니다."

사에코에게 인사를 한 미나미무라는 그렇게 이야기를 시작했다. 세이치로가 겁을 먹을 필요는 조금도 없었다. 미나미무라는 니지카와의 행방을 알고 싶어서 무언가 단서가 없을까 하고 별다른 기대도 없이 류도 가를 찾아왔을 뿐이었다. 노골적으로 좌천당한 만큼 경시청에도 있기 힘들었다. 이미 알려진 내용이지만 니지카와와 류도 형제의 관계에 대해 이야기한 후, 니지카와의 소재지에 대해 짚이는 곳이 있는지를 물었다.

사실 사에코는 니지카와가 어디 있는지 안다. 마츠리가 홍콩에 있고, 니지카와 외에도 전 신문기자와 전 자위대원이 그녀와 동행한다는 사실을 안다. 그 사실을 경찰에게 가르쳐주면 어떤 사태를 초래할까. 사에코는 낙관적으로 생각하기는 힘들었다.

"송구스럽습니다만 저희는 도움이 되지 않을 것 같습니다."

미나미무라 경무관은 사에코의 말을 암담한 심정으로 받아
들였다.

"경찰을 신용하실 수 없나 보군요."

"신용하고 싶은 기분은 굴뚝같습니다. 하지만 공안경찰은 특
히 신용할 마음이 들지 않습니다. 법을 어기고 재판을 모욕하
는 조직이 권력을 가졌다는 데에 두려움과 당혹감을 느낄 뿐이
지요."

사에코가 한 말은 카나가와 현경이 일으켰던 유명한 도청 사
건을 비꼰 것이었다. 경찰은 재판소의 출두 명령을 거부하고
결국 재판에 모습을 나타내지 않았다. 겨우 출정한 경찰 OB는
판사의 지시를 모조리 거부하고 서류에 서명도 하지 않았다.
법률과 재판소에 대한 명백한 도전이었다.

경찰이 하는 일은 무엇인가. 시민에게 법을 지키게 하는 것
이다. 그러나 공안경찰이 조직 단위로 법을 어기고 재판을 모
욕한다는 사실이 밝혀진 지금, 경찰은 어떻게 시민에게 법을
지키게 할 생각일까. 지극히 무법적인 공안경찰의 폭주에 가장
큰 피해를 입은 것은 다른 부서의 성실한 경찰관들이다. 미나
미무라는 그렇게 생각하지만 요즘 들어 다른 부서에서도 실수
와 불상사가 빈발해 비판의 표적이 되고 있다. 시민이 경찰을
신뢰하지 않는 것은 시민이 의심이 많아져서가 아니다. 경찰이
시민의 신뢰를 배신했기 때문이다.

유명한 도청 사건에서 경찰 측은 어떤 반성도 사죄도 거부

했다. 앞으로도 태도를 바꾸지 않겠다는 소신까지 밝혔다. 자신이 한 말이니 반드시 실행해 앞으로도 위법행위를 계속할 생각일 것이다. 미나미무라는 절망적인 심정이었다. 그는 시내를 순찰하는 경관, 시골 지서의 순경이야말로 경찰의 원점이라고 생각했다. 이를 잊고 간첩처럼 도청에 정신이 팔려서 어쩌자는 것인가.

"부인의 말씀은 완전히 정론이라 저에게는 반론의 여지가 없습니다. 억지로 여쭤보려는 생각도 없었습니다. 이렇게 갑자기 찾아와 정말 죄송합니다."

고개를 숙인 미나미무라는 행방을 감춘 부하의 거구와 동안을 떠올리고 있었다.

"그놈은 정말 어디서 뭘 하고 있는지. 뭐, 건강하다면 됐지만요."

미나미무라 부장은 탄식했다. 생판 남에게 니지카와의 불평을 해봤자 어쩔 수 없지만 마음을 터놓고 이야기할 상대가 없으니 자기도 모르게 이런 데서 푸념하게 되는 것이었다. 미나미무라의 분위기를 보고 진정성을 느낀 사에코는 은근슬쩍 말했다.

"분명 건강할 겁니다. 조만간 연락이라도 하겠지요. 그런 기분이 들었을 뿐이지만요."

III

그날 미나미무라는 아무것도 얻지 못하고 류도 가를 떠났다. 자신이 이제부터 무엇을 해야 할지, 결국은 스스로 결정해야 한다. 하지만 결단을 내리려면 더 많은 판단재료가 필요했다. 상부가 그를 사직시키고 싶어한다는 것은 명백하므로 그 기대 대로 움직여주는 것도 불쾌했다.

류도 가를 나와 1분 정도 걸었을 때, 그는 미행당하고 있음을 알아차렸다. 멈춰 서서 주위를 둘러보았다. 이미 남자 네 명이 그를 포위하고 있었다.

"미나미무라 경무관님. 동행해주시죠."

냉혹한 목소리가 그의 이름을 불렀다. 미나미무라는 그 목소리의 주인을 알고 있었다. 공안부 경위로, 분명 스기모리라는 이름이었다.

"동행을 강요할 이유가 없을 텐데. 나는 그저 개인적인 사정으로 남의 집을 방문했을 뿐일세. 그게 뭔가 죄가 되나?"

"개인적이라? 호오."

상대는 싸늘하게 웃었다. 미나미무라보다 세 계급이나 낮은데도 경의를 표할 마음은 없는 듯했다. 그렇다면 당연히 더 강대한 권력을 등에 업고 있다는 뜻이다.

"댁은 24시간 감시당하고 있단 말입니다. 언젠가 내부고발을 하거나 폭로용 책을 쓰는 어리석은 짓을 하고도 남는 위험분자라서 말이죠. 마음대로 싸돌아다니고 있다고 생각했습니까? 웃기네요."

"웃고 싶은 건 내 쪽일세."

"뭐라고요?"

"내부고발을 당해서 경찰이 곤란해질 만한 일이 있나? 또 불법 도청이라도 저질렀나? 아니면 경찰서 현관을 잠그고 살인자에게서 구해달라고 애원하는 시민을 죽게 내버려 뒀나?"

"이거이거, 말씀도 참 잘하시지."

스기모리는 비웃음을 지으려 했으나 완전히 성공하지는 못했다.

"댁의 반체제적인 사상에 대해서는 본청에서 천천히 듣기로 하죠. 일단은 수상 납치범의 친척과 무슨 이야기를 나눴는지 자세히 좀 들어볼까요? 한동안 집에는 못 돌아갈 겁니다."

스기모리는 부하에게 눈짓을 하더니 자기 자신은 미나미무라에게 등을 돌리고 냉큼 걸어가버렸다. 차를 대놓았던 것이다. 네 명의 부하는 좌우에서 미나미무라의 팔을 붙들었다. 미나미무라가 그들의 팔을 뿌리치려 했을 때, 아무 예고도 없이 한 젊은이가 길가에 나타났다. 그 사실을 알아본 사내 중 한 사람이 혀를 찼다.

"저놈은 또 뭐야, 이상한 차림을 하고."

젊은이는 중국 서민의 전통적인 옷을 입고 있었는데, 정확히 어느 시대의 복장인지 그들은 알지 못했다. 오른팔에는 등나무로 짠 꽃바구니를 걸고 있었으며 안에는 아무것도 없었다. 무언가 노래를 흥얼거리며 흐늘흐늘 다가왔다.

"머리에 나사라도 빠진 놈이겠지. 내버려 둬."

"하지만 괜히 쓸데없는 소리라도 했다간 난감하잖아. 겁 좀 주고 올게."

사내 중 세 사람이 미나미무라를 뒤에서 붙들고 한 사람이 젊은이 앞을 가로막았다.

"이봐. 여긴 볼 거 없으니 저리 가."

위압적으로 명령했지만, 젊은이는 겁먹은 기색도 없이 천진난만하게 웃었다.

"어라, 제가 못 볼 모습을 보고 말았나요? 관헌이 악행을 저지르는 광경을 목격한 사람은 살아남지 못할 텐데~."

느긋한 어조였으나 사내들은 도발의 바늘을 느끼고 금세 살기를 띠었다. 미나미무라를 구속하던 남자 중 한 사람이 젊은이에게 다가와 교묘하게 곡선을 그리며 이동해 그의 퇴로를 차단하려 했다. 젊은이는 여전히 미소를 짓고 있었다.

"이 세상에서 가장 큰 즐거움은 맛있는 술을 마시고 노래하는 것. 두 번째는 좋아하는 사람의 웃는 얼굴을 보는 것. 그리고 세 번째는……."

젊은이는 꽃바구니를 슬쩍 들었다.

"싫어하는 놈들을 방해하는 것이지."

젊은이는 현대 일본어로 이야기하지 않았다. 그의 말은 사내들의 뇌리에 직접 전해지고 있었다. 그 사실을 깨달은 자는 아무도 없었다. 화산재 위에 젊은이의 발자국이 찍히지 않는다는 것조차 깨닫지 못했다. 좌우로 갈라져 젊은이의 팔을 잡으려 했다. 그러나 그의 모습은 그곳에 없었다. 둥실 허공에 떠올라, 아연실색하는 사내들을 내려다보았다.

꽃이 춤을 추었다. 솟아올랐다가는 미친 듯이 흩날렸다. 몇 송이로 보였던 꽃이 무한히 바구니에서 솟아나 사내들을 에워싸기 시작했다. 사내들은 꽃과는 인연이 없었지만, 장미나 목련이나 백합 정도는 구별할 수 있었다. 그러한 꽃들이 난무하며 향긋한 냄새를 풍기는가 싶었을 때 사내들은 갑자기 의식이 흐려지는 것을 느꼈다. 얼굴에서 표정이 사라지고 팔과 다리에 힘이 빠져나간다. 그들은 길거리에 쓰러졌지만 두껍게 쌓인 재 덕에 큰 소리는 나지 않았다. 미나미무라도 재 위에 주저앉고 말았다. 젊은이는 천천히 허공에서 내려왔다.

"별 것도 아니군."

젊은이는 조용히 중얼거렸다. 그때 또 다른 사람이 나타났다. 이번에는 장한이었다. 멋들어진 구레나룻을 기르고 몸집도 체격도 무신상처럼 당당했다. 복장은 젊은이와는 약간 달라 도사의 것이었다.

"남채화(藍采和)."

"여어, 조국구(曹國舅)."

"나머지 한 명은 내가 재웠네. 겸사겸사 자동차인지 하는 것도 박살을 내놓았으니 연락도 못할 걸세."

남채화라 불린 젊은이는 장한의 손에 들린 쇠부채를 재미나다는 표정으로 바라보았다.

"여전히 선술보다 완력을 쓰는 걸 좋아하시는군요. 무인의 피가 아직 식지 않으셨나 봅니다."

"이거 할 말이 없네."

조국구는 멋쩍어했다. 팔선(八仙)의 일원이 된 지 천 년도 더 지났지만, 그는 아직도 선술보다 다부진 체격을 구사하는 무술이 더 성미에 맞았다. 그는 원래 송나라의 귀족이었는데, 귀족이라고는 해도 무가 출신이며, 지나치게 강직하고 청렴한 탓에 궁정에 있기 힘들어져 선인이 되고 말았다. 팔선 중 마지막 일원이 되어, 태어난 해는 남채화보다도 200년 정도 늦지만, 외견은 남채화보다 20살 정도 많아 보였다.

"그건 그렇고, 이분은 어떻게 할까요."

남채화가 미나미무라 경무관을 손가락으로 가리키자 조국구가 대충 고개를 끄덕였다.

"묘한 우연으로 구해주었네만, 뒷일을 생각해보면 이대로 내버려 둘 수도 없지. 집에 데려다 주세나."

"그렇게 해야겠네요. 뭐, 오늘은 위험할 때 구해주었지만 나중에는 스스로 헤쳐나가야겠지요."

"그건 그렇다 쳐도 이놈들 정말 마음에 안 드는구면. 조그만 권력의 위세를 빌린 여우 같은 것들."

공안부원들을 노려보는 조국구의 표정에 남채화가 웃음을 지었다.

"관비는 조국구가 가장 싫어하는 족속이니까요. 그러면 이놈들은 어떻게 할까요."

"자네의 생각은?"

반문을 받은 남채화는 깨어나지 못하는 사내들을 내려다보았다. 조국구를 놀리기는 했지만, 그도 결코 공안 사내들에게 호의적이지는 않았다.

"이대로 내버려 둘까요? 조만간 재투성이가 돼서 깨어날 거고, 부끄럽게 임무에 실패했으니 어디서 떠들고 다니지도 못할 텐데."

"그것도 좋지만 조금 더 혼을 내줘도 좋지 않겠나? 제복을 입은 자가 법을 어기고도 벌을 받지 않다니, 법으로 다스리는 나라에서 있을 수 없는 일일세. 내게 한 가지 생각이 있네."

남채화와 마찬가지로 사내들을 내려다보며 조국구가 으르렁거렸다.

"나 원, 보기만 해도 속이 끓는구먼. 이런 족속들이 만연하게 내버려 두어야 하다니."

"그렇지만 인계에 악이 활개를 칠 때마다 선계나 천계가 이를 정리했다간 인계는 스스로 반성하고 자신을 다스릴 방법을 찾지 못할 거예요. 인계의 악은 어디까지나 인계의 자각 있는 자들이 처단해야지요."

"……라고 서왕모님이 그러셨지. 나도 그 말씀이 옳다고 보네만……."

"이번에는 우종이 직접 손을 썼으니까요. 서왕모님도 마침내 금기를 푸셨고. 그러니 괜찮지 않을까요?"

남채화의 목소리에 고개를 끄덕이면서도 조국구에게는 역시 할 말이 있는 듯했다.

"하지만 내가 팔선의 일원이 되기 직전에 자네들은 인계에서 아주 화려하게 소란을 피웠지 않나."

"아, 딱 천 년쯤 전에 일어난 송나라와 요나라의 대전이었어요. 만리장성 일대에서 송나라의 태종 조광의가 대군을 일으켜 요나라와 격돌했거든요. 두 나라의 존망을 건, 한 세기에 한 번 있을까 말까 한 큰 전쟁이었죠."

"자네들 칠선(七仙)은 그때 양쪽으로 갈라져 개입했지."

"정말 기묘한 결과였지만 그렇게 되고 말았어요. 그 후로 천 년이라. 긴 세월 같기도 하고 짧은 세월 같기도 하고……."

조용히 쓴웃음을 지으며 남채화는 조국구를 채근했다. 미나미무라 경무관의 몸이 재 위에서 천천히 일어났다. 남채화가 그의 등을 밀며 무언가를 속삭이자 미나미무라의 몸은 정확한 걸음걸이로 걷기 시작했다. 그의 의식은 자택 현관에 도착한 후에야 회복될 것이다. 그동안 조국구는 기절한 사내들의 주머니에서 경찰수첩과 권총, 수갑을 꺼내고 있었다.

IV

그날 류도 가를 찾아온 손님은 미나미무라 경무관만이 아니었다. 하나이 부인 못지않게 열심히 관찰하는 시선을 보내는 사내들이 있었던 것이다. 두껍게 쌓인 화산재 위를 달리기 위해 타이어에 체인을 감은 사륜구동차에 타고, 차창에는 까만 선탠 스크린을 붙여놓았다. 전투복을 입고 야전용 부츠를 신고 블랙잭이며 스턴 건이며 아미나이프 등, 선량한 시민과는 무관한 흉기를 손에 들고 있었다. 음산하게 빛나는 눈이 그들의 정체를 가르쳐주었다. 폭력을 과시해 상대를 겁주는 기술의 전문가들이었다.

미나미무라 경무관이 떠나가는 것을 지켜본 사내들은 움직이기 시작했다. 수갑, 덕트 테이프, 나일론 로프, 모포 같은 것들을 들고 있었다. 목적이 납치임은 명백했다.

재가 그치지 않아 밤처럼 어둡고 인적도 뜸한 길을 따라 여섯 명의 사내가 이동했다. 차를 세워놓은 공터에서 50m 정도 떨어진 길이었다. 류도 가의 담장 앞에서 다시 주위를 살폈다. 열렬한 감시자인 하나이 부인도 이때는 집 안에 있었다. 저주의 인형이라도 만들고 있었는지도 모른다. 사내 중 하나가 담에 두 손을 짚고 등을 굽히자 다른 사내들이 그의 등을 밟고 담장 위로 올라갔다. 마지막 한 사람을 끌어올리고, 다음에는 마당으로 뛰어내렸을 때.

느닷없는 아픔이 사내들을 엄습했다. 팔에, 손에, 목덜미에, 뺨에 주사바늘이 꽂혀 약물을 주입당하는 듯한 격통이 느껴졌다.

"아야, 아! 이게 뭐야?!"

사내들은 비명을 질렀다. 손끝이 마비되어 흉기를 떨어뜨릴 정도의 아픔이었다. 피부가 점점 보라색으로 부풀더니 그곳에서 한층 더한 아픔이 퍼져갔다.

"벌이다. 젠장, 벌이 있어!"

황금색 점이 사내들의 주위를 날아다녔다. 황금색 날개를 가진 벌떼였다. 그들의 움직임은 신속하고 날카로우며 가차 없었다. 사내들이 팔이며 다리를 휘둘렀지만 이를 유유히 피하며 다시 쏘아댔다. 그때마다 아픔과 당혹감의 조그만 비명이 솟았다. 아무리 굴강해도, 격투기나 살인기술이 뛰어나도 이 조그만 공중 병사에게는 대항할 방법이 없었다. 여섯 명의 사내는 마침내 담을 뛰어넘어 도망쳤다. 흉기를 그 자리에 버리고, 동료를 돌아보지도 않은 채 눈물을 흘리며 달아났다. 이들은 30분쯤 후에는 고열이 나 며칠 동안 생사의 경계를 헤매게 된다.

괴한들을 몰아낸 벌들은 자랑스럽게 날개 소리를 내며 류도가의 마당으로 돌아갔다.

V

"또 실패했군. 쓸모도 없는 것들."

휴대전화를 거칠게 내려놓으며 욕하는 초로의 사내가 있었다.

코마자와 공원에 가까운 웅장한 저택이었다. 화산재 탓에 전화 통화는 매우 힘들어 그 사실도 사내를 화나게 만들었다. 사내 는 60대였으며 도마뱀 같은 얼굴에 뾰족한 두 귀가 달려 있었다. 셔츠 위에 영국제 카디건을 입었으며 손가락 사이에는 시가를 끼우고 있었다.

이 인물의 이름은 코모리 하루미츠라고 한다. 오리엔트 석유라는, 일본에서도 손꼽히는 대기업의 오너 회장이었다. 스이도바시의 돔 야구장 빅 보울이 무너졌을 때 매드 닥터 타모자와와 함께 VIP실에 함께 있던 자였다. 그는 류도 형제의 존재를알며, 불로불사의 비밀을 찾기 위해 납치나 생체실험을 계획하기도 했다. 그러나 유전이 있는 중동 방면의 정세가 악화되어대책에 부심하는 사이에 타모자와는 폭주하고, 류도 형제는 일본에서 사라지고 말았다. 코모리는 보기 좋게 헛수고를 한 셈이었다.

"코모리 군도 노력이 결실을 맺질 못하는군."

안락의자에 깊이 몸을 묻은 손님이 웃었다. 코모리와 같은연배이며 은발에 검은 테 안경을 쓰고 멋들어진 얼굴을 가진자였다. 하지만 그 멋들어진 얼굴이 몸에 비해 지나치게 커서전체의 밸런스가 좋지 못했다. 그는 발행부수 천만 부를 자랑하는 국민신문의 사장이며 이름은 이나가키라고 했다. 국민TV의 회장이기도 하고, 프로야구와 축구팀을 보유했으며, '매스컴의 제왕'이니 '프로 스포츠계의 톱'이라 불렸다. 보수당의 정치꾼이나 거대 종교단체의 교조 같은 이들과 친해, 항상 초강경파 필진을 앞혀놓고 보수당의 선전기관 노릇을 도맡았다. 비리 정치가가 무죄로 풀려나 다른 신문사가 판결을 비판할 때도 국민신문만은 무죄 판결을 지지했다.

"코모리 군은 뭐든 철저하게 하지 않아서 문제야. 날 보라고. 프로야구에서도 축구에서도 마음에 안 드는 규칙은 다 바꿔버리잖아. 우리 팀은 인기가 있거든. 리그에서 탈퇴해버리겠다고 위협하면 다들 고분고분 내 말을 들어."

"마음에 안 드는 규칙을 바꿔버리겠다니 자네답군. 그래서 이번에는 헌법도 바꾸려고?"

국민신문은 현재 공공연히 개헌을 주장하며 일본을 '자발적으로 군사 공헌하는 대국'의 방향으로 이끌어가려 한다.

"물론이지. 내 마음에 안 드는 규칙 따위는 존재 자체를 용납해선 안 돼. 설령 헌법이라 해도. 내 마음에 안 드는 놈도 마찬가지야. 정부를 욕하는 TV의 아나운서 따위 내 회사가 아니라도 업계에서 추방해버릴 거야. 일본은 평범한 나라가 돼야 해."

이나가키 사장 일당의 노력으로 일본은 경사롭게 '평범한 나라'가 될 수 있을 것 같았다. 야심적인 관료, 무책임한 매스컴, 생각 없는 정치가가 삼박자를 갖추어 병사들을 사지로 보내는 '평범한 나라' 말이다.

"개헌이나 군사 공헌에 반대하는 놈들에게는 '비겁한 일국평화주의자'라는 딱지를 붙여서 사회적으로 매장해버릴 거야. 그러기 위해 내가 신문사를 가지고 있는 거라고."

"자네도 나쁜 놈이야."

"왜? 나는 절세의 애국자인데."

"자네 같은 신문사 경영자들은 부추기기만 하잖나. 실제로 아프리카나 동남아시아의 위험지대에 가는 건 자위대원이고. 양심에 거리끼지도 않나?"

일부러 짓궂게 묻는 코모리의 말에 이나가키 사장은 머쓱해하는 것처럼 보였으나 금세 뻔뻔하게 나서며 야만적인 목소리를 높였다.

"당연하지. 왜 내가 피를 흘려야 하는데. 군사 공헌을 주장하는 온 일본 내의 저널리스트나 문화인들에게 물어봐. 자기나 아들을 르완다나 캄보디아에 보낼지 말지. 우리나 외무성 공무원이 안전한 곳에서 주장하는 걸 목숨 걸고 실행하는 게 자위대원의 임무 아냐? 내가 왜 전부터 자위대는 위헌이 아니라고 응원해줬는데."

이나가키 사장은 브랜디 잔을 기울이며 술 냄새 나는 숨을 한껏 토해냈다. 언제까지고 위선적인 대화를 계속해봤자 소용이 없었으므로 코모리는 자신의 계획에 대해 털어놓았다. 원래 가치관을 공유하는 친구였으므로 협조를 부탁할 생각이었다.

"……그래서 그때 내가 제안했지. 4형제를 누군가가 독점할 게 아니라 민주적으로 평등하게 하나씩 나눠 가지자고."

"호오, 민주적이라."

이나가키의 반응에서도 비아냥거리는 감정이 묻어나왔다. 코모리는 한순간 언짢은 표정을 지었지만 설명을 이어나갔다. 처음에 이나가키는 불로불사의 꿈에 대해 냉소했으나, 어디까지나 겉보기였을 뿐이었다. 이나가키도 '카마쿠라 어르신', 즉 후나즈 타다요시를 스승으로 섬기는 자들 중 하나였지만 별로 중용되지는 않았으므로 자세한 이야기는 모르겠다는 입장이었던 것이다. 온갖 사회적인 규칙을 뒤틀어버리는 이나가키가 인간의 생명에 관한 규칙까지도 뒤틀려 하는 것은 당연한 일이었다.

"흥…… 하지만 정작 중요한 그 아무개 형제인지 뭔지가 어디 있는지 모르잖아? 어디서 객사했을 수도 있고, 이미 누군가가 차지해버렸을지도 모르지."

"류도 형제의 친척은 도쿄에 있어."

"그래서?"

이나가키의 목소리는 자못 연극적이었다. 코모리의 진의는 금방 파악했지만, 그것은 명백한 범죄행위이므로 함부로 대답할 수는 없었다. 모두 코모리의 입으로 말하도록 만들어야만 한다.

"그게 몇 년 전이었던가, 요코하마에서 젊은 변호사 일가가 납치돼서 그 후로 돌아오질 않았지. 현대 일본에서 그런 일이 일어나느냐고 다들 어이없어하며 악몽을 꾸는 심정이었어."

말을 이으며 코모리는 이나가키의 얼굴을 보았으나 짜증을 억누르지 못하는 눈치였다.

"다시 말해, 방법에 따라서는 잘 될 수도 있다는 거야. 이나가키 군 자네의 힘을 빌려주지 않겠나? 물론 보수는 자네가 만족할 만큼 마련하지."

"그렇군. 자네가 폭력단 친구들에게 시킨 게 그거란 말이지. 그래서, 나한테 뭘 시키려고? 미리 말해두지만 나는 정의의 저널리스트야."

"……그러니까 토바 부부가 없어져서 세상이 떠들썩해졌을 때 정보를 조작해달란 말일세. 예를 들면 그 부부는 어떤 북쪽 나라의 간첩과 관계가 있어서 납치당한 것 같다는 식으로."

코모리가 입을 다물자, 이나가키는 10초 정도 침묵하고는 뜸을 잔뜩 들이는 목소리로 말했다.

"좋아, 하지만 싸지는 않을 거야."

어두운 회색 하늘에서 소리도 없이 무언가가 떨어졌다. 남채화와 조국구는 놀라지 않았다. 정체를 알기 때문이다. 보정이라 불리는 곤륜의 비행물체다. 땅에 닿을 정도로 강하한 보정에서 탑승자가 얼굴을 내밀었다. 천으로 머리를 감싸고 경극에 등장하는 용감한 여검사 같은 복장을 한, 늠름하고 아름다운 젊은 여성이었다.

"여어, 사낭님 아니십니까."

남채화가 미소를 지었다. 그가 사낭이라 부른 사람은 서왕모의 제4왕녀인 요희였다. 류도 형제를 중국 오지의 용천향에서 곤륜으로 데려왔던 것이 그녀였다.

"이렇게 살벌한 곳에 무슨 볼일이 있어서 오셨는지요."

"시찰이에요. 조금 거창하긴 하지만 선계가 행동을 시작하면서 인계의 분위기를 어느 정도 살펴보는 게 좋을 것 같아서요. 특히 화산을."

중국대륙에는 일본열도보다도 긴 대하가 있다. 지평선이 보이는 분지도 있다. 웅대함에서 섬세함까지, 사막에서 밀림까지 온갖 풍경을 볼 수 있지만 단 하나, 활화산은 없다. 7세기의 정사 '수서(隨書)'에서는 일본의 아소 산에 대해 특필할 정도였으니, 화산 분화란 선인에게도 신기한 현상이었다. 물론 요희에게는 그 밖에도 목적이 있었다. 다소 신경이 쓰이는 정보가 들어왔던 것이다. 요희가 이에 대해 밝히자 조국구가 놀라 목소리를 높였다.

"미군이란 것들의 기지에 잠입하자고 하셨나? 그야 제법 재미있을 것 같지만, 이 집을 내버려 두어도 될지? 또 관비니 괴한이 쳐들어올지 모르는데."

"팔선 중 두 사람이나 달라붙어서 감시할 필요는 없잖아요?"

요희는 두 사람에게 손을 내밀었다. 손바닥에 조그만 황금색 보석이 붙어 있었다.

"이걸 마련해왔어요. 류도 가에 함부로 침입하는 자는 아주 혼쭐이 날 거예요."

"오, 금시봉이로군."

"침입자 한 사람에게 한 마리면 충분하죠. 일단 백 마리 정도
는 풀어놓을 거니까요."

요희는 금사봉의 먹이로 야구공만한 곤륜의 복숭아꿀 덩어
리를 준비해왔다. 이것을 류도 가의 정원 구석에 숨기고 금사
봉을 풀어놓는 것이다.

"……그게 어제 일이었지. 벌써 효과가 있었던 모양이야."

"하하, 자업자득이라고는 하나 불쌍한 놈들이로고. 붓기가
가라앉을 때까지 애인도 만나지 못할 거요."

……류도 가에 침입해 토바 부부를 납치하려던 자들이 벌떼
에게 격퇴당한 데에는 이러한 사정이 있었다. 자신들의 주거지
를 곤륜의 신선들이 지켜주고 있다니, 토바 세이치로는 상상도
못했을 것이다.

"자, 육낭님의 친가 쪽은 이걸로 됐으니 일단 곤륜으로 돌아
가도 되겠습니다만……."

남채화가 육낭이라 부른 것은 서왕모의 제6왕녀, 다시 말해
토바 마츠리였다. 인계에 사는 요희의 동생이다. 요희는 아직
동생을 만나보지 못했다. 아직 그럴 시기가 아니기도 했지만
솔직히 멋쩍기도 했던 것이다.

"제 동생은 그렇다 치고, 괜찮다면 두 분은 저와 동행해주지
않겠어요?"

"그야 바라마지않던 일이지요. 그런데 육낭님도 홍콩에서 고
생을 하시는 듯합니다."

"황타이밍을 잃은 것은 뼈아픈 손실이었지만, 설마 그런 괴녀가 개입했을 줄은 예측도 못 했으니까요."

요희가 '그런 괴녀'라고 했던 것은 물론 코바야카와 나츠코였다. 신선들도 전능하지는 않다. 포 시스터즈 이외의 요소에까지 눈을 돌리지는 못했던 것이다.

"그 괴녀는 이 심각한 게에임에……서 조커?의 역할을 맡을 듯하군요."

익숙하지 않은 외국어 단어를 써가며 남채화가 웃자 조국구가 다부진 어깨를 한 차례 으쓱해보였다.

"황타이밍을 죽인 죄는 모종의 형태로 갚게 해야만 할 겁니다. 우리가 손을 대도 좋겠지만 그래서는 수긍하지 못하는 자들이 있지 않겠습니까."

"용왕들에게 맡기기로 하세나. 무슨 일이나 수행일세, 수행. 우리는 구경이나 하고."

세 사람은 웃음을 나누고, 그것이 가라앉자 요희가 말했다.

"그러면 두 분 모두 보정에 타시죠."

이리하여, 세 명의 신선은 여전히 쏟아지는 재 때문에 밤과 다를 바 없는 어두운 하늘을 따라 남서쪽 방향으로 날아갔다. 그 방향의 높은 곳에서 오렌지색 광점이 번쩍이는 이유는 후지산의 용암 유출이 이어지고 있기 때문이었다.

제8장 만귀주행(萬鬼晝行)

I

카나가와 현의 거의 한복판에 위치한 아츠기 주일미군 기지에서는 병사들 사이에 기묘한 소문이 흐르고 있었다. 심야에 순찰을 돌던 병사들이 괴물을 목격했다는 소문이었다. 순찰을 나간 병사가 그대로 행방불명되어, 표면적으로는 본국에 돌아간 것으로 처리된 적도 한두 번이 아니라고 한다.

아츠기 기지의 형제나 다름없는 요코다 기지가 실존할 리 없는 신화 속의 괴물에게 격멸당한 것이 올여름이었다. 요코다 기지에서 아츠기 기지로 온 부상병들은 입을 모아 드래곤에 대한 공포를 말했지만, 고급 장교들은 그들의 증언을 히스테릭하게 부정했다.

"드래곤 따위 존재하지 않는다. 모두 착각이다. 환각이다. 집단환상이다. 자꾸 비과학적인 헛소리를 지껄이면 합중국 군인으로서의 적격성을 의심받게 될 거다."

이리하여 병사들은 목소리를 높이지 못하게 되었으나, 낮은 목소리로는 여전히 소문 이야기를 나누었다. 흑인, 멕시코 계, 푸에르토리코 계 등등 다양한 색의 피부와 눈을 가진 병사들은 그칠 줄 모르는 재를 바라보며 어깨를 으쓱했다.

"일본은 좋은 나라라고 들었는데, 여름은 적도처럼 덥고, 비는 많이 와서 눅눅하고, 지진도 많고, 물가는 세계에서 가장 비싸고, 심지어 마운틴 후지는 폭발하고. 이젠 얼른 본국으로 돌아가고 싶어."

서로 그런 말을 소곤거리며 병사들은 활주로의 재를 치우는 작업에 내몰리고 있었다. 일본 정부에서 돈을 뜯어내는 데 맛을 들인 미국 정부는 훗날 제회 작업에 들어간 비용을 모두 일본 측에 요구할 것이다. 하지만 당분간은 병사들이 땀을 흘릴 수밖에 없다. 재 때문에 눈이나 목이 상한 병사들이 속출했으므로 분화 이틀째부터는 화학전용 방독면을 장착하고 작업을 하게 되었다. 쏟아지는 재의 비 속에서 방독면을 쓰고 작업하는 병사들의 모습은 어딘가 먼 행성의 표면에서 꿈틀거리는 곤충형 에일리언을 연상케 했다. 그런 병사들이 B 활주로의 제회 작업을 나가던 도중, 후드를 뒤집어쓴 기묘한 집단을 발견했다.

"이봐, 저게 뭐야?"

병사들은 얼굴을 마주보며 걸음을 멈추었다. 오한이 가느다란 손가락으로 그들의 등줄기를 쓰다듬었다. 기괴한 집단은 재의 비 속을 걷고 있었는데, 그 주위를 가스마스크 차림의 특수부대원이 에워싸고 있었다. 그들도 걸음을 멈춘 병사들을 발견했다.

"Who's there(누구냐)?!"

날카로운 수하 목소리와 함께 그들은 병사들에게 자동소총을 들이댔다. 같은 미군이라도 이 경우 권한이 다르고 장비가 달랐다. 이것들은 진짜로 우릴 사살할 생각이구나. 그 사실을 깨달은 병사들은 새파랗게 질려버렸다. 필사적인 변명을 들은 특수부대 대원들은 무언가 서로 의논을 하더니, 병사들에게 이 사실을 발설하지 않겠다는 서약을 요구했다. 물론 병사들은 요구에 응했다.

군사국가 미국에서 최고의 정의는 '군사기밀'이다. 저널리스트가 아닌 군대의 일원인 그들은 그 사실을 잘 알고 있었다.

"맹세코 발설하지 않겠습니다."

그들은 성서와 군규 양쪽에 걸고 맹세했다. 그렇다고는 해도 호기심을 완전히 말살하기란 불가능했다. 후드 달린 코트 안에 숨겨진 얼굴을 아주 짧은 한순간이지만 보고 말았던 것이다. 이곳이 주일 미군기지가 아니라 할리우드의 특수촬영 스튜디오였다면 분명 신기하지도 않았겠지만.

겨우 해방되어, 병사들은 B 활주로로 향했다. 누구 하나 뒤를 돌아보지 않았다. 돌아본 순간 사살당한다고 모두가 믿어 의심치 않았다. 겨우 입을 열 마음이 들었을 때는 B 활주로에 도착한 후였다.

"이럴 수가."

몸집이 큰 흑인 병사가 신음하자 작은 체구의 푸에르토리코계 병사가 대답했다.

"오컬트 잡지에서 보니까, 애리조나나 뉴멕시코 기지에는 우주인이 잔뜩 숨어있다던데. 아츠기도 그런가봐."

"아무튼 이제 아무 소리도 하지 마. 한 마디도 하지 마."

이탈리아계 병사가 속삭였다.

"JFK 암살의 증인 같은 운명을 걸고 싶진 않아. 난 이제 목숨 걸고 오늘 일을 잊을 거야."

JFK란 1963년에 암살당한 존 F. 케네디 대통령을 말한다. 오즈왈드라는 인물의 단독범행으로 알려졌지만, 그 오즈왈드도 체포 직후에 살해당하고, 중요한 증인들도 잇달아 의문의 죽음을 맞아 진상은 어둠에 묻혔다. 만약 미국 정부의 공식 발표를 믿는다면 '단 한 발의 탄환이 공중과 인간의 몸속에서 몇 번씩 방향을 바꾸어 두 명에게 일곱 군데의 상처를 입혔다'는 말을 믿어야만 한다. 이것은 '마법의 탄환'이라 불리며 미국 국민의 3분의 2가 이 건에 관한 정부의 공식 발표를 믿지 않는 결과를 낳았다.

"오버하지 마. 무슨 JFK야."

"지금 비웃냐? 그래, 어디 비웃어봐. 난 웃었다가 제 명에 못 사는 것보다는 비웃음 사면서 오래 사는 쪽을 택하겠어."

모두들 웃음을 그쳤다. 병사들은 입을 다문 채 가스마스크를 다시 장착하고는 재미도 없는 제회 작업을 재개했다.

재미없는 경험을 한 것은 병사들만이 아니었다. 기지의 고급 장교들도 불쾌했다. 병사들은 상관을 과대평가했다. 고급 장교들도 사정을 자세히 아는 것이 아니었다. 본국에서, 다시 말해 펜타곤에서 내려온 일방적인 명령을 받아 기묘한 군속 집단을 체류시키고 있을 뿐이었다. 초대받지 않은 손님들은 육군 수송기로 아오모리 현의 미사와 기지에 도착해 컨테이너 차량을 타고 고속도로를 달려 아츠기 기지에 들어왔던 것이었다. 후지산 대분화 탓에 아츠기 기지에 직접 착륙할 수는 없고, 육로도 혼란에 빠졌으므로 20시간을 낭비하게 되었다. 군속 집단의 수는 20명. 펜타곤에 근무하는 댄포스 소령이 중위 1명과 부사관 8명을 이끌고 그들을 보필했다. 임무의 절반은 감시인 듯했다. 독신 장교용 기숙사 하나가 통째로 '댄포스 팀'에게 주어져 관계자 이외에는 출입이 엄금되었다. 그리고 첫날 밤, 120인분의 식사가 기숙사로 운반되었다. 둘째 날 아침, 기지의 군용견 두 마리가 행방불명되었다. 기지 밖으로 나간 흔적은 없었다.

댄포스 소령은 음험한 군사 관료의 인상을 가진 30대 중반의 남자로, 어디서 어떻게 보더라도 지구인이었지만 20명의 군속은 후드 달린 코트를 입고 방독면을 써서 얼굴을 감추고 있었다. 코트는 옷자락이 길었으므로 '끄트머리가 뾰족한 꼬리도 가릴 수 있다'고 한다. 이 기숙사는 금세 '헌티드 하우스(Haunted House)'라는 별명을 얻어 기지 내에 사는 장병들의 가족, 특히 아이들이 멀리서 무서워하며 바라보는 명소가 되고 말았다.

밤의 어둠과 재가 서로 영향을 미쳐, 오후 7시가 되자 짙고 두껍고 깊은 암흑이 기지를 지배했다. 레이더에도 반응하지 않고 소리도 없는 어떤 탈것 한 대가 기지 상공으로 침입했다. 물론 세 신선이 탄 보정이었다. 활주로 상공을 가로지른 보정은 똑바로 헌티드 하우스로 향했다. 세 명의 특이한 감각을 찌릿찌릿 자극하는 것이 있었기 때문이다. 충분히 주의하며 다가가자 보정에서 지극히 조그만 빛의 입자가 날아갔다. 세 신선은 보정 속에서 볼링공만한 크기의 구슬을 바라보고 있었다. 무게는 골프공 정도밖에 되지 않는다. 구슬에 떠오른 영상을 보며 조국구가 나직하게 신음을 냈다.

"이건 뭔가. 미군이란 것들은 요괴의 무리를 키우나?"

"조국구는 TV의 오컬트, 프로……? 라는 것을 본 적이 없군요. 맞아요. 요괴와 외계인이 득실거린답니다."

요희는 인계의 서브컬처에 관심이 많아 괴수영화와 오컬트 프로를 오락으로 즐긴다. 결과적으로 기지 병사들과 같은 감상을 품게 되었다.

"그런 요괴들을 도시에 풀어놓고 인심을 동요시킬 생각인지."

조국구의 목소리에 남채화가 고개를 갸웃했다.

"그렇다 해도 이상하지는 않겠지만 별 의미는 없어 보이는군요. 사냥님께서는 어떻게 생각하시나요?"

"우종은 인계의 멸망이 아니라 재지배를 원하죠. 남겨두기로 결정한 나라에서는 함부로 행동하기가 어려운 건지도 모르겠어요. 하지만 어쨌든 재미있을 것 같네요."

요희의 두 눈에서 빛이 춤을 추었다.

"어떻게 하려는 건지 한번 확인해보죠. 어떤가요, 두 분."

두 신선은 반대하지 않고, 한 사람은 경쾌하게, 또 한 사람은 묵직하게 고개를 끄덕였다.

II

나치 독일의 내부에도 권력투쟁이 있었으며, 소련 공산당의 중추에도 주도권 쟁탈전이 있었다. 제아무리 강대하고 결속이 강한 조직이라 해도 주류가 있으면 비주류가 있다. 포 시스터즈조차 예외는 아니다. 램버트 클라크가 결혼해 뮈론 재벌의 당주가 된 것까지는 용인해도 그가 포 시스터즈의 절대군주가 되었다는 점에는 의문과 불만의 목소리가 끊어올라 그칠 줄을 몰랐다. 이제까지 램버트가 보인 나약하고 무능한 모습을 아는 자들은 표변한 그에게 처음에는 어이없어하고 이내 비웃었다. 그 굼뜨고 쓸모도 없으며 짝퉁 동양 취미나 가진 괴짜가 탈피해서 나폴레옹이라도 됐다고 생각하는 건가!

포 시스터즈의 일족 전체가 정무에 참가하는 것은 아니다. 50억 명 말살계획의 존재를 아는 자는 극소수다. 물론 그들 이외의 사람들도 일족이 세계를 지배한다는 사실을 자각하고, 영화와 권세를 지키기 위해 노력과 협조와 단결의 의무를 지고 있었다. 램버트와 같은 세대인 사람은 특히 질투와 실망에 사로잡히지 않을 수 없었다. 적어도 자신이 램버트보다는 더 우수할 텐데, 하고.

남녀 합쳐 열 명이 넘는 불만분자가 런던의 중심부, 하이드와 리젠트 두 공원의 중간에 있는 대니얼 옹의 사무실을 찾아왔다. 단체로 항의하려는 것이다.

"램버트가 아주 제멋대로 행동하고 있다지요? 대니얼 옹께서 뒤를 봐주시니 안심했건만, 유감이에요."

로트레크나 달리의 진품 그림이 걸린 응접실에서 최첨단 밀라노 패션을 맵시 있게 빼 입은 중년 여성의 첫 마디가 그것이었다. 파리에 사는 그녀의 자산은 1억 달러 정도로 포 시스터즈의 일족 치고는 소소한 편이었다. 대니얼이 당장 대꾸하지 않고 있자 그녀는 목소리의 옥타브를 높였다.

"아무튼 이제까지의 타이쿤들께서 무시하고 계시는 이유는 뭔가요? 램버트는 아직 신참이에요. 당연히 얌전히 말석에 있어야 하지 않나요?"

"그건……."

"쿠데타라고 하는 사람까지 있어요. 실제로 램버트의 방식은 지나치게 오만하고요."

대니얼의 반응은 싸늘하고 지엄했으며 고압적이었다.

"누가 그런 말을 하셨나? 발언에는 주체적인 책임이 수반되네. '그런 자도 있다'는 따위의 말에 설득력이 있다 생각하시나?"

일동은 움츠러들었으나 또 다른 사내가 용기를 쥐어짜내 젊은 타이쿤을 비난했다.

"램버트는 런던으로 최고사령부를 이전했을 뿐만 아니라 취리히를 황폐하게 만들기 위해 마약 중독자들을 모아 시가지에서 얼쩡거리도록 만들었다고 하지 않습니까."

이 인물은 취리히에 소유한 부동산의 가격이 폭락해 그것도 불만이었다. 대니얼의 싸늘하고 딱딱한 반응은 석상을 연상케 했다. 그는 불만분자를 느긋하게 상대할 만큼 한가하지 않았다.

"거듭 말하겠네만, 연기만 보고 불이 났다고 소란을 떠는 어리석은 짓을 범하지들 마시게나. 램버트 님은 금세기 안으로 대서양제국의 황제가 되실 걸세. 여기 모인 분들은 함부로 불경대죄를 저지르고자 하시나?"

"황제……."

일동이 숨을 들이마셨다. 비웃고자 했으나 그러지 못했던 이유는 꿰뚫는 듯한 대니얼의 안광을 직접 받았기 때문이었다. 적어도 대니얼은 진심이었다. 빛바랜 얇은 입술이 움직여 일동을 주박하는 말을 이어나갔다.

"램버트 님의 몸에는 뒤팽 가를 통해 몇몇 왕가의 피가 흐르고 있네. 뮈론 가도 원래는 프랑스, 스페인, 오스트리아에 걸친 귀족의 후예지. 신성 로마 제국 기사의 칭호도 대대로 소유하고 있네. 19세기에 벼락출세한 어느 왕가 따위보다 오래된 혈통일세."

일본인의 감각으로 보면 여러 나라에 걸친 왕실이나 귀족이란 기묘하게 여겨질 것이다. 하지만 유럽에서는 그것이 보통이다.

영국사에서 유명한 '사자심왕' 리처드 1세. 그의 어머니는 프랑스의 대귀족 알리에노르 다키텐이며, 리처드는 프랑스에서 자라나 프랑스어를 사용했다. 영어는 거의 하지 못했다.

'대왕'이라 불리는 프로이센 국왕 프리드리히 2세는 독일인이었지만 프랑스어를 했으며 독일어를 제대로 하지 못했다. 프랑스 황제 나폴레옹 3세는 스위스에서 자라나 독일어를 하고 프랑스어는 서툴렀다. 영국 여왕 빅토리아는 원래 독일 귀족인 하노버 왕가 출신으로 남편도 독일인이었으므로 가정에서는 독일어를 사용했다. 오스만 제국의 역대 술탄은 어머니가 그리스인이나 프랑스인인 경우가 많아 튀르크인의 피는 10% 정도밖에 없었다. 스웨덴의 현재 왕실은 베르나도트 가문이라고 하는데 시조는 프랑스의 원수였다. 20세기 초의 독일 황제 빌헬름 2세와 러시아 차르 니콜라이 2세는 사촌 형제이며, 두 사람의 할머니는 영국의 빅토리아 여왕이었다. ……유럽 왕가는 모두 친인척이며, 혼혈이 아닌 국왕은 존재하지 않는다. 그러한 무수한 선은 포 시스터즈로도 이어져 있다. 고귀한 피를 족보에 넣기 위해 포 시스터즈는 유럽 각국의 구 왕가나 명문 귀족과 통혼했던 것이다.

대니얼에게 겁먹은 시선을 향하며 파리에 사는 여성이 겨우 물었다.

"그건 황제 같은 절대권력을 가진다는 뜻인가요? 아니면 문자 그대로 대관해서 황제라 칭하겠다는 뜻인가요?"

"어느 쪽이든 램버트 님의 뜻에 달린 일일세."

대니얼은 무뚝뚝하게 내뱉고는 귀찮다는 듯 깡마른 손가락을 깍지 끼었다.

"아직도 무언가 하고 싶은 말씀들이 있나?"

불만분자들은 얼굴을 마주 보았다. 불만은 조금도 줄어들지 않았지만 전투 의욕은 완전히 수그러들었다. 그들은 포 시스터즈의 세계지배에 이의가 있던 것이 아니다. 가난한 사람들이 몇억씩 죽든 사회제도가 불공평하든 전혀 상관이 없었다. 파이가 줄어드는 것이 싫을 뿐이다. 이 이상 램버트를 비난하다 그 결과 램버트가 신성불가침한 지위에 올랐을 때 냉대를 받았다간 비참해진다. 그들에게는 일족을 떠나 혼자 살아갈 만한 재능도 기개도 없었다. 한 사람이 겨우 질문할 기력을 쥐어짜냈다.

"대체 램버트…… 님은, 우리를 어디로 데려가시려고 하는 겁니까? 그걸 알고 싶습니다."

"그야 뻔하지 않나."

대니얼의 목소리는 웅장했다. 불만분자 한 사람은 그가 마치 마야의 신관 같다고 생각했다.

"가장 높은 영광의 옥좌일세."

대니얼 앞에서 다시 얼굴을 마주 본 불만분자들은 저마다 무언가를 중얼거리며 퇴실했다. 당초의 기세에서 보자면 완전히 용두사미였다. 그들은 자신들이 신전에 쳐들어온 침입자였음을 깨달았던 것이다.

 램버트 클라크는 막 결혼한 아내를 취리히에 방치해두고 런던에서 독신 생활을 보냈다. 그가 아내에게 관심이 없음은 명백했으나, 그것은 여성에게 무관심함을 의미하지는 않았다. 아니, 여체에 대한 관심은 강렬해서, 그 점에서도 그의 과거를 아는 이들은 놀라움을 금치 못했다.

 램버트의 저택은 프랑스 국왕 루이 14세 수준의 하렘으로 변했다. 정확하게는 화려한 건물의 3층만이었지만 그 층에만도 서른 개의 방이 있어 램버트 이외의 남성은 출입이 금지되었다. 2층에서 3층으로 올라가는 계단의 중간에 층계참이 있었다. 가로 세로가 4미터의 넓이로, 그곳에 보디가드 세 명이 의자를 나란히 놓고 대기했다. 긴급사태가 발생하면 그들의 호출에 따라 완전무장한 60명의 보디가드가 달려오게 되어 있다. 층계참에 들어서자 때마침 위층에서 여성의 교성이 들려와 보디가드들은 무표정한 가면 속으로 짜증을 억눌렀다. 겨우 20m의 물리적인 거리는 영원히 좁힐 수 없는 격차였다.

 "자주색 다이아몬드는 100만 개 중의 하나의 비율로밖에 존재하지 않지. 1.03캐럿짜리면 시가는 1억 달러 정도 될 거야. 너희 중 누구에게 주어도 상관없어."

호화로운 살롱에서 그렇게 말하며 램버트는 대담한 디자인의 드레스를 입은 일곱 여성에게 다이아몬드를 보여주었다. 전 유럽의 패션계, 쇼 비즈니스계, 영화계에서 엄선된 미녀들이었다. 그녀들은 타이쿤이라는 유례없는 후원자를 얻어 자신의 업계에서 절대적인 성공을 거두고 싶었다. 부와 영광을 거머쥐기 위해 그녀들은 하늘에게 받은 무기를 유용하게 쓰고자 했다. 다이아몬드는 그녀들에게 성공의 상징이었으므로 눈을 빛내며 램버트에게 몰려들었다. 손바닥 위에 얹힌 자주색 다이아몬드를 빼앗고자 했다.

한 여성이 비명을 질렀다. 그것은 천장과 벽에 난반사되어 넓디넓은 침실에 히스테릭한 공포감을 채웠다. 다른 여자들도 놀라며 침대로 시선을 집중시켰다. 한순간의 침묵은 새로운, 그리고 여러 명의 비명에 뒤덮였다. 그녀들은 보고 말았던 것이다. 램버트의 손에서 피부가 훌렁 벗겨지더니 축축한 뱀 껍질이 나타나는 것을. 램버트는 여자들의 비명을 제지하려고도 하지 않았다. 입에 담지 않았을 뿐이었다. 그는 그저 행동했다.

"램버트 님! 타이쿤!"

고함을 지르며 보디가드들이 계단을 뛰어올랐다. 비명은 한 층 높고 격렬해졌으며 부딪치는 듯한 소리가 이에 뒤섞였다. 갑자기 모든 소리가 끊겼다. 살롱의 문을 때려부술 기세로 권총을 손에 들고 보디가드들이 쏟아져 들어왔다.

III

보디가드들은 목소리를 삼켰다. 그들이 직면한 것은 대량살인의 현장이었다. 일곱 명의 아름다운 여성은 일곱 구의 시체로 변했다. 금발, 흑발, 적발, 호박색 피부, 백자색 피부, 푸른 눈, 검은 눈, 녹색 눈. 생전에는 동성의 선망과 이성의 찬미를 받던 그 모든 것들이 이제는 피에 젖어 있을 수 없는 방향으로 구부러지고 여우사냥의 사냥감보다도 무참한 모습이 되었다. 천장이 달린 침대에 앉은 램버트는 가운에 피얼룩의 모자이크를 그린 채 브랜디 잔을 손에 들고 있었다.

"래, 램버트 님, 이건……."

"치워라."

대량살인자의 목소리에도 표정에도 동요는 없었다. 이제까지 몇 번이나 전투와 테러를 경험했던 보디가드들조차 그 냉혹함에는 갈팡질팡했다. 보디가드 팀장인 클라인이 한 차례 헛기침을 했다.

"이, 이건 램버트 님께서……?"

"누가 질문을 허락했나."

클라인의 혀가 얼어붙었다. 램버트의 두 눈이 클라인을 쏘아보고 있었다. 그것은 찬바람을 토해내는 끝없는 동굴과도 같았다.

클라인은 이제까지 중동과 남미와 동남아시아에서 수많은

인간을 죽였다. 원거리에서 저격총으로 사살하고, 사고로 위장해 자동차로 치어 죽이고, 플라스틱 폭탄으로 집과 함께 날려 버리는 등 온갖 방법으로 포 시스터즈의 적을 없앴다. 그의 할아버지도 포 시스터즈의 공작원이었으며, 콩고 내전을 종식시키려던 제2대 UN 사무총장을 그가 탄 비행기와 함께 공중폭발시켰다. 그의 아버지도 같은 직업에 종사해 포 시스터즈의 광산을 국유화하려던 칠레 대통령을 경기관총으로 벌집을 만들어버렸다. 클라인 본인도 원자력발전에 반대하는 K.S라는 미국인 여성을 납치해 알코올을 혈관에 주사해 자동차에 태우고 절벽에서 추락시켰다. 이 살인은 '음주운전에 따른 사고사'로 처리되었으며 '그녀는 술을 마시지 못했다'는 유족의 주장은 무시되었다. 그는 포 시스터즈의 충신이었으며, 포 시스터즈의 이익이야말로 정의였다.

그런 클라인이 램버트의 두 눈을 보고 마음에 찬바람이 몰아치는 기분을 느낀 것이다. 무력한 여성을 죽이고도 식욕이 떨어지지 않고 꿈 하나 꾸지 않은 채 편히 잘 수 있었던 클라인도 오늘 밤에 잠들기 위해서는 많은 양의 술이 필요할 것 같았다.

"명령에 따를 텐가, 말 텐가."

램버트가 말을 거듭하자 클라인은 창백해진 목소리로 신음했다.

"네, 네엣, 램버트 님. 즉시 분부에 따르겠습니다."

"좋아. 냉큼 치워."

램버트는 잔을 기울여 호박색 폭포를 입 안으로 흘려넣었다.

"인간은 반드시 죽게 돼 있지. 어떤 미녀가 됐든 수재가 됐든. 늙어서 돼지는 것보다는 젊었을 때 아쉬움 속에 죽는 편이 행복한 거야."

그렇게 말하는 램버트의 손가락에도 손톱에도 피가 묻은 것을 클라인은 똑똑히 보았다.

"인간은 반드시 죽게 돼 있다. 그러니 인간을 얼마든지 죽여도 죄는 되지 않는다. 얼마든지 죽여라."

이것은 중일전쟁 때 출전하는 일본군 병사들에게 당시의 고명한 승려가 한 말이라고 한다. 램버트에게는 그 승려와 공통된 황폐한 니힐리즘이 있는 듯했다. 다만 그가 빈센트 보좌관에게 확고히 말했듯, 궁극의 목적은 파괴가 아닌 지배였다.

램버트의 표면적인 니힐리즘 밑바닥에 있던 것은 공포와 폭력을 도구로 삼아 타인을 지배한다는 포 시스터즈의 방식이었다. 이제까지 확립되었던 기술을 램버트는 사생활적인 상황에서 노골적으로 발휘했던 것이다.

보디가드들은 묵묵히 미녀들의 시체를 치우기 시작했다. 그 모습을 바라보며 램버트는 잔을 내팽개치고 혀를 움직였다. 손끝에 묻은 피를 핥은 것이다.

런던에서 직선거리로 9,500km 떨어진 홍콩에서는 램버트의 적대자인 10명과 1마리가 새로운 행동에 나서고 있었다. 그것은 황로의 제안에 따른 것이었는데, 정보를 제공한 것은 전 국민신문 기자였던 신카이였다. 다양한 정보를 수집하고 해석하던 신카이가 "앗, 이놈이 이런 데 있었구나!" 하고 외쳤던 것이다.

청차우(長州) 섬은 홍콩 본섬에서 페리로 약 1시간 거리에 있다. 큰 섬은 아니어도 홍콩 시민이 주말을 보내기 위한 아파트가 많은 근교 휴양지다. 해수욕 시즌은 지나 백사장은 한산했지만 이를 내려다보는 고급 아파트의 최상층에서 한 일본인이 스카치 위스키 잔을 기울이며 일본의 위성방송 TV 프로를 보고 있었다.

이 인물은 나카구마 쇼이치라고 한다. 일본 최대의 노동조합 '전일본 노동연맹', 약칭 '전연'의 사무국장이다. 피부가 허옇고 투실투실 살이 찐 중년 사내인데 알코올 탓에 지금은 핑크색을 띠었다. 이 자는 오리엔트 석유 회장인 코모리와 마찬가지로 타모자와 일당과 함께 빅 보울에 있던 인물이다.

불황으로 인한 샐러리맨의 정리해고, 학생의 구직난, 실업률 증대, 과로사, 직장 내 성희롱, 단신부임에서 오는 가정붕괴, 실질 임금 하락── 그러한 사회문제에 '전연'의 간부들은 아무 대응도 하려 들지 않았으며, 특히 과로사한 샐러리맨의 유족에게도 원조 하나 한 적이 없었다. 노동자의 권리를 지키기는커녕 조합원의 머릿수를 내세워 정치에 간섭하고, 정당과 정당 사이를 붙여놓거나 갈라놓는 파워 게임에 정신을 팔았다. '전연 노동자의 1천만 표'를 내세워 정치가들을 무릎 꿇리고 거물이 된 양 거들먹거렸던 것이다.

그런 나카구마가 왜 홍콩에 있는가 하면, 일본에서 도망쳤기 때문이다. 나카구마는 '전연'의 재정을 쥐고 수천억 엔의 자금을 마음대로 움직였다. 자신의 가족과 정치가가 경영하는 회사에 자금을 빌려주고 어마어마한 이자를 뜯거나 배당을 받으며 자기 재산을 수십억 엔이나 불렸다. 그런데 버블 경제가 터지면서 빌려준 돈을 회수하지 못하게 되고 말았다. 내부고발로 나카구마의 부정행위가 발각되었다. '전연'에 거액의 손해를 입혀 배임죄로 고소당할 처지가 된 나카구마는 일단 가족을 미국으로 보내고 자신은 홍콩으로 도망쳤다. 홍콩의 은행에는 30억 엔의 비자금이 보관되어 있었다. 이미 동남아시아 B국의 여권도 발주해놓았다. 완전히 다른 사람이 되어 미국으로 건너가 죽을 때까지 안락하게 살 작정이었다. 물론 '전연'이나 정치꾼들과 이야기가 잘 되면 장래에는 일본으로 돌아올 수도 있을 것이다.

이날 나카구마는 마카오에서 돌아온 참이었다. 사흘 동안 카지노에서 5천만 엔 정도를 잃었으니 도저히 기분이 좋을 수가 없었으나 별로 큰 타격은 아니었다. 내일은 아파트에 필리핀 여자를 다섯 정도 불러다 주지육림을 즐길 것이다. 환락에 빠지지 않고서는 견딜 수 없었다. 그것은 결국 그가 마음속 깊은 곳에서 불안과 허무함을 느끼기 때문이었다. 충실감이나 충족

감과는 거리가 먼 하루하루였던 것이다. 물론 나카구마 자신의 탓이며 그 누구의 책임도 아니었다.

나카구마는 테이블에 잔을 내려놓고 현관 홀로 이어지는 문을 향해 술에 취한 눈을 돌렸다. 사람 몇 명이 그곳에 서 있었다.

"너희는 뭐야. 남의 집에 마음대로 쳐들어와서! 경찰을 부를 테다!"

목소리가 뒤집어졌다. 네 명의 굴강한 보디가드가 홀에 길게 뻗어있는 모습이 활짝 열린 문 너머로 보였다. 침입자 중 한 사람이 앞으로 나오더니 일본어로 말을 걸었다.

"안녕하십니까. 예약도 없이 쳐들어와 죄송합니다, 나카구마 국장님."

"무, 무무, 무슨 소릴 하나. 나는 나카구마란 사람이 아니야."

나카구마는 궁색한 변명을 했으나 상대는 들으려고도 하지 않았다. 나카구마는 필사적으로 기억을 더듬었다. 30대 전후, 저널리스트 같은 사내의 풍모가 살짝 머릿속에 남아있었던 것이다. 그리고 떠올렸다.

"너, 넌 분명 국민신문사의 기자였지. 언젠가 나한테 인터뷰를 하러 왔던……."

"네. 당신이 전연의 공금을 불법으로 대출해줘 사익을 챙긴 사실을 조사해 기사로 쓰려던 신카이입니다. 당신 덕에 정치부에서 정리부로 좌천됐는데 고맙다는 말씀을 드릴 기회가 없어서요."

신카이의 눈빛에 갈팡질팡하던 나카구마는 간신히 반격했다.

"널 정리부로 좌천시킨 건 사장인 이나가키 군이야. 내가 알 바 아니라고. 적반하장도 유분수지."

"이나가키 사장이라."

신카이의 목소리에 씁쓸함과 날카로움이 더해졌다.

"그 폭군 덕에 국민신문은 정치부도 사회부도 엉망진창이 됐죠. 그놈하고 결탁한 권력자를 비판하는 기사는 전부 퇴짜를 맞고, 그놈에게 반대하는 기자는 전부 좌천되고. 이제 국민신문은 비리 정치가를 변호하고 개헌과 군사 공헌으로 일본을 이끌어가려는 나치 같은 모략 기관으로 전락해서 사내에 언론의 자유 따위 없어졌습니다. 참 한심하죠."

"그런 연설이나 하려고 일부러 여기까지 왔나? 할 일도 없군."

나카구마가 목소리를 높인 것은 허세였지만 신카이는 이성을 되찾고 쓴웃음을 지었다.

"아, 맞아. 중요한 볼일이 있었는데 깜빡했군요. 사실은 말이죠, 당신에게 비용을 좀 모금해서 우리 10인분의 여권을 마련하고 싶거든요."

"……무슨 소리인지 모르겠는데."

나카구마는 시치미를 떼었으나, 신카이는 혼신의 연기를 무시했다.

"당신이 동남아시아 B국의 영사관에 줄을 대서 진짜 여권을 구입했다는 걸 알아. 폭로당하고 싶지 않으면 협조해."

"멍청한 소릴!"

나카구마가 고함을 질렀다. 지나치게 두툼한 볼살이 크게 흔들렸다.

"이 여권 하나 만드는 데 천만 엔이나 들었어. 입막음 비용까지 포함해서. 내가 너희 같은 놈들을 왜 도와줘!"

"당신 포함해서 11명에 1억 천만 엔이라. 껌값이네. 그러고도 29억 엔 정도는 남을 거 아냐. 아니면……."

신카이가 동료들을 돌아보았다.

"깔끔하게 한 푼도 안 남기고 조국의 감옥에 들어가고 싶어? 그렇다면야 나도 상관없지."

나카구마는 이를 갈았다. 하지만 반항하려 들지는 않았다. 잃는 것이 지나치게 컸다. 지나치게 두툼한 볼살을 실룩거리며 나카구마는 타산을 굴렸다. 네 명의 굴강한 보디가드가 전혀 도움이 안 된 것을 보면 무력으로 거스를 수 있는 상대는 아니다. 지금은 요구를 받아들이는 척하면서 기회를 노려야 한다.

"나는 신사라서 폭력을 싫어하네. 신카이 군과는 아는 사이이기도 하고, 요구를 받아들여줄 테니 조용히 넘어가주게."

"역시 전연의 리더쯤 되면 말귀를 잘 알아들어."

신카이는 비아냥거리며 웃었다.

"일본에서도 손꼽히는 뒷거래의 달인이셨으니 말이지. 쓸데없는 수고를 덜어줘서 고마워. 그럼 당장 수배해주실까?"

IV

나카구마는 B국 영사관에 수속을 밟아 열 장의 여권을 준비
했다. 1억 엔의 추가비용이 발생했다. 그도 그럴 것이 B국 정
부가 발행하는 진짜 여권이니 위조가 아니라 당당하게 사용할
수 있는 것이다. 나카구마는 여권이 나올 때까지 10명이나 되
는 불청객을 데리고 살아야만 했다. 하나에서 열까지 마음에
들지 않았지만, 특히 츠즈쿠라 불리는 미모의 젊은이는 정치에
관한 이야기로 나카구마를 호되게 혼내주었다. 예를 들면.

"합법적인 기업헌금이란 게 어디 있습니까. 기업의 정치자금
은 모두 불법이죠."

"뭐라고?"

"만약 기업의 경영자가 정치나 관료에게 대가를 기대하고
헌금을 했다면 이건 당연히 완벽한 뇌물이겠죠. 그리고 대가를
기대하지 않고 헌금을 했다면 기업의 경비를 기업의 이익이 되
지 않는 데 쓴 셈이니 배임행위가 되고요."

나카구마는 신음했다. 츠즈쿠의 말이 이어졌다.

"개인의 헌금이라면 상관없지만, 정치헌금은 모두 금지되어
야 합니다. 그게 깨끗한 정치로 가는 첫걸음이죠."

"흥, 깨끗한 정치라?"

나카구마는 애써 비웃음을 지었다.

"깨끗하기만 한 정치가 뭘 할 수 있나. 더러워도 유능한 정

치가야말로 지금 일본에 필요한 존재지."

츠즈쿠도 웃었다. 상대의 저열한 식견에 대한 연민이 배나오는 웃음이었다.

"당신처럼 비리 정치가에게 아첨하는 어용문화인은 늘 그런 소리를 하더군요. 깨끗한 정치가는 무능하고 더러운 정치가야말로 유능하다고. 하지만 그건 덜떨어진 말장난이에요. 애초에 더럽다는 사실을 사람들에게 들킨 것 자체가 무능하다는 증거니까요."

"뭐, 뭐라고."

"그렇지 않나요? 사람들에게 더럽다고 알려지면 실각하는걸요. 당연히 숨겨야지요. 그런데 더럽다는 사실이 알려졌다니, 그 정도도 숨기지 못하는 무능력자란 증거 아닌가요?"

나카구마는 허무하게 입만 뻐끔거렸다. 반론할 수 없었던 것이다. 츠즈쿠는 싸늘하게 추가타를 가했다.

"비리가 왜 나쁜지 압니까? 국가와 정치에 대한 신뢰가 사라지기 때문이에요. 무려 2,500년 전에 공자가 말했죠.『민무신불립(民無信不立)』. 백성의 신뢰가 없다면 국가는 존립할 수 없다는 뜻이에요. 요즘 세상에 비리를 정당화하는 사람이 있다면 정신 발달이 공자보다도 2,500년 늦은 겁니다."

말발에서 완전히 밀린 나카구마의 발밑에서 강아지가 짖었다. 마츠나가 군이 그를 놀리듯 올려다보고 있었다. 살찌고 두툼한 두 손이 느닷없이 움직여 마츠나가 군의 조그만 몸을 붙잡았다. 나카구마는 흉악한 기쁨의 표정을 지으며 의자를 박차듯 일어났다.

"야, 내 말대로 안 하면 이 멍청한 개의 목숨은 없을 거다. 목을 붙잡아 한번 비틀어버리면 이놈은 지옥행이야. 다들 물러나!"

으스대며 고함을 질러댄다.

"인질도 아니고 견질이라니, 창피하지도 않아?!"

마츠리가 지탄했으나 물론 나카구마는 창피해하지 않았다. 그에게 정상적인 수치심이 있었다면 일본에서 도망치기 전에 부끄러움의 무게로 죽어버렸을 것이다.

불청객들은 침묵했다. 나카구마는 자신의 과감한 행동이 그들을 위압했다고 생각했다. 그러나 그렇지 않았다. 마츠리는 나카구마 따위 무시하고 동료들에게 주의를 촉구했다.

"마츠나가 군의 눈 좀 봐."

모두 그 사실을 깨닫고 있었다. 강아지의 두 눈에 형광색 광채가 가득 넘쳐나기 시작했다. 그것은 인간을 두려움에 빠뜨리기에 충분한, 신비하다고 해도 좋을 만한 빛이었다. 기회를 노려 나카구마에게 달려들려 하던 오와루도 왠지 압도당해 행동을 자제했다. 나카구마가 자신의 성공을 믿어 의심치 않고 무언가 말하려던 바로 그 순간 마츠나가 군의 온몸이 새하얗게 빛을 뿜었다.

나카구마는 걸걸한 비명과 함께 뒤로 벌러덩 나자빠져버렸다. 빛에 튕겨나가기라도 한 것처럼 보였다. 등을 안락의자에 부딪치고는 거기서 한 바퀴 굴러 의자와 함께 뒤얽혀 바닥에 쓰러졌다. 흰자위를 까뒤집고 입가에서 거품을 뿜으며 기절했다. 생명에 지장은 없는 듯했으므로 아무도 나카구마를 돌아보지 않았다. 나카구마의 손에서 튀어나온 마츠나가 군은 공중제비를 한 바퀴 넘고는 아마루가 내민 손 위에 착지했다.

이미 마츠나가 군의 두 눈에서 형광색 광채는 사라지고 없었다. 꼬리를 요란하게 흔들며 지구인들을 둘러본다. 용감한 자신을 칭찬해달라는 듯했다. 하지만 용기만 가지고 사태가 설명되는 것은 아니었다. 황로가 신음했다.

"으음, 이놈은 천구(天狗)로구먼. 절대 보통 개는 아닐 걸세."

천구를 '텐구'라고 읽으면 일본에서 예로부터 전해져 내려오는 요괴가 된다. 거의 인간의 모습이지만 얼굴이 붉으며 코가 매우 길고 크다. 수험자*의 옷을 입었으며 등에는 날개가 달려 하늘을 마음대로 난다. 하지만 이것을 '천구'라 읽으면 유성 속에서 이상한 빛과 소리를 내는 존재를 가리킨다. 그리고 '구(狗)'는 개, 특히 강아지를 가리키므로 '천계의 강아지'라는 뜻이 된다.

"그렇구나, 서유기였어."

하지메는 그제야 기억을 떠올렸다. '서유기'의 주인공인 손오공은 현장 삼장법사의 제자가 되기 전에 천계에서 큰 소동을 일으켜 온갖 횡포를 다 부린다. 토벌을 나온 천병들도 잇달아 격파당한다. 마침내 천계 최강의 용장이라 불리는 현성이랑진

*修験者:산에 틀어박혀 엄격한 수행을 하는 일본의 산악신앙을 따르는 자들.

군(顯聖二郎眞君)이 손오공과 싸우게 된다. 무예와 선술의 극치를 발휘하며 며칠 동안이나 싸우지만, 승부가 나지 않았다. 그러자 이랑진군이 아끼던 친구가 용감하게도 손오공의 다리를 물었다. 손오공은 벌렁 넘어져 마침내 이랑진군에게 사로잡히고 말았다. 이 이야기에는 '그 후 원숭이와 개는 사이가 나빠져 견원지간(犬猿之間)이라는 말이 생겼습니다'라는 우스운 결말이 따라온다.

"다들 들어봐."

아마루가 목소리를 높였다. 일동의 시선이 류도 가의 막내에게 모였다. 아마루는 그제야 천궁을 무대로 한 꿈에 대해 모두에게 들려줄 수 있었다. 마츠나가 군의 신비한 능력을 본 직후인 만큼 일동은 진지하게 이야기를 들었다. 그동안 나카구마는 잠깐 정신을 차렸지만, 신음을 냈을 때 미즈치가 턱에 가볍게 발차기를 꽂아 다시 기절해버렸다. 아마루는 아무에게도 방해받지 않고 이야기를 마쳤다.

"그렇구나. 그렇게 된 거였어."

오와루가 감탄성을 내며 크게 주억거렸다.

"미즈치 아저씨를 따라온 게 원숭이도 꿩도 아닌 개였잖아. 그 뜻을 일찌감치 깨달았어야 했는데."

"시내를 돌아다니던 원숭이나 꿩이 따라오는 건 좀 억지인걸, 오와루 형."

"시끄러워. 내 말은 어디까지나 비유였다고."

당사자인 마츠나가 군은 바닥에 나자빠진 나카구마의 집채만한 배 위에 앉아 천진난만하게 꼬리를 흔들고 있었다. 츠즈쿠가 하지메에게 물었다.

"그러면 아마루의 꿈에 나왔던 적성왕이란 게 이랑진군이었나요?"

"응, 그렇게 되겠지. 그래야 앞뒤가 맞아."

모두가 박식하다고 생각하는 하지메도, 이랑진군이라는 신화 속의 영웅에게 당나라의 현종 황제가 적성왕이라는 칭호를 내려주었다는 것까지는 몰랐다. 아마루의 품으로 돌아가 어리광을 부리며 우는 마츠나가를 보며 일동의 가슴 속에는 공교롭게도 같은 의문이 솟아났다. 이 똑똑하고 용감한 강아지가 '천구'라 치고, 그의 주인은 무슨 목적으로 애견을 류도 형제에게 보내준 걸까.

제9장 불행한 사람들

I

여권이 완성된 것은 일주일 후였다. 10월도 하순에 접어들어 계절은 늦가을이 되려 했지만, 아열대기후인 홍콩에서는 여전히 햇살이 풍요롭고 강했다.

"이제 볼일은 다 끝났지? 얼른 나가줘."

일동은 나카구마의 애원을 들어주기로 했다. 페리를 타고 홍콩에 돌아가 어떤 호텔의 얌차 레스토랑에 자리를 잡고 의논을 시작했다.

"런던에서는 램버트 클라크가 50억 명 말살계획을 총지휘하고 있어. 거기로 가서 결판을 내자."

하지메는 이미 그런 계획을 세웠다. 홍콩에서 마츠리 일행과 재회한 이상 남은 것은 우종과의 결전뿐이었다.

"흠. 작전행동 치고는 나쁘지 않구면. 하지만 이제까지 들었던 이야기를 종합해보면 램버트인지 하는 자는 어차피 전선사령관밖에 안 되는 것 같네만."

황로가 팔짱을 끼었다. 실제로 그 말이 맞다. 인계인 지구에 있는 램버트는 천계인 달에 사는 누군가의 뜻을 받들어 움직이는 것이 틀림없었다.

"순서란 것이 있지 않을까요. 램버트를 쳐부숴야 그 배후에 있는 놈이 나타날 테니까요."

맏형의 발언을 츠즈쿠가 보충했다.

언젠가 최종결전은 달에서 벌어질 것이다. 하지메와 츠즈쿠는 그런 예측을 거의 확신에 가깝게 품고 있었다. 인계의 세력이 모조리 소탕되었을 때 천계의 주민들은 어떻게 나올까. 그 사실에 대해서는 충분히 선계와 협의해야만 할 것이다.

"런던에는 뭘로 갈 거야, 하지메 오빠?"

마츠리가 질문했다.

"넷이 같이 가는 거지?"

아마루가 당연하다는 듯이 말했다. 넌 일본에 돌아가라고 명령하기라도 했다가는 홍콩을 노리는 핵미사일을 파괴했을 때처럼 비상 수단에 호소할 작정이었다. 그런 결의가 얼굴에서 넘쳐났으므로 하지메는 아무 말도 꺼내지 못했다. 그 모습을 바라보던 황로가 재미나다는 듯 웃었다.

"그렇구먼. 작아도 역시 용왕이야."

만족스럽다는 듯 고개를 끄덕인 황로가 일동에게 제안했다.

"홍콩에서 합류는 했네만 여기서 잠깐 다시 동쪽과 서쪽으로 갈라져야만 하겠어. 용왕들은 런던으로 가게. 다른 자들은 일본으로 돌아가는 게 어떻겠나."

"일본으로요?"

니지카와가 손가락으로 턱을 매만졌다. 다소 의외의 제안이었던 듯했다.

"그렇고말고. 미국으로 건너갈 생각도 했네만 나는 일본에 한번 가보고 싶었네. 용왕들이 자라난 곳도 보고 싶고. 게다가 이건 비과학적인 생각이네만, 일본에서는 제법 재미난 소동을 만날 것만 같다는 예감도 들거든."

일본인들은 시선을 나누며 서로 표정을 읽었다. 그다음에는 의논이 이어졌다. 일본 따위 버리고 왔다고 생각했는데도, 후지산이 대폭발하는 등 마음에 걸리는 일들이 잇달아 일어났다. 특히 마츠리는 부모님이나 쿄와 학원이 걱정되었다. 결국 일동은 황로의 제안을 받아들이기로 했다.

황로는 재차 하지메에게 조언했다.

"자네들은 런던의 차이나타운에서 쉬원바오(徐文寶)라는 자를 찾아가게."

그 인물은 과거 황로의 부관이며 참모로 충실히 활동했으며, 연대장 정도의 지위까지 올라갔지만, 문화대혁명 당시 박해를 받아 국외로 탈출했다. 홍콩을 경유해 영국으로 건너가 차이나타운에서 중국어 신문을 발행하고 있다고 한다.

"내 인맥은 동생에 비하면 빈곤하네만, 이 자는 믿을 수 있네. 우리 여섯은 일본의 고베로 갈 테니 피차 자리가 잡히면 연락하세."

류도 형제는 공로를 통해 런던으로 간다. 티켓은 왕포렌이 마련해주기로 했다. 일본에 갈 여섯 명 쪽은 마츠나가 군이 있으므로 크루저를 대여하기로 했다. 마츠나가 군은 헤엄을 잘 치니 입항해 세관에서 심사를 받을 때는 몰래 풀어줘서 상륙시킬 수도 있다. 그리고 여러 모로 신세를 졌던 등사 토비마로는 일단 선계로 돌려보내기로 했다.

"좋아, 이제 결정 난 거지?"

오와루가 박수를 쳤다. 용들은 하루라도 빨리 그리운 연못으로 돌아가 평안한 꿈을 꾸고 싶었던 것이다. 그러기 위해서는 연못에 돌을 던지고 물을 더럽힌 놈들을 쫓아가 물리쳐야만 한다.

그렇지 않고서는 이렇게까지 인간사회와 얽힐 이유가 없다. 하지메는 동생들이나 마츠리와 평온하게 살고 싶었다. 학생들에게 역사의 즐거움과 재미를 가르치고, 도서관과 박물관에 다니고, 문화재를 보호하거나 예술 활동을 원조하는 일을 하며 평생을 마치고 싶었다. 그런데 막상 현실은 어떤가 말이다.

마츠리가 웃으며 하지메에게 손을 내밀었다.

"들어보니 난 하지메 오빠네랑 재회하는 데 3천 년이나 기다렸다고 하잖아. 그에 비하면 한두 달 정도는 눈 깜짝할 사이야. 건강하게 다시 만나."

하지메는 마츠리가 내민 손을 잡고, 다음 재회를 진심으로 고대했다.

홍콩에는 다수의 선량한 시민 외에 별로 선량하다고는 할 수 없는 거주자도 있다. 그중에서 가장 불행한 부류에 속하는 일본인 두 사람이 있었다. 나고시와 카츠타였다. 폭력과 마약으로 이제까지 수많은 타인을 불행하게 만들었던 그들이 지금은 자신의 인생을 청산할 시기인 듯했다. 온갖 악행을 저질러 모았던 자금은 줄어들고 동지 베츠에다는 생사불명. 부하들은 하나도 돌아오지 못해, 홍콩에서 힘겹게 만든 조직은 궤멸됐다. 원래 그들 자신이 뿌린 씨였으니 누구를 원망하지도 못해야겠지만 그들은 '반성'이라는 단어와는 무관한 몸이었다. 그들은 하염없이 증오했다── 그들을 불행으로 빠뜨린 범인, 코바야카와 나츠코를.

"그 괴물, 죽여도 시원치 않아."

"카마쿠라 어르신의 딸은 개뿔이. 양갓집 규수일 거라 생각했더니 완전히 재앙 그 자체잖아."

임시 아지트로 정한 싸구려 호텔의 한 객실에서 두 악당은 불행의 맛을 곱씹었다.

아난 반점에서 잇달아 벌인 대활극은 원래 홍콩경찰이 모조리 출동할 정도의 사건이 되었어야 했다. 하지만 같은 날 밤 마약 신디케이트간의 대규모 총격전이 발생하고, 밀입국자와 불법 난민의 캠프에서는 폭동이 일어나 5천 명 정도가 시가지로 도망쳐버렸다. 아직도 반 정도는 잡히지 않아 경찰은 바쁘기 그지없었다. 그러한 사건은 아무래도 우발적인 것이 아니라 코바야카와 나츠코 일당 이후에 아난 반점을 습격한 놈들이 대규모 양동작전을 벌였던 듯했다. 어느 쪽을 봐도 나고시와 카츠타 따위가 감당할 만한 상대가 아니었다. 지난 일은 잊고 처음부터 재출발해야 한다. 약하고 무력한 사람들을 괴롭히고 짓밟으며 어느 정도 재산을 모으고 그것으로 만족하자. 나고시와 카츠타는 그렇게 결론을 내렸다.

문을 두드리는 소리가 들렸다. 카츠타가 삼백안을 문 쪽으로 돌렸다. 아마 외출했던 나고시가 돌아왔겠지만, 경계를 태만히 할 수는 없다. 밀수품 토카레프 권총을 들고 체인을 건 문을 살짝 열었다. 느닷없이 문이 바깥쪽으로 벌컥 열렸다. 체인이 뜯겨진 것이다.

"으악!"

카츠타는 자신의 비명에 자기 자신이 놀랐다. 뒤로 물러나기 직전, 누군가가 그의 멱살을 붙들었다. 강철로 된 장갑에 싸인 커다란 손은 카츠타가 이름을 떠올리는 것도 싫은 인물의 것이었다.

"워─호호호호호호호호호호호호호호호! 마침내 찾았다, 이 시궁쥐!"

"여, 여길 어떻게⋯⋯."

"사랑과 정의의 미녀 전사에게 불가능 따위 없단다. 너희는 근성이 썩어빠졌으니 각성제 냄새가 풀풀 나거든. 그 냄새를 따라서 쫓아왔을 뿐이야."

"이, 인간이 아니야……."

허덕이는 카츠타의 뺨에 코바야카와 나츠코의 따귀가 작렬했다. 두 발, 세 발. 카츠타의 입에서 부러진 어금니가 핏줄기를 끌며 튀어나왔다. 코바야카와 나츠코는 카츠타의 몸을 천장으로 집어던졌다가 떨어졌을 때 걷어찼다. 벽에 처박혔다가 바닥에 미끄러져 떨어진 카츠타의 배 위에 온 체중을 실었다.

"자, 이제 혼이 좀 났을까?"

"호, 혼이 났습니다. 부디 목숨만은 살려주십쇼. 살려주십쇼."

"알았으면 나머지 한 놈을 잡는 걸 거들어."

"거들겠습니다. 거들겠습니다."

이미 베츠에다를 죽게 내버려 두었던 몸이다. 카츠타는 순순히 나고시를 팔았다. 이윽고 돌아온 나고시는 문을 연 카츠타의 뻣뻣한 웃음을 보았으나 별로 수상쩍게 여기지도 않고 방으로 들어왔다. 30초 후, 카츠타 못지않게 저주받은 운명과 맞닥뜨린 나고시는 반쯤 찢겨나간 귀과 반쯤 뭉개진 코에서 피를 쏟으며 카츠타를 욕했다.

"어, 어떻게 이럴 수가 있냐. 치사한 놈. 친구를 팔다니."

"네가 나였어도 그랬을걸."

음산하기 그지없는 어조로 카츠타가 신음하자 나고시는 그이상 나무랄 기력이 없었다. 결국 두 사람은 무한한 패배감과 절망에 시달리면서 괴녀의 발밑에 무릎을 꿇고 엎드려야 했다.

"너희들 기뻐하렴. 드디어 일본에 개선할 날이 왔으니까. 데리고 가줄게."

"예. 그러면, 그 모습으로 비행기에 타실 생각이신지요?"

"멍청한 소릴. 일본에서는 일본 무사의 갑옷을 입수할 거야. 그때까지는 아름다운 내게 어울리는 실크 드레스를 입기로 하겠어. 자, 갑옷 벗는 걸 거들어. 워호호호호호호!"

II

토바 마츠리를 비롯한 여섯 명과 한 마리, 코바야카와 나츠코 일당 셋. 그들이 돌아가려 하는 일본에서는 후지산에서 솟아나온 재가 도쿄 주변에 쌓이는 가운데 크고 작은 온갖 사건과 사람들의 의도가 뒤얽혀 있었다. 특히, 니지카와가 알면 놀라 어이없어하겠지만, 니지카와의 옛 상사인 미나미무라 경무관이 수상에게 특명을 받았다는 것도 그중 하나였다.

예전에 수상은 포 시스터즈에게 정치적 외교적인 백업을 조건으로 류도 하지메를 레이디 L에게 판 적이 있다. 그는 츠즈쿠에게 추궁을 받아 그 사실을 인정했다. 만약 이 사실이 공표된다면 무사하지는 못할 것이다. 이미 스캔들에 찌든 수상이, 일본 국민을 외국인이 납치하도록 인정했다고 한다면 변명의 여지가 없다. 따라서 수상은 류도 형제와 그 일당의 국외탈출에 대해서는 눈을 감아줄 생각이었다. 외국에 나가 돌아오지 않으면 좋겠다고 생각했다. 그런데 공안 경찰은 여전히 '카마쿠라 어르신'이 살아있을 때의 가치관을 버리지 못한 채 도쿄의 나카노 구에 있는 류도 가를 감시하는 듯했다. 그들의 독주는 수상에게 큰 골칫거리가 되었다. 그렇지 않아도 UN 안전보장이사회의 상임이사국이 되느냐 마느냐로 머리가 아픈데.

UN의 핵 군축 결의안에 150개국이 찬성하고 유일하게 미국만 반대한 적이 있다. 이때 일본은 전 세계에 단 하나뿐인 피폭 국가이면서도 미국의 눈치를 보느라 유일하게 기권했다. 일본이 상임이사국이 되어도 미국의 뜻에 반대할 수는 없을 것이다. '왜 미국만 두 표를 가지고 있느냐'는 비웃음 섞인 의견은 정론이다. 주체적으로 행동하지도 못하는 주제에 외무성 관리가 대국의 대표 행세를 하기에 국민의 부담이 늘어나고 병사들을 위험지대로 내보내려 하는 것이다. 그리고 이를 무책임한 매스컴이 부추긴다. 반대하는 자는 '일국평화주의'라 비난을 받으며 비국민 취급을 당한다. PKO 때문에 병사들이 외국에 나가 죽어도 우파 매스컴이나 문화인들은 전혀 상관하지 않는다. 오히려 '무기를 들지 않아서 죽은 것이니 중무장을 시켜야 한다'고 소란을 떨어대며 해외파병을 점점 확대시켜나갈 심산이므로.

수상에게는 외교 이념 따위 없다 보니 꼭 상임이사국이 되고 싶다고도, 절대 되고 싶지 않다고도 생각하지 않았다.

"뭐가 됐든 무난하게, 무난하게 가는 거야."

책임을 지는 것이 싫었다. 안 그래도 무슨 일이 있을 때마다 '일본은 돈을 내라'는 소리를 듣고 '사람을 내보내라, 땀을 흘려라' 소리를 듣고, 이제는 '피도 흘려라'라는 소리까지 듣게 되었다. 왜 그렇게까지 해야 하느냐는 것이 수상의 본심이었다. 무슨 일이 생기면 국민이나 병사의 가족에게 원망을 듣는 사람은 수상이므로. 그렇지 않아도 그는 역대 수상들의 마이너스 유산에 시달리고 있었다.

1950년대 말에 일본의 수상을 지냈던 인물은 과거 만주국에서 일본인 관료들의 보스로 앉아 권력을 휘두르고 수많은 중국인에게 강제노동을 시켜 'A급 전쟁범죄자'로 지정되었다. 그런데 일본에서 부활해 수상이 되자 '공산주의자와 싸우기 위해서는 자금이 필요하다'면서 CIA에서 거액의 돈을 받았다. 여기에는 당시 주일 미국대사와 CIA 간부가 증언했다. 반면 좌익 정당은 소련 정부에 자금 원조를 요구했다고 한다.

소련은 그렇다 쳐도 CIA의 자금이란 포 시스터즈의 공작자금이니, 결국 일본 정부는 포 시스터즈에게 용돈을 받아 '공산주의자와 싸운' 셈이다. 그런 사실을 1990년대 들어 비난받아도 수상은 자기는 모르는 일이라고 투덜거리고 싶어질 뿐이었다. 1950년대라면 수상은 국회의원조차 되지 못한 몸이었다.

게다가 최근에는 'N 시스템 소동'이라는 것이 발생했다. 후지산 대폭발은 아직 종식되지도 않았는데 잇달아 문제가 발생했다.

'N 시스템'이란 고속도로의 출입구나 터미널의 역 앞 등 교통의 요지에 설치된 경찰의 비밀 감시 카메라다. 1986년 이후 일본 전국 백여 곳 이상에 설치되어 시민을 감시하고 있다고 하는데, 경찰은 설치된 장소에 대해서도 숫자에 대해서도 전혀 공표하지 않았다. 질문에도 답변하지 않았다. 시민을 감시하는 이 시스템은 실제로 범죄자를 체포하는 데 공헌한 적이 있다지만 그 이외에 어떤 목적으로 사용되는지는 전혀 알 수 없다. 그런 N 시스템에 대해 실태를 밝히라고 일부 야당 의원이 목소리를 높였던 것이다.

그 의원은 평론가로서 TV에 얼굴을 알린 후 선거에 입후보해 당선했다. 마치 시민의 대표 같은 자세로 소수 그룹을 이끌었지만, 뒷거래를 해 보수당에 들어가서는 그곳에서도 뒷거래를 해 또 다른 당으로 옮겼다. '철새'라는 표현을 그림으로 그려 색을 입힌 것 같은 자인데, 소란을 피우는 것만은 장기인 것이다. 수상의 입장에서는 돈을 주어 입을 막고 싶었지만, 그것이 또 상대를 기고만장하게 만들지도 모른다. 그래서 공안에 명령해 그 의원의 약점을 조사하도록 시켰더니 토바 가의 이야기가 전해져 수상은 결단을 내리게 된 것이다.

한편 미나미무라는 망연자실해하고 있었다. 그날 밤 공안의 스기모리 일당에게 포위당해 말다툼을 벌인 것까지는 떠올랐다. 하지만 그 후의 기억은 없었다. 정신이 들고 보니 자기 집의 욕실에서 키누가와 온천 입욕제를 넣은 목욕물에 몸을 담근 채 30년 전의 유행가를 흥얼거리고 있었다.

"여보, 내가 왜 여기 있지?"

아내는 그 말에 웃음을 터뜨렸다.

하지만 그보다 더 기분 나쁜 것은 그 후로 스기모리가 전혀 그에게 접근하지 않는다는 점이었다. 미나미무라는 경계하지 않을 수 없었다. 스기모리가 무슨 꿍꿍이를 꾸미는 걸까.

사실 스기모리는 미나미무라에게 신경을 쓸 겨를이 없었다. 미나미무라를 연행하고 심문하는 데 실패했을 뿐만 아니라 자신과 부하 전원이 경찰수첩과 권총을 누군가에게 빼앗기고 위장 순찰차까지 파괴당했던 것이다. 게다가 전후 사정은 전혀 기억에 없었다. 추태의 극치였으며, 스기모리는 책임을 추궁당할 입장이 되고 말았다. 공안 경찰도 관료조직이다. 관료조직의 냉혹함은 실패자에게 모든 책임을 떠넘기고 잘라내 조직이 살아남고자 한다는 점에 있다. 여차하면 스기모리는 제복을 벗어야 할 것이다. 나름대로 대가는 받을 테지만.

그건 그렇고 미나미무라는 너무 의외라는 생각을 저버릴 수 없었다. 내각 관방장관은 자치성이나 경찰청에서 고급 관료를 지낸 인물인데, 그 사람이 미나미무라를 지명했던 것이다. 류 도가에 대해 공안 경찰이 독단으로 사건을 일으키지 않도록 감시하라고. 게다가 그것이 수상의 뜻이라고 했다. 강력한 연줄을 얻어 혐오하는 공안 경찰에 대항할 수 있으니 미나미무라에게는 매우 고마운 일이었다. 고마운 일이지만, 개인적으로는 수상을 전혀 존경하지 않았고, 이면에는 무언가가 있으리라 생각하지 않을 수 없었다. 정치 싸움에 말려들고 싶지는 않았다.

다만 거부할 마음도 없었다. 원래 스스로 되고 싶어서 경찰관이 되었으니 조직이나 국가에 대한 신뢰는 있는 편이었다.

미나미무라가 고민할 무렵, 오리엔트 석유 회장 코모리는 토바 부부에 대한 두 번째 습격도 기묘한 벌떼 때문에 실패하고 국민신문사 사장 이나가키에게 의논을 청하고 있었다. 이나가키는 코웃음을 쳤다.

"그 괴상한 벌은 집에 있나? 부부가 외출할 때를 노리면 납치 정도는 간단하잖아."

"그, 그렇구나. 그 말이 맞아."

감탄하는 코모리를 보며 이나가키는 안경 속에서 경멸의 빛을 띠었다.

이나가키는 자신이 소유한 야구팀이 이기도록 신문사를 이용해 어떤 지저분한 짓이든 다 했다. 우승을 다투는 상대 팀의 감독이 사임한다는 기사를 써 상대 팀의 동요를 유발했다. 일본 시리즈에서는 상대 팀의 주전투수 집으로 새벽에 취재 전화를 걸어 잠을 깨워 컨디션을 망가뜨렸다. 신인 선수를 입단시킬 때도 야구 협약의 맹점을 이용해 사기에 가까운 방법으로 입단시키고자 술수를 썼으며, 그것이 무효가 되자 프로야구 조직에서 탈퇴해 새 리그를 만들겠다고 소란을 피워댔다. 애초에 공정하고 객관적인 보도라는 것을 생각해보면 매스컴 기업이 프로 스포츠팀을 경영하는 것 자체가 이상하지만 일본의 스포츠 매스컴은 그런 점을 문제로 삼지 않는다.

'힘이 있는 자는 규칙을 지키지 않아도 된다'는 것이 그의 본심이다. 이를 반대로 말하면 '약하고 무능한 것들은 무슨 짓을 당해도 당연하다'는 소리가 된다. 비리 정치꾼을 감싸는 것도 '비리 때문에 누가 손해를 봤단 말인가. 지위도 정치력도 없는 놈들이 집단 히스테리를 일으켰을 뿐'이라고 생각하기 때문이었다. 이나가키는 자신을 사회적인 엘리트라 믿었다. 그리고 엘리트는 특권에 어울리는 재능을 가져야만 한다.

'코모리 이놈도 별거 아니군. 불로불사의 비밀을 얻어봤자 활용은 못하겠어. 여자 버릇이 나쁜 녀석이니 아끼는 호스티스나 게이샤에게 비밀을 털어놓을지도 몰라. 최소한 이쪽이 주도권을 쥐고 있어야 해.'

이나가키는 속으로 그렇게 결정을 내렸다. 그의 입장에서 보자면 우정이란 진정한 엘리트 사이에는 성립되지 않는다. 비 엘리트는 엘리트를 위해 이용되고 희생되어야 마땅한 존재였다.

III

램버트의 쾌락살인에 희생된 일곱 여성의 존재는 흔적도 남기지 않고 말소되었다. 램버트는 새로 같은 수의 미녀를 '조달'하도록 명령했으나, 그동안 게으름만 부렸던 것은 아니었다. 그가 집무실에서 사용하는 PC 한 대의 디스플레이에는 억 단위의 숫자가 표시되고 있었다. 그 숫자는 보름 전에 1억을 넘었으며, 이제는 2억 가까이 올라갔다. 포 시스터즈의 50억 명 말살계획에 희생된 사람들의 숫자였다. 1년차에 2억 명을 죽이고, 2년차에 4억, 3년차에 8억. 소위 말하는 '2배 게임'처럼 희생자를 늘려나가 5년 안에 총 50억 명의 말살을 완료할 예정이었다. 그리어렵다고는 생각하지 않았다. 16세기에 3,500만 명을 헤아렸던 미국 원주민은 유럽인의 대학살과 강제노동으로 100년 사이에 200만 명까지 감소했다. 인구의 94%가 죽은 셈이다.

"북한에서는 아직까지도 식량을 놓고 민중과 군대가 충돌 중입니다. 조만간 다수의 보트피플이 이웃 여러 나라로 유출될 겁니다."

"아프리카의 콩고 강 및 나이저 강은 인간과 가축의 시체로 수면이 가득 찰 정도의 참상이 빚어졌습니다."

"인도 대륙에서는 힌두교 원리파가 이슬람교, 불교, 시크교에 성전을 선포하고 봄베이와 캘커타에서 매일 총과 다이너마이트까지 동원해 시가전을 벌이고 있습니다."

"인도네시아 군과 말레이시아 군이 보르네오 섬 동남쪽 해역에서 전면충돌했습니다. 이 두 나라에서는 이미 반(反) 화교 폭동이 격화되어 50만 명 이상의 사망자가 나왔습니다."

램버트는 그런 수많은 '낭보'를 차디찬 태도로 들으며 새로운 지령을 내렸다. 그때마다 남쪽 도시에 병원균이 뿌려지고, 과격파에게 무기가 주어지고, 민족이나 종교가 다른 사람들 사이에서 증오와 살의가 자라났다. 그리고 디스플레이의 숫자는 끊임없이 늘어난다.

구 유고슬라비아에서는 서로 다른 민족끼리 연애와 결혼이 드물지 않았다. 세르비아 인이 무슬림과 맺어져 부부가 되는 경우도 얼마든지 있었다. 그런데 세르비아, 크로아티아, 보스니아 등으로 분리 독립되자 격렬한 내전이 일어나 각 민족이 서로를 죽여대기에 이르렀다. 민족 간의 증오는 원래 무섭지만, 그것을 선동하고 이용하는 자가 반드시 있다. 구 유고슬라비아의 내전은 각 민족이 손에 든 무기와 탄약을 모두 써버리면 종식될 수밖에 없었다. 하지만 중남미 여러 나라를 중계점으로 대량의 무기와 탄약이 구 유고슬라비아에 수출되어, 내전은 하염없이 이어지고, 사람이 죽어나갔다.

전쟁이 지상에서 사라지지 않는 이유는 지구인이 흉포하고 잔인하고 호전적이라 그럴까? 아니면 전쟁으로 이익을 보는 자들이 있기 때문일까. 누구 하나 이익을 보지 못하는 전쟁이 있었을까? 이러한 온갖 의문 너머에 포 시스터즈가 존재하고, 그 중추에 램버트가 앉아 있었다. 멀리 떨어진 곳에서 램버트를 바라보던 보디가드 클라인은 공포를 억누르기 위해 막대한 노력을 기울여야만 했다. 그는 죄 없는 사람을 죽였다고 해서 양심에 가책을 느끼는 자는 아니었다. 그러나 그는 구데리안 장군이 힘러에게 받았던 것과 똑같은 기분을 느꼈다. 클라인은 폭력적인 인간이지만 램버트는 애초에 인간이 아니었다.

1층에서 램버트가 몇 가지 지시를 내리고 2층의 거실로 돌아왔을 때였다.

"한 가지 제안드릴 것이 있습니다, 램버트 님."

그렇게 말하며 들어온 자는 미국 대통령 보좌관 빈센트였다. 램버트는 일그러뜨린 입가에서 일그러진 웃음소리를 냈다.

"넌 워싱턴 DC에서 포레스터 대통령이나 돌보면 앞으로 평생 귀족처럼 살 수 있다. 그런데 왜 런던까지 와서 내 눈치나 보고 있지? 내가 관심을 보일만 한 제안을 할 수 있다고 자만하나?"

"부디 제 말씀을 들어주십시오. 많은 시간을 빼앗지는 않겠습니다."

비굴하기 그지없는 태도였지만, 막상 말을 시작하고 보니 빈센트는 아무래도 강의하는 어조가 되고 말았다.

"현재 일본의 정치는 무능과 부패의 극치에 달했습니다. 정치에 대한 국민의 신뢰는 이제 회복이 불가능한 단계까지 왔습니다."

새삼스레 무슨 소리를 하느냐는 듯한 램버트의 표정을 살피며 빈센트가 질문했다.

"램버트 님은 오다 노부나가라는 16세기의 일본 장군을 아시는지요."

"그가 너보다는 동양 문화에 박식했다."

램버트는 자신을 '그'라고 3인칭으로 불렀다. 빈센트도 그 사실을 알아차렸지만, 모르는 척했다. 그 편이 현명하다고 눈치 챘기 때문이다.

"그러면 이야기가 쉽겠군요. 오다 노부나가는 비전투원을 대량으로 학살했음에도 일본인에게 가장 인기가 있는 역사상의 인물입니다. 이유는 노부나가가 구체제의 타파, 국가의 변혁에 뜻을 두었기 때문입니다."

"정말 그럴까?"

"정확하게는 그런 이미지가 있다고 해야겠습니다만, 일본인은 결코 얌전하고 보수적이기만 한 민족이 아니라는 겁니다. 의식 밑바닥에서는 이렇게 답답한 사회는 때려 부숴버리고 싶다고 생각하고 있습니다."

"다시 말해 지금 일본에는 쿠데타가 일어날 만한 요건이 있다고 말하려는 건가?"

램버트는 오히려 귀찮다는 듯이 빈센트의 장광설을 가로막았다. 물론 빈센트는 기분이 상했지만 태도로는 전혀 드러내지 않았다. 램버트의 지적은 옳았으며, 얄밉기는 해도 그가 현명하다는 사실을 인정하지 않을 수 없었다.

"말씀하신 그대로입니다. 혜안에 감복했습니다."

"그래서 누구에게 그런 짓을 시키겠다고?"

"나르시시스트입니다."

빈센트는 자신과 확신을 담아 단언했다.

"국민은 중우이며 정치가는 무능하다, 나는 누구보다도 머리가 좋고 누구보다 진지하게 국가의 미래를 걱정한다. 정의를 위해서는 내 목숨 따위 아깝지 않다. 대량의 피를 흘려 비난을 받아도 좋다, 나는 오명을 뒤집어쓰고 일본을 위해 행동한 것이다. 그렇게 생각하고 자아도취에 빠진 나르시시스트들에게 시키는 겁니다."

"흥."

"이런 유치한 나르시시스트는 일본의 경우 99%가 오다 노부나가의 팬입니다. 노부나가의 팬이 모두 나르시시스트인 것은 아닙니다만."

"그리고 그런 놈들은 500명의 의원이 1년에 걸쳐 논의하는 것보다, 자기가 3분 만에 결단을 내리는 편이 옳다고 생각하겠지."

램버트는 코끝으로 웃었다.

"그놈들을 마음대로 움직일 수 있다고 치고, 일은 확실하게 성공시킬 수 있겠지?"

"쿠데타 자체는 성공하지 않아도 상관없습니다. 정부의 위기 관리 능력에 대해 국민의 신뢰가 사라지면 충분합니다. 불신은 더 큰 혼란을 불러일으킬 테니까요."

램버트는 열변을 늘어놓는 빈센트를 파충류의 눈으로 바라보고 있었다.

"게다가 쿠데타가 세력을 확대해 일본 정부가 진압하기 불가능해졌을 때는 당연히 미군이 출동해 민주정치를 구제하게 될 겁니다."

"어느 쪽으로 굴러가도 상관없다는 말이군."

"Yes, sir."

"분명 네가 지금 떠올린 것은 아닐 테고. 2, 3년쯤 전부터 CIA 같은 곳에서 숙성시켜놨던 계획이겠지."

램버트가 냉소하자 빈센트 보좌관은 공손히 고개를 숙이고 대답했다.

"젊은 시절 저 자신이 참가했던 계획입니다. 죽음을 두려워하지 않고 행동할 수 있는 자들을 확보하는 것이 이 계획에서 가장 어려운 점이었습니다."

"죽음을 두려워하지 않고 행동한다고 훌륭한 사람인 것도 아닐 텐데 말이지."

바루크 골드스타인이라는 유태인이 있었다. 뉴욕에서 태어나 이스라엘로 이주한 그는 의사였는데, 이슬람교도의 치료를 거부했다. 1994년 2월, 그는 거액의 생명보험에 가입한 후 이슬람교의 모스크에 들어갔다. 그곳에서는 수많은 이슬람교도들이 머리를 바닥에 대고 신에게 기도하고 있었다. 물론 비무장이었다. 골드슈타인은 자동소총을 꺼내 기도하는 사람들의 등에 총탄을 퍼부어댔다. 40명도 넘는 사람이 살해당했다. 소위 '헤브론 학살사건'이었다.

총탄이 떨어졌을 때 골드슈타인은 격노한 이슬람교도들에게 포위되어 구타당해 죽었다. 그는 '죽음을 두려워하지 않고, 목숨을 걸고' 신에게 기도하는 자들을 일방적으로 학살했던 것이다.

이것은 '무엇이든 목숨을 걸고 하면 훌륭하다'는 통속도덕을 믿는 자들에게는 상당히 뼈아픈 대답이 될 것이다. 하는 일의 의미를 생각하지 않고 목숨을 가볍게 여기는 자는 서로 다른 가치관을 가진 자에게 이용되기 십상이다.

"……좋아, 해봐라."

램버트는 일본의 아츠기 기지에 보낸 이형의 부하들을 떠올렸다. 이와 병행해 빈센트의 제안을 실행해도 지장은 없을 것이다.

"허가해주셔서 감사드립니다. 당장 수배하겠습니다."

"구체적인 계획은 있겠지?"

"예. 프랑스 외인부대 출신인……."

빈센트의 말을 노크 소리가 가로막았다. 램버트가 대답하자 입실한 것은 안경을 끼고 정장을 입은 젊은 여성이었다. 붉은 머리와 풍만한 가슴이 인상적인 미인으로, 변호사 자격을 가진 미스 스테이플러였다. 램버트가 런던에서 편성한 비서 팀의 일원이다. 파충류의 시선을 미스 스테이플러의 가슴에 던졌던 램버트는 그녀의 보고를 받고 살짝 표정을 바꾸었다. 홍콩에서 온 정보에 따르면 현지에 체류하던 드래곤 브라더즈가 런던행 여객기를 탔다는 것이다.

"놈들이 탄 여객기를 히스로 공항에 착륙시키지 마라."

"예."

미스 스테이플러의 안경이 빛났다.

"그 기체에는 승객과 승무원을 합쳐 400명이 타고 있습니다.

퍼스트클래스에는 멀리건 가문 분도 계십니다. 물론 말단입니다만."

"불운한 녀석들이군. 마음이 아파."

램버트의 입술이 비웃음의 형태로 꿈틀거리는 것을 보고 미스 스테이플러는 이 이상의 반문이 무의미함을 깨달았다. 말없이 인사하고 퇴실했다. 램버트는 두 눈에 험악한 색채를 무언가 생각에 잠겨 있다가 문득 시선을 빈센트 보좌관에게 돌렸다.

"넌 언제까지 그런 데 있을 생각이지?"

빈센트는 황급히 미스 스테이플러를 따라 나갔다. 퇴실하는 그에게는 더 이상 눈길도 주지 않고 허공을 노려보았다. 혀로 입술을 축였다. 그 혀는 옛날 램버트의 것과는 달리 가늘고 길었으며 끄트머리가 뾰족했다.

"런던이라고……?"

그는 혼잣말을 했으나 그의 목소리에는 가벼운 곤혹감과 동요의 미립자가 담겨 있었다.

"런던에 뭘 하러 온다는 거냐. 느닷없이 지상에서 결판을 내려고? 놈들답지 않아…… 아니, 오히려 놈들답다고 해야 하나. 어쨌거나 런던까지 무사히 온다면 말이지."

일본에서 더 큰 소동을 일으켜 류도 형제를 끌어들이려는 램버트의 의도는 일단 무효가 된 셈이었다.

세계지도에 없는 장소, 서왕모의 궁전 북서쪽 구석에 위치한 단하궁에 그 날은 안개가 끼어 있었다. 하얀 안개의 장막 너머로 켜켜이 겹쳐진 기이한 형태의 봉우리가 수묵화처럼 보였다. 약수로 떨어지는 폭포의 물소리가 희미하게 들려온다.

　팔선 중 여섯이 그곳에 있었다.

　한종리.

　이철괴(李鐵拐).

　장과로(張果老).

　여동빈(呂洞賓).

　한상자(韓湘子).

　하선고(何仙姑).

　여섯 중 하선고만이 여성이었다. 한종리, 이철괴, 장과로 세 사람은 노인이다. 여동빈은 장년. 한상자는 청년. 물론 신선에게 연령은 무의미하지만, 속인에서 신선이 되었을 때의 나이를 어느 정도 반영한 모습이다. 가장 경력이 긴 것이 이철괴이며, 주나라 사람이라고 하니 선인이 된 지 이미 2,500년 정도가 지난 셈이다. 팔선은 모두 고명한 선인이지만 구태여 민중에게 가장 잘 알려진 자를 꼽자면 여동빈일 것이다. 그를 주인공으로 하는 소설과 희곡의 수는 셀 수도 없다.

　"그건 그렇고 느닷없이 영국에 날아가 우종의 최고 간부와 직접 대결하려 들다니. 뜻은 가상하지만 너무 서두르는 게 아닐까?"

백발에 까만 눈썹을 가진 노인── 장과로가 말하자 다부진 체격의 한종리가 대답했다.

"무략의 측면에서 보자면 틀린 점이 없네. 일본으로 돌아간들 우종과의 싸움에서 주도권을 쥘 수는 없지. 일본 한 나라만을 포 시스터즈의 마수에서 지킨다면 그래도 상관없겠지만."

"그건 정치가들이 할 일이지요. 용왕들이 할 일은 아닙니다."

마치 독서가 같은 인상의 한상자가 웃었다.

"국경이라는 마물의 주박에서 벗어나지 못하는 자들이라면 우선 일본부터 지키자는 생각을 하겠지만, 일본을 생각하는 것은 세금으로 먹고 사는 놈들의 임무지."

"한종리는 선인이 되기 전부터 민중의 세금을 뜯어먹는 관비들을 싫어했지요."

"폭정은 호랑이보다도 무섭다고 하지 않나. 이건 공자 말이니 우리 같은 노장(老壯)의 사도들이 말하면 조금 이상하지만."

일동은 쓴웃음을 지었다. 선인들은 노자와 장자를 학문의 시조로 숭상한다. 공자는 노자나 장자와는 다른 학문의 입장에 있었던 인물이니, 선인이 공자의 말을 인용하는 것은 분명 이상할지도 모른다.

"아, 사낭님."

한상자가 부르자 그에 응해 검협(劍俠)의 모습을 한 요희가 다가왔다. 팔선 중 두 명, 남채화와 조국구가 한 발 늦게 나타났다. 형식적인 인사가 끝나자 아홉 사람은 다시금 원형으로 자리를 잡고 앉았다. 요희와 남채화, 조국구가 일본에서 있었던 일을 간결하게 보고했다.

"이모자를 날려서 그 숙소 내부를 확인했어. 녹화해왔으니 다들 봐봐."

요희의 목소리에 호응해 벽면에 영상이 비쳤다. 신선들은 이를 바라보고 감탄성이며 혀 차는 소리를 냈다.

"그렇군. 이놈들을 시내에 풀어 혼란을 유발하겠단 말이지."

"그게 선봉이고, 그 뒤로 또 여러 가지가 이어질 거라며? 그래서 남채화가 그 괘씸한 놈들을 그 이상 혼내주지 않았던 거군."

"사실은 전리품이 있었습니다."

장난스러운 눈웃음을 지으며 남채화가 꽃바구니를 뒤졌다. 소복한 꽃 아래에서 검은 광택을 띤 물체가 잇달아 나타났다.

"공안경찰이라는 자들의 경찰수첩과 권총, 그리고 수갑입니다. 쓰기에 따라서는 도움이 될 겁니다."

"가난뱅이다운 권력의 상징이로구먼. 하지만 뭐, 홍콩에서 일본으로 오는 범부들에게는 쓸모가 있을 게야."

한종리가 수염을 꼬았다.

"일본은 일본대로 한바탕 소동이 벌어질 것 같으니. 드디어 일이 재미있게 돌아가려 하는걸. 재미난 재주를 보게 되면 좋겠어."

제10장 용은 여행을 떠난다

I

파 이스턴 항공, 홍콩 발 런던행 0907편은 오후 2시에 출발하기로 되어 있었다. 카이탁 공항에서 히스로 공항까지 13시간의 여정이다. 동남아시아 B국의 여권을 써서 쉽게 출국심사를 통과한 류도 오와루는 츠즈쿠에게 웃음을 지었다.

"퍼스트 클래스라니 신나긴 하지만, 우리하고 좀 안 어울리는 거 같아. 우린 가난뱅이잖아."

"통 큰 나카구마 아저씨가 퍼스트 클래스 푯값을 내줬으니까요. 호의는 고분고분 받아들이죠."

일동이 떠나간 후 나카구마는 분명 모든 방에 소금을 뿌리고 돌아다녔을 것이다.

류도 형제는 단정하게 블레이저를 입어 선량한 시민 가정의 자제 차림을 했다. 홍콩에서 이 복장은 조금 덥지만 런던에서는 추울 정도일 것이다. 이 계절에 두 대도시의 기온 차는 무려 섭씨 10도가 넘는다.

소란스럽기 그지없는 면세점 앞을 지나가며 츠즈쿠가 하지메에게 말했다.

"형님, 런던에서는 조심하세요."

"무슨 소리냐, 새삼스레. 포 시스터즈의 본거지에 쳐들어가는데 당연히 조심해야지."

"아뇨, 포 시스터즈나 램버트 클라크에 대해서는 조금도 신경 쓰지 않아요. 제가 조심하라고 했던 건……."

츠즈쿠는 엄숙하게 말을 이었다.

"대영박물관이죠."

하지메는 대꾸하지 못했다. 북적거리는 면세점을 바라보는 눈이 아주 살짝 동요한 것 같았다. 츠즈쿠는 역시나 하는 표정을 지었다.

"형님이라면 대영박물관 건물을 본 순간 자석에 걸린 사철처럼 일직선으로 끌려갈걸요."

하지메는 그제야 반격에 나섰다.

"야, 츠즈쿠. 아무리 나라고 해도 포 시스터즈와의 결전을 앞두고 말이지, 대영박물관에 드나들 생각은 하지 않아. 시안에서도 산시성(陝西省) 박물관에는 접근도 안 했잖냐. 그 보물산에 발을 들여놓지 않았다고."

"네. 그때는 정말 잘 참으셨죠."

"그러니까 이번에도 괜찮아. 쓸데없는 걱정은 안 해도 돼."

"그 점에서 유감이지만 저는 형님과 견해가 다르거든요."

"어디가 다른데."

츠즈쿠를 상대로 발끈하면 하지메의 어조는 어딘가 오와루와 비슷해진다. 당사자는 아마루와 함께 면세점 쪽에 정신이 팔려 있었다. 츠즈쿠는 자못 심각한 척 견해를 제시했다. 내심으로는 웃음을 참고 있었다.

"제 생각에 형님은 시안에서 박물관과 도서관에 가지 않고 참는 데에 인내심을 모두 써버리셨을 거예요."

"야."

"그러니 런던에 도착하면 반드시 발작이 일어나겠죠. 그 발작을 억누르려면 한 번쯤 대영박물관에 가는 게 좋겠어요."

"뭐? 정말 그래도 돼?"

"네, 되고말고요. 하지만 하루만이에요."

"너도 이해심이 있구나."

기뻐한 후, 하지메는 어딘가 모르게 동생에게 컨트롤당하고 있다는 기분이 들었다.

오와루가 아마루와 함께 뛰어왔다.

"평범하게 여객기를 타고 런던에 갈 수 있다니 신나는데!"

큰 목소리로 말하는 오와루를 츠즈쿠가 나무랐다.

"소리 지를 일이 아니에요. 대부분의 사람은 평범하게 비행기를 타고 여행을 하니까요."

"우~ 평범하다는 거 좋구나. 사실 난 이상한 환경에서 자란 탓에 평범이라든가 정상 같은 걸 동경하고 있어. 평범한 게 제일이야."

"환경 탓으로 돌리나요? 뻔뻔하기는."

무사히 퍼스트 클래스에 올라타자 하지메와 아마루, 츠즈쿠와 오와루가 나란히 좌석에 앉았다. 놀랄 정도로 넓고 여유가 있는 공간이었다. 신발을 벗고 비치된 펠트 슬리퍼를 신은 다음 다리를 쭉 펴니 느긋하게 쉴 수 있었다. 주위의 승객은 일본인 회사 중역과 그의 비서, 영국의 부유한 과부, 그 외에 훌륭한 옷을 입은 사람들뿐이었다. 냉큼 콜라를 챙긴 오와루가 만족스러운 한숨을 쉬었다.

"좋은 여행이야. 착한 사람에게는 역시 선과(善果)가 오게 돼 있어."

"선과라는 말이 무슨 뜻인지 알아요, 오와루?"

"좋은 과보란 뜻이잖아. 나 정확하게 쓴 거 맞다고."

오와루가 만족스러워하는 것도 무리가 아니다. 퍼스트 클래스는 좌석이 넓어 팔다리를 한껏 뻗을 수 있고, 음료나 과자는 얼마든지 가져와준다. 식사 때도 빵이 열 종류는 있어서,

"이거랑 이거랑 이거랑 이거 주세요. 아, 그거랑 그것도."

일본인 스튜어디스 상대로 오와루는 마음껏 '고르는 즐거움'을 누렸다.

"아, 아마루, 너도 많이 먹어. 이 호두빵 진짜 맛있어. 치즈빵도 괜찮고."

"나 그렇게 많이 못 먹어."

"그럼 나중에 나한테 주면 되니까 일단 잔뜩 시켜."

"어이없네요. 처음부터 그게 목적이었죠?"

칠면조 파이를 나이프로 썰며 츠즈쿠가 고개를 설레설레 저었다. 오와루는 콧노래를 섞어가며 빵을 뜯었다.

"잘하는 게 있는 사람은 남의 몫까지 맡아줘야 한다는 게 내 가치관이야."

"몇 번이나 말하지만 왜 그 마음으로 공부를 하지 않나요."

"아, 그래서 전부터 고민해봤는데 말이지. 내 생각에는 현행 교육제도 그 자체에 결함이 있는 것 같아."

"갑자기 왜 잘난 척인가요."

"좀 들어봐. 예를 들면 하지메 형처럼 역사를 좋아하는 사람은 세계사 선생님이 되잖아?"

"그게 왜요?"

"그리고 수학을 잘하는 사람은 수학 선생님이 되잖아. 그런 사람들이 세계사를 못하는 학생이나 수학을 싫어하는 학생의 심정을 알겠어?"

"그렇군요, 일리가 있네요. 오와루라면 모든 과목에 대해 성적 나쁜 학생의 심정을 이해해주겠는걸요. 참 좋은 선생님이 되겠어요."

"어쩐지 말하는 게 영 석연찮은데."

츠즈쿠와 오와루의 뒷자리에서는 하지메와 아마루가 일기예보에 대해 이야기하고 있었다. 도착지 런던의 날씨는 맑을 거라는 기내방송이 나왔을 때부터 그 화제가 되었다.

"제2차 세계대전 당시 일본에는 일기예보가 없었어."

"왜 없었어?"

"기상정보는 군사기밀이었거든. 내일 밤에 도쿄가 맑다는 뉴스를 적이 알면 폭격을 해버릴 테니까."

"아, 그렇구나. 하지만 그러면 평범한 사람들은 고생했겠네."

아마루는 눈살을 찡그렸다.

"일기예보는 고사하고 1944년에 일어난 노비 대지진에 대해서도 전혀 보도되지 않았지. 전쟁에 이기기 위해서라는 이유로 무슨 짓이든 할 수 있는 시대였어."

"그렇구나. 그런 건 싫어. 맞지 않는 일기예보라도 자유롭게 들을 수 있는 게 좋아."

아마루는 기내에 비치된 책을 몇 권 가져왔다. 맏형 하지메는 다소 도가 지나친 독서광이지만 아마루도 책은 좋아해 중학생에게는 어려워 보이는 책이라도 꽤 많이 읽는다. 이 0907편은 아시아 대륙의 오지를 횡단하므로 '내륙 아시아 역사 이야기'같은 책의 페이지를 넘기며 하지메에게 물어보았다.

"킵차크 칸국을 세운 바투 칸이라는 사람은 칭기즈 칸의 손자구나."

"맞아. 칭기즈 칸의 장남이 주치. 주치의 차남이 바투였어. 바투에게는 오르다라는 형이 있지."

"왜 장남이 후계자가 되지 않았어?"

"유목민족 사회에서는 막내가 가문을 잇는 경우가 많아. 사내아이들은 성인이 되면 집을 나가 독립하는데, 차례차례 나가고 마지막에 남은 막내가 집안을 잇는 거지. 농경사회랑 반대지? 그런데 킵차크 칸국이라고는 하지만 바투 자신은 그렇게 부르지 않고 알탄 오르드라고 불렀어. 황금색 천막의 나라라는 뜻이야."

"곤륜에 있을 때 타임머신 타고 봤지만, 그때는 아시아의 군대가 강했나봐. 그 후에는 러일전쟁에서 일본이 러시아한테 이길 때까지 아시아 군대가 유럽 군대한테 이긴 적이 없대. 책에 그렇게 나왔어."

"그럴 리가. 그 책이 틀린 거야."

하지메는 호되게 단언했다.

19세기 후반, 프랑스는 베트남을 침략해 식민지로 삼으려 했다. 그런데 이때 베트남에는 '흑기군(黑旗軍)'이라는 중국인 용병부대가 있었다. 그들이 무시무시할 정도로 강했다. 사령관은 유영복(劉永福)이라고 한다. 이 인물이 지휘해 두 차례에 걸쳐 프랑스군을 격멸했다. 프랑스군은 두 번이나 총사령관을 잃고 시체의 산을 남긴 채 도주했다. 이것이 1873년부터 1883년에 걸쳐 일어난 일이며, '근대에 들어 최초로 아시아 군대가 유럽의 군대에게 승리했다'고 큰 평판을 얻었다. 일본에서도 메이지 16년 7월 4일 도쿄 니치니치 신문이 '유영복은 제갈공명과 쿠스노키 마사시게*를 합친 듯한 전술의 천재'라는 기사를 실어 절찬했다. 그때까지 일본은 막부 말기에 카고시마와 시모

---

*가마쿠라 시대에서 남북조 시대까지 활약한 장수. 게릴라전의 명수였다고 한다. 일본에서는 지혜로우며 충성스러운 영웅의 이미지가 강하다.

노세키에서 유럽 군대와 싸웠음에도 한 번도 승리하지 못했으므로 유영복을 기꺼이 칭송했던 것이다. 그 후 프랑스는 베트남에 온갖 압력을 가해 유영복을 쫓아내는 데 성공한다. 유영복은 전쟁에서 한 번도 지지 않았지만, 베트남을 떠나야 했다. 그래도 그의 명성은 쇠하지 않았다.

그런데 1905년, 일본은 러일전쟁에서 러시아 제국에게 승리를 거두고 말았다. 일본인들은 금세 기고만장해 역사적 사실을 무시하고 신화를 날조했다.

"유럽 군대에게 최초로 승리한 아시아 군대는 일본군이다!"

조그만 일본이 거대한 러시아에게 이긴 것만 해도 대단하니 사실을 사실대로 자랑하면 될 것을, 그것만으로는 직성이 풀리지 않았던 것이다. 이때부터 근대 일본의 병이 시작되어 '일본은 아시아에서 가장 뛰어나다. 일본 이외의 아시아는 몹쓸 나라다. 아시아는 일본의 것이다'라는 망상이 부풀었다. 러일전쟁을 시작한 이유를 '러시아에게 압박을 받는 한반도의 독립을 지키기 위해'라고 전 세계에 선언했으면서, 그로부터 6년 후에는 한반도를 일본의 식민지로 삼아버렸던 것이다.

그리고 그것은 장기적인 시각으로 보면 이웃 나라들을 폭력으로 지배하려던 광기와 망상이 자국의 파멸을 초래한 첫걸음이었다. 1928년에는 파리 협정이 맺어져 무력 침략이 국제법으로 금지되었는데 남미 이외의 나라에서는 독일, 이탈리아, 소련, 일본 4개국만이 그 조약을 위반했다. 따라서 '일본은 침략

전쟁을 하지 않았다'는 주장은 명백히 거짓말이다. 애초에 자국의 영토도 아닌 곳에 군대를 보내 점령하는 것을 침략이라고 한다.

무턱대고 아시아를 경시하는 일본의 태도에는 놀랄 지경이다. 하지메는 최근에도 고명한 여류 작가가 몽골 제국에 대해 쓴 문장을 읽고 어이가 없었던 적이 있다. '몽골군을 격퇴한 민족은 세계에서 일본인뿐이다'라는 문장이었다. 터무니없는 착각이다.

몽골 제국의 군대는 유럽에서는 연전연승이었지만 아프리카에서는 바이바르스 장군이 이끄는 이집트 군에게 대패했다. 베트남에서는 쩐흥다오(陣興道) 장군 때문에 세 차례에 걸쳐 참패했다. 자바에서도 일시적으로 수도를 점령했으나 결국 격퇴당했다. 송나라를 멸망시키고 중국 전토를 점령하는 데에는 성공했으나 '세계 최강의 몽골'이 '세계 최약의 송나라'를 멸망시키는 데에는 45년이나 걸렸다. 송나라 사람들은 45년에 걸쳐 침략에 저항했던 것이다. 이와 같은 역사적 사실을 무시하고 '몽골에게 이긴 것은 일본인뿐'이라고 주장하는 것은 단순히 무지에서 비롯된 것이다. 아시아인이나 아프리카인이 일본인 이상의 일을 할 수 있을 리가 없다는 오만 때문이다. '세계는 일본과 유럽과 미국이 꾸려나간다'는 생각을 슬슬 고치는 게 좋지 않을까. 그런 의미에서 '삼국지'나 '풍수학' 같은 것의 붐은 지나친 감은 있지만, 결코 나쁘지는 않다. 그런 데에 친숙한 젊은 세대에게 기대를 걸어봐도 좋을지 모른다.

딱딱한 이야기도 섞어가며 류도 형제가 대화를 나누는 동안에도 여객기는 중국 남서쪽을 지나, 티베트 고원을 스치고 타클라마칸 사막을 넘어, 카자흐스탄 대초원을 건너 유럽으로 접어들었다. 영어, 광둥어, 일본어로 기내방송이 흘러나왔다.

"히스로 공항 도착 예정 시각은 현지 시간으로 오후 7시입니다."

II

"런던에 도착하기 전에 저녁밥이 나올까?"

그런 걱정과 기대가 섞인 말을 한 사람은 물론 오와루였지만, 걱정은 맞지 않고 기대는 이루어졌다. 로스트비프를 메인으로 커피, 디저트까지 잘 갖춰진 저녁이 나와 오와루는 기분 좋게 모두 비운 후 형제들에게서도 '남은 것'을 나눠 받았다. 이로써 런던에 도착하면 야식을 먹을 때까지 배고프지 않을 수 있을 것이다.

기내의 스크린으로 홍콩의 쿵푸 액션 영화 '용전호쟁병황마란'과 미국의 괴기영화 '마녀의 1다스는 13'을 보고 스테레오 헤드폰으로 음악도 들었다. 이제는 지상에 도착한 다음 한껏 몸을 움직이면 된다. 하지만 히스로 공항 도착을 기다릴 필요는 없었다. 느닷없이 히스테릭한 사내의 비명이 울려 퍼졌기 때문이다.

"저기 좀 봐! 날개 위에 괴물이 있어!"

오와루는 뭐지? 그런 영화가 있었나? 하고 생각했다. 비명은 다른 승객들을 놀라게 하고 창밖으로 시선을 모았다. 두 차례, 세 차례 비명이 연쇄적으로 이어졌다. 아마루도 날개 위를 뛰어다니는 유익 괴물을 분명히 보았다.

그것은 인간보다도 커서 곰 정도 크기는 될 것 같았다. 머리는 노새처럼 생겼지만 두 눈은 탁한 붉은색으로 빛났으며 입에는 송곳니가 돋아나 있었다. 몸통과 날개는 박쥐와 흡사했다.

"비천야차(飛天夜叉)야!"

아마루가 괴물의 정체를 금세 알아맞힌 것은 조금 전에 읽었던 '도해 중국요괴' 덕이었다.

"아, 이쪽 창문에도 괴물이 있어."

"이쪽 창문에도!"

비명과 함께 어린이의 손가락이 타원형의 이중창을 가리켰다. 창가 자리에 앉아 있던 중년 여성이 짧은 비명을 지르고 그대로 기절했다. 지근거리에서 노새처럼 생긴 흉악한 얼굴을 보았으니 무리도 아니다. 괴물은 얼굴에 어울리는 흉흉한 웃음을 번뜩이더니 앞발로 창문을 쳤다. 창문에 하얀 거미집이 나타났다. 단 일격으로 강화유리가 금이 간 것이다. 새로운 비명과 함께 객석은 공황 상태에 빠졌다.

여객기에 몰려든 괴물은 스무 마리쯤 되었다. 객실 창문을 깨뜨리려 하는 것은 세 마리 정도고 나머지는 더 중요한 곳에 붙어 있었다. 조종석 창문, 엔진, 날개. 이리저리 날아다니며 거세게 후려치고 발로 차고 발톱을 세운다. 기체에는 금세 상처가 늘어났다. 기장은 공포로 얼굴을 경련시키면서도 반쯤 본능적으로 기체를 조종했다. 그의 눈앞에서 정면 유리창에 두 번째 거미집 모양 균열이 생겼다. '메이데이' 발신도 무시무시한 방해전파로 돌아올 뿐 믿음직한 응답은 얻을 수 없었다. 강렬한 충격과 함께 엔진의 출력이 급격히 떨어졌다.

"고도를 유지할 수 없습니다!"

"방법이 없군. 고도를 낮춘다. 착수 태세를 취하라."

여객기의 7,000m 아래에는 황혼의 흑해가 펼쳐져 있었다. 북쪽으로는 우크라이나, 남쪽으로는 터키가 있는 소아시아 반도. 동서 냉전 당시에는 여객기가 통과하기란 불가능했던 공역이다. 바다도 하늘도 최고급 레드와인을 연상케 하는 선명한 색채로 물들어 원래 같으면 한숨이 나올 정도로 아름다운 광경이었을 것이다. 하지만 끌려가듯 급강하하는 여객기에는 시커먼 이형의 괴물들이 몰려와 기체를 뜯고 갈라놓았다. 그 모습은 그리스 신화의 지옥을 연상케 했다.

"손님 여러분, 구명조끼를 착용해 주십시오!"

자신의 공포를 억누르고 스튜어디스가 지시했다. 다시 비명이 솟았다.

'좋았어, 그렇게 나와야지.'

오와루는 내심 박수를 쳤지만 말로 하지 않았던 것은 분별이 있기 때문일 것이다. 구명조끼를 입는 손놀림도 능숙하고 재빨랐다. 아마루는 어떤가 싶어 쳐다보니 하지메가 입혀주고 있었으므로 오와루는 근처 좌석의 노인이 착용하는 것을 도와주었다.

이때 이미 스무 개나 되는 창문이 깨졌지만 여객기의 고도는 1,000m 정도로 떨어졌으므로 치명상이 되지는 않았다. 그렇다고는 해도 기내에는 미친 듯한 바람이 휘몰아치고, 기압변화 때문에 귀를 다친 젖먹이가 울음을 터뜨렸으며, 기절하는 노부인, 죄도 없는 부하에게 고함을 질러대는 비즈니스맨, 도망치는 사람, 넘어지는 사람, 아직 구명조끼를 착용하지 못해 당황하는 사람 등등 혼란의 도가니였다.

"사람 살려!"

한층 높은 절규가 울려 퍼졌다. 창문이 깨져, 몸을 비비다시피 하며 비천야차 한 마리가 침입했던 것이다. 고양이를 능가하는 유연함으로 비천야차의 거구는 좁은 창문을 빠져나왔다. 입을 벌리고 이를 드러내며 광소하더니 비천야차의 앞발이 번뜩였다. 불행한 승객의 머리가 핏덩어리가 되어 새빨갛게 터져 나갔다. 그리고 또 한 사람이 목뼈가 부러져 바닥에 쓰러졌다. 피바람이 소용돌이치고 괴물은 다시 광소를 터뜨렸다.

"나 원, 이번 주의 모토는 '노력은 최소한으로, 몫은 최대한으로'였는데 말야."

투덜거리면서도 자리에서 일어난 오와루의 표정은 자신의 말을 배신하고 있었다. 먹을 만큼 먹고 극진한 서비스를 받아 평화와 풍요로움을 누린 후에는 몸을 움직여 에너지를 발산할 차례다. 게다가 상대가 흉악한 괴물이라면 힘을 조절할 필요도 없다.

"무슨 생각인가요. 힘 조절하세요."

차남이 삼남의 마음을 꿰뚫어보고 주의를 주었다.

"기체에 손상이 생기면 큰일이니까요. 오와루는 괜찮다 쳐도 다른 승객이 위험해져요."

"에이 참, 노인네는 걱정이 많아서 큰일이야."

밉살맞은 소리를 한 마디 건넨 오와루는 힘차게 도약했다. 좌석 등받이에서 등받이로 뛰어서 이동하고는, 시끄러운 소리를 내며 퍼덕이는 비천야차의 날개를 붙잡았다. 뒤쪽으로 몸이 확 끌려가 놀라서 돌아본 비천야차의 안면에 한 치의 오차도 없는 펀치를 꽂아주었다.

기괴하다고밖에 형언할 도리가 없는 고함을 지르며 비천야차는 좌석에 처박혔다. 한 번 튀었다가 다시 좌석에 등과 날개를 부딪쳤다. 그대로 통로에 미끄러져 떨어져 고통에 몸부림친다.

"왜 그래? 벌써 끝났냐?"

격렬하게 흔들리는 기체 속에서 오와루는 좌석 등받이 위에 서 있었다. 비범하기 그지없는 균형감각이다. 하지만 오와루는 기내에서만 활약했을 뿐이므로 괴물들은 기체 밖에서 마음

껏 설쳐댔다. 여객기의 엔진은 2기가 떨어져나가고, 꼬리날개
는 부러졌으며, 주날개는 외곽이 뜯겨 이제는 비행 능력이 없
었다. 중력의 보이지 않는 손에 붙들려 저물어가는 흑해의 수
면을 향해 추락해간다. 고도를 낮춘다는 표현으로는 부족했다.

"안 돼, 떨어진다……!"

"무슨 소리야, 포기하지 마!"

조종실에서는 파일럿들의 분투가 이어지고 있었다. 항공회
사의 선전영화에 나올 만한 모범적인 장면이었다. 한편 객석은
재난영화 그 자체였지만 혼란과 비명 속에서 흑발에 키가 큰
청년이 스튜어드에게 다가가 긴급탈출용 문을 열고 자신을 밖
으로 내보내달라고 몸짓 손짓을 섞어가며 요구했다. 중년 스튜
어드는 어이가 없어 문보다 먼저 입을 열었다.

"소, 손님."

"자, 얼른 문 열어요!"

청년은 딱히 목소리를 높인 것도 아니었다. 하지만 스튜어드
는 압도당했다. 청년의 목소리와 표정, 분위기, 모든 것이 일
반인에게는 없는 풍모를 갖추었으며 그의 명령은 정당한 권위
와 이유를 가진 것처럼 여겨졌다. 물론 그럴 리가 없었다. 스튜
어드가 전심전력을 담아 저항하고자 했을 때, 청년은 쓴웃음을
지었다.

"그렇군. 오히려 지금은 협박을 해야 할 때였어."

이리하여 스튜어드는 문을 열었다. 훗날 그는 '흥분한 손님

에게 협박당해 어쩔 수 없이'라고 진술했다. 문이 열리자 청년은 몰아치는 강풍에 머리를 어지러이 흩날리며 스튜어드에게 인사하더니 아무렇게나 점프했다. 스튜어드가 눈을 감고, 다시 떴을 때, 청년의 모습은 기체 밖으로 사라지고 없었다.

III

"드래곤이다, 전설의 블루 드래곤이다. 내, 내가 환각을 보고 있는 게 아니야!"

하늘을 나는 블루 드래곤은 거구를 크게 꿈틀거렸다. 100만 개의 사파이어가 황혼의 빛을 받아 찬란히 빛나고 승객들은 공포도 한순간 잊은 채 창밖을 바라보았다. 블루 드래곤의 거대한 몸에 수많은 까만 그림자가 몰려들었다. 여객기에 달라붙어 있던 괴물들이 블루 드래곤에게 덤벼든 것이다. 그러나 드래곤의 앞뒷발이 번뜩이자 괴물들은 날벌레처럼 떨어져 흑해의 파도 속으로 사라져버렸다. 드래곤은 중력제어의 능력으로 여객기의 고도를 유지하고, 저물어가는 태양의 방향을 재가며 하늘을 날았다.

과거 블루 드래곤은 미 해군의 거대 항모 '다이내스트'를 일본 근해에서 워싱턴 DC까지 옮긴 적이 있다. 여객기 한 대 정도는 그에게 별다른 부담도 되지 않았다.

한밤의 유럽 대륙을, 승객이 탄 여객기를 안은 채 블루 드래곤이 북상한다. 지상에는 크고 작은 불빛의 보석이 어지러이 흩어져 있어서, 겨우 공황이 가라앉은 승객들의 눈에는 감동적일 정도로 아름답게 보였다.

승객들은 공포와는 또 다른 흥분에 사로잡혀 입을 모아 떠들어댔다. 뭐가 환각이란 거냐, 드래곤은 실존했다, 이렇게 엔진 없는 비행기를 드래곤이 옮겨주고 있지 않느냐, 사진 찍자, 벽창호 과학자들에게 보여주자, 아니다 가만히 두는 게 좋다……. 여객기는 마침내 영국 상공에 도달했다. 소리도 없이 실려왔으므로 지상 사람들은 거의 알아차리지도 못한 듯했다. 넓고 평탄하고 아무도 없는 밀밭을 향해 여객기가 강하하기 시작했다. 이를 확인한 츠즈쿠는 천천히 자리에서 일어났다.

"자, 어떻게든 다른 사람들이 눈치 채지 못하도록 탈출해야죠."

중얼거린 츠즈쿠는 자신과 형제들의 짐을 챙겨선 아마루에게 무언가 지시했다. 아마루는 통로를 돌아다니며 흩어진 짐 속에서 짓밟힌 채 방치되어 있던 누군가의 코트를 주워왔다.

"미안해요. 좀 빌릴게요."

용으로 변신한 맏형이 다시 인간의 몸으로 돌아왔을 때를 위해 옷이 필요했던 것이다. 여객기는 거의 충격도 없이 한밤의 밀밭에 착지했다.

"츠즈쿠 형, 슬리퍼도 가져왔어."

"아마루는 배려심이 있네요."

츠즈쿠, 아마루, 오와루 순서대로 통로를 걸었다. 하지메가 뛰어내렸던 문 앞에서 세 사람은 스튜어디스에게 인사했다.

"고마웠습니다."

"우린 여기서 내릴게요."

"손님, 저기, 손님……?"

일본인 스튜어디스는 그저 허덕일 뿐이었지만, 이제까지의 정신적 충격 때문에 기절하지 않는 것이 이상할 지경이었다. 매우 예의 바른 일본인 청소년들은 문 아래로 어두운 지상을 내려다보더니 태연한 표정으로 뛰어내렸다. 집으로 치면 3층 가까운 높이였다.

"손님, 이러시면 안 됩니다!"

고함을 지르며 기체 밖을 내려다본 스튜어디스는 보았다. 푸르게 빛나는 드래곤의 거구를 향해 달려가는 세 사람의 뒷모습을. 드래곤은 몸을 낮추더니 세 사람을 등에 태우고 다시 밤하늘로 떠올랐다. 마침 달이 그들의 모습을 은색 빛으로 장식해, 새삼스럽지만 이 세상의 것이라고는 여겨지지 않는 몽환적인 광경을 연출했다.

느닷없이 등을 떠밀린 스튜어디스는 하마터면 밖으로 떨어질 뻔했다. 요란한 날갯소리가 들리더니 괴물 한 마리가 도망쳤다. 오와루에게 맞아 기절했던 비천야차가 겨우 움직일 수 있게 되었던 것이다.

기내에는 이제 괴물이 한 마리도 없다는 사실이 확인된 후, 다른 승객들도 탈출용 슈터를 타고 차례차례 지상으로 내려오기 시작했다. 넋을 놓았던 스튜어디스는 선배에게 야단을 맞고 황급히 승객 유도를 시작했다. 기체가 폭발하는 일도 없이, 이윽고 근처의 노리치 시에서 경찰차와 구급차가 달려오고 방송국과 신문사도 밀려들어 조용하던 농촌은 소란에 휩싸였다. 30분 후 BBC는 다음과 같은 뉴스를 보냈다.

"홍콩에서 출발한 파 이스턴 항공 0907편은 노포크 주의 밀밭에 불시착했습니다. 몇몇 사망자와 중상자가 발생했지만, 승객은 대부분 무사하다고 합니다."

다만 이때 방송되지 않은 사실이 있었다. 승무원과 승객 거의 전원이 집단환각에 빠져, 노새 얼굴을 가진 하늘을 나는 괴물이나, 사파이어처럼 푸르고 아름다운 거대한 드래곤을 보았다고 주장해댔기 때문이다. 이제까지 드래곤에 관한 집단환각은 아시아와 북아메리카에 한정되어 있었는데 마침내 유럽에도 나타났다고 여겨졌던 것이다. 또한 이때의 무음 비행을 알아차린 지상 사람 중에서 '소리 하나 내지 않고 북쪽으로 날아가는 UFO를 보았'고 주장하는 자도 나타났다. '파 이스턴 항공의 기괴한 사고'는 현대과학원리주의자와 오컬티스트 사이에 또 하나 논쟁의 씨앗을 뿌렸다.

류도 형제는 북쪽 나라의 어두운 밤 속에서 바쁘게 움직이고 있었다. 지상에 내려온 블루 드래곤은 동생들을 등에서 내려주고 인간의 모습으로 돌아왔지만 우선 문명인다운 옷을 입어야만 했다. 츠즈쿠가 하지메에게 내민 것은 사이즈가 큰 워킹셔츠와 바지였다.

"이건 마츠리가 만에 하나를 위해 준비해준 거예요. 일단 셔츠와 바지가 있으니 나머지는 어떻게든 되겠죠."

"정말 마츠리한테는 고개를 들 수가 없어."

이리하여 류도 하지메는 어찌어찌 복장을 갖추었다. 아마루가 기내에서 입수한 코트를 입고 두 발에는 기내용 슬리퍼를 신은 것이 언밸런스했지만 이건 어쩔 수 없다.

"그건 그렇고 여긴 어디지?"

"런던보다 훨씬 북쪽으로 와버린 것 같네요. 스코틀랜드가 아닐까 해요."

네 사람 모두 영국에 온 것은 처음이었으므로 츠즈쿠의 목소리도 자신이 있다고는 할 수 없었다. 낮이라면 몰라도 밤이었다. 남의 이목이 없는 점은 다행이지만 지형이나 풍경을 관찰하기도 어려웠다. 그래도 푸른 달빛 아래 낮은 산이나 구릉이 이어지고 침엽수림이 펼쳐졌으며 은색 광택을 띤 가늘고 긴 수면이 보였다. 2, 3분 정도 걷자 포장도로가 나왔다. 분기점에 나무 표지판이 서 있었다. 달빛에 비춰보니 『Loch Ness』라는 문자를 간신히 읽을 수 있었다.

"그럼 저 호수가 네스 호야?"

네 사람은 얼굴을 마주 보고 누가 먼저랄 것도 없이 웃었다.

지역 주민이 네스 호에 내려앉는 블루 드래곤의 모습을 달밤에 보고 '역시 네시는 실존했다'며 놀라고 기뻐하는 모습이 눈에 선했다. 하지만 웃고만 있을 수는 없었다. 목격자가 흥분해 호수로 달려올지도 모른다. 실제로 한밤의 어둠을 누비고 헤드라이트 몇 개가 호수로 다가오고 있었다. 네 사람은 일단 서둘러 걷기 시작했다. 어딘가 적당한 B&B에라도 숙소를 잡고, 아침이 되면 하지메의 신발을 사고 돈을 바꿔 런던으로 가야 한다. B&B란 '베드 앤 브렉퍼스트'의 약자로, 잠자리와 아침 식사를 제공하는 민박을 말한다. 1인당 1박이 일본 엔으로 3천 엔 정도 한다. B&B가 없다면 밤새 걸어도 상관없었다. 네 사람이 함께 있는 한 비관과는 거리가 먼 드래곤 브라더즈는 밤길을 걸어 한 발씩 런던으로 다가서고 있었다.

"이놈이고 저놈이고 하나같이 쓸모가 없어!"

램버트의 노성은 허무하게 천장에 메아리쳤다. 비천야차 정도의 괴물이 드래곤과 호각으로 싸울 수 있으리라고는 생각할 수 없지만, 여객기를 추락시켜 다수의 사망자를 내고 이를 '테러리스트 류도 형제'의 탓으로 돌리는 정도는 가능했을 것이다. 공포에 움츠러든 신참 미녀들에게는 눈길도 주지 않은 채 램버트는 살롱 안을 이리저리 돌아다니며 의자를 걷어차 넘어뜨렸다. 붙박이식 대형 거울 앞에 서서 숨을 골랐을 때.

"이길 것 같으냐⋯⋯."

힘없는, 그러나 반항적인 기적을 담은 목소리가 들렸다. 램버트는 눈살을 찡그렸다. 그 목소리는 램버트의 몸속에서 발생해, 귀를 경유하지 않고 전달되었던 것이다.

"⋯⋯네가 용왕들을 이길 것 같으냐. 용왕들은 너보다 훨씬 강해. 분명 내 원수를 갚아줄걸."

"닥쳐라."

"너는 이미 끝났어."

"닥쳐! 마지막 의식 한 조각까지 먹혀버리고 싶나!"

램버트의 몸을 차지한 누군가는 침을 튀겨가며 소리를 질렀다. 몸속의 목소리는 침묵했다. 공포에 질려 의식의 미궁 속으로 숨어버린 듯했다. 램버트 클라크 뮈론이라는 이름을 쓰는 존재는 핏발이 선 눈으로 거울 속의 지구인을 노려보았다. 각오를 다져야만 했다. 좋아. 올 테면 와라, 드래곤들. 위대한 도시 런던을 네놈들의 묘지로 만들어주지. 네놈들의 도전이 얼마나 무모했는지를 온몸으로 깨닫게 해주마.

거울 안을 향해 거칠게 고함을 지르는 타이쿤을 여자들은 겁먹은 눈으로 바라보았다.

IV

⋯⋯산을 넘고 협곡을 건너 숲을 지나 초원을 가로질러, 세

상에서 가장 긴 돌뱀이 대지에서 꿈틀댄다. 달에서도 보이는 지구 최대의 인공 건조물, 만리장성이다. 그 남쪽으로는 풍요롭고 부유한 농경지대가 펼쳐지고 북쪽으로는 황량한 삭풍의 들판이 무한히 이어져 있다.

한 소년이 조그만 구름을 타고 푸른 하늘을 날고 있었다. 평범한 소년이라면 그런 일은 불가능하겠지만, 15세 전후로 보이는 원기발랄한 소년은 맑은 얼굴에 천연덕스러운 표정과 함께 지상을 내려다보았다. 추락의 공포 따위 전혀 없는 듯했다. 복장은 송나라 시대의 떠돌이 예인 같았다.

"시대도 장소도 맞을 거야. 슬슬 요나라 군세가 보일 때가 됐는데."

소년의 혼잣말에 대답하듯 지상에 빛의 가느다란 파도가 내달렸다. 갑옷에 햇살이 반사된 것이다. 남하하는 인마의 대열은 강철의 거대한 뱀이 꿈틀대는 것처럼 보였다. 이에 따라 대량의 흙먼지가 솟아나 하늘 일부를 누렇게 물들였다.

"흐응, 대군이네. 기병이 주력이구나. 5만, 아니, 10만 가까이 될지도 모르겠는걸."

소년은 혼자 고개를 끄덕였다. 구름의 고도를 낮추며 책상다리를 하고 자세를 고쳐 앉았다. 서 있으면 역시 들킬지도 모른다.

요나라는 거란족이 세운 나라다. 거란은 몽골계 기마유목민족이다. 중화제국에서 당나라가 멸망하고 송나라가 흥할 때까지 오대십국(五代十國) 시대라 불리는 70여 년의 난세가 있었다. 그동안 요나라는 현저히 세력을 늘렸다. 몽골 고원에서 남하해, 장성을 넘어, 중화제국의 북쪽 변두리를 어지럽히고 영토를 빼앗고 약탈과 파괴를 거듭했던 것이다.

"흐응, 쟤가 소문으로만 들었던 야율휴가(耶律休哥)야?"

소년의 목소리에 흥미가 깃들었다. 그의 시선은 전군의 선두에서 말을 모는 장군의 모습을 보고 있었다.

성은 야율, 이름은 휴가, 자는 손녕(遜寧). 요나라 역사상 최고 최대의 명장이다. '전수(電帥)'라는 별명이 있었다. 전수는 '번개 장군'이라는 뜻이니 그의 용병이 신속하고도 격렬하다는 사실을 알 수 있다. 단순히 전장을 누비는 장수로서만이 아니라 일국의 재상을 지낼 만한 역량도 있었다.

꼭대기가 뾰족한 투구를 썼는데, 투구에는 펠트로 된 두꺼운 챙이 달려 있었다. 갑옷 표면에는 가죽을 붙였고 무릎 근처까지 오는 긴 장화를 신었으며 검은 망토를 입었다. 날카로운 눈매를 가진 장년 사내의 얼굴을 소년은 똑똑히 지켜보았다. 야율휴가의 시선이 위로 향했다. 소년이 탄 구름이 햇빛을 가로막아 야율휴가의 상공에 그림자를 드리웠기 때문이다.

구름은 바람을 가르고 이동했다.

"송나라 군대는 뭐 하는지 보고 올까."

중얼거리며 소년은 구름의 속도를 높였다. 인간의 발이라면 하루가 넘게 걸리는 여정을 겨우 백 정도 셀 동안 주파했다. 풍경은 비슷했다. 무한히 꿈틀거리는 산과 계곡, 그런 것들을 누비며 땅 끝까지 이어진 돌벽. 길을 메운 인마의 무리가 이어진다. 여덟 마리의 말이 끄는 호화로운 마차가 보였다. 마차에는 노란색 비단 천막을 쳤으며, 황금 갑주를 입은 장년의 당당한 사내가 소년의 눈에 들어왔다.

"형을 죽인 조광의구나."

태종 조광의는 송나라의 제2대 천자다. 서기 979년에 천하를 통일하고 전란의 시대를 끝내고, 통치자로서 탁월한 역량을 보여 세계에서 가장 경제와 문화가 발달한 대제국을 완성시켰다. 그러나 권력에 대한 집착이 강해 형인 태조 황제 조광윤을 암살하고 제위에 올랐다는 설이 있다. 그렇다기보다 당시부터 대부분이 그 설을 믿었다. 후세의 역사학계에서도 단정까지는 못하지만 유력한 설로 인정받고 있다. 학자들은 증거 없이 추측만으로 단정할 수는 없는 법이다.

이때 태종 황제는 이민족에게 빼앗긴 북방영토를 회복하기 위해 천하통일의 여세를 몰아 대군을 북상시키는 중이었다. 빼앗긴 영토는 '연운십육주(燕雲十六州)'라 불렸다.

"송나라와 요나라의 대전에는 곤륜의 팔선이 개입하고 있다고 둘째 형님이 말씀하셨지. 하지만 언제쯤 격돌하는 걸까."

구름을 탄 소년은 송나라 군대의 머리 위를 날았다. 아무리 날아도 대열이 끊어지지 않았다. 인마, 갑옷, 도검과 창의 대열이 산을 넘고 계곡을 건너 하염없이 이어진 모습은 그야말로 움직이는 장성이었다.

"기병만 5만, 보병은 그 일곱 배는 되겠는걸."

소년이 구름 위에서 계산해보았다. 그 모습이 보일 리도 없을 텐데 지상에서 구름을 올려다보는 사람이 있었다. 말 위에서 느긋하게 장군 갑옷을 입은 젊은이로, 풍격은 훌륭하지만 얼굴에는 아직 소년다움이 남아 있었다. 옆에는 중년 장수가 말을 타고 나란히 서 있었다.

"흐음, 기묘하게 움직이는 구름이로군. 바람의 흐름을 거슬러 올라가는 것처럼 보였는데, 기분 탓인가?"

젊은이의 성은 조(曹), 이름은 기(玘), 자는 경휴(景休)라 한다. 본인은 전혀 예상도 못했지만 훗날 선인이 되어 팔선 중 하나에 오르고 조국구라 불리게 된다. 그의 아버지 조빈(曹彬)은 송나라 건국 시기 최고의 명장이었다. 용병의 고수였을 뿐만 아니라 인격적으로도 뛰어나, 그의 군대는 민간인을 한 명도 죽이지 않고 약탈도 전혀 하지 않았다. 훗날 몽골 제국의 쿠빌라이 칸이 중국을 정복했을 때 부하에게 '조빈을 본받아 쓸데없는 피를 흘리지 말라'고 명령했을 정도로 어진 장수였다.

"경휴, 뭘 보고 있느냐?"

옆에 서 있던 위대한 아버지가 물어 조비는 황급히 시선을 그에게 향했다.

"아닙니다, 별 생각 없이 구름을 보고 있었습니다."

"지상 따위 잊은 채 구름을 타고 유유히 하늘을 날고 싶다는 생각이라도 했느냐?"

"아버님, 저는 한시라도 빨리 요나라와 싸워 연운십육주를 회복하고 황상께서 기뻐하시는 모습을 보고 싶습니다. 지상을 잊다니요."

"그렇구나. 나는 아무래도 내 마음을 네 마음과 착각한 모양이다."

조비는 아버지의 표정에 가슴을 찔렸다. 조빈은 이번 출병에 반대했던 것이다. 게다가 궁정 내에서도 심각한 문제가 일어나, 건국의 대공신인 조빈은 이 무렵 심려가 끊어지지 않았다…….

구름에서 내려온 소년은 기복이 융성한 길을 걸어 한 사당 앞에 도착했다.

"분명 여기였지. 응, 찾았다."

소년은 사당 안에서 상자를 끄집어냈다. 상당히 커다란 직육면체 상자였지만 등나무로 짠 것이라 가볍고 튼튼했다. 등에 짊어질 수 있도록 두 개의 굵은 끈이 달려 있다. 내부는 3단으로 나뉘어 1단씩 꺼낼 수 있었다. 소년은 주위를 둘러보았다. 백양나무 숲이 이어지는 가운데 가느다란 길이 여러 갈래로 구불거리며 나아갔다. 소년은 백양나무 숲에서 자신을 바라보는 몇몇 시선이 있다는 것을 알아차렸다.

"이봐~ 호선(胡仙), 황선(黄仙), 유선(柳仙), 백선(白仙), 회선(灰仙)!"

소년이 부르자 다섯 마리의 동물이 달려왔다. 정확하게 말하면 한 마리는 놀라울 정도로 빠르게 기어나왔다. 호선은 여우, 황선은 족제비, 백선은 고슴도치, 회선은 쥐, 그리고 유선은 뱀이었다. 연주(燕州) 지역에서 오선(五仙)이라 불리는 동물들로, 저마다 환묘한 술법을 사용할 수 있다고 한다.

"좋아, 잘 들어. 너희는 지금부터 서해백룡왕 오윤의 종자야. 너희의 주인님께는 천계에서 다 얘기해놓고 왔어. 큰형님, 그러니까 동해청룡왕을 발견할 때까지 잘 지내자."

소년, 다시 말해 백룡왕이 말하자 오선이라 불린 다섯 마리의 동물들은 공손히 고개를 숙였다. 백룡왕은 상자의 첫 번째 단에 유선, 둘째 단에 황선, 셋째 단에 백선을 넣었다. 회선을 품에 안고 상자를 짊어진 다음, 호선에게 따라오도록 손짓하고 가벼운 발놀림으로 걷기 시작했다. 백룡왕의 앞길에는 광대한 중화제국의 영역이 땅끝까지 펼쳐져 있다. 그러나 백룡왕은 어떻게든 큰형을 찾아내야만 했다.

"큰형님이 안 계시는 이상 둘째 형님이 용종의 우두머리가 되어 수정궁을 다스려야지. 인계에는 내가 갈 거야. 계경은 오랜만에 돌아왔으니까 둘째 형님을 보좌해서 수정궁을 지켜."

그렇게 주장하며 형과 동생을 천계에 남겨두고 백룡왕은 인계에 내려왔던 것이었다. 이때 인계의 연대는 송나라 태종 황제의 연호로는 태평흥국(太平興國) 4년, 서기로는 979년이었다.

송나라와 요나라는 그야말로 서로의 국운을 걸고 격돌하려는 참이었다. 그리고 천계에서는 용종과 우종이 마침내 전쟁을 벌이려 한다. 용종의 우두머리인 동해청룡왕 오광의 행방은 이 승패에 크게 작용할 것이다.

류도 형제 좌담회 최하위편

아마루: 최하위편이라니 뭔가 이상하지 않아?

츠즈쿠: 아, 정말이네요. 동음이의어를 잘못 썼나봐요. 재개편이라고 써야 할 텐데.

오와루: '재회편' 아니고?* 진짜 오랜만에 신작으로 독자 여러분을 다시 만나게 됐잖아.

츠즈쿠: 20세기 안으로는 무리일 줄 알았어요.

하지메: 여러 가지로 사정이 있었다고는 하지만 8권에서 한참 늦어졌지.

아마루: 왜 이렇게 늦어졌는지 아빠(작가)한테 물어봤어. 그랬더니……

오와루: 뭐라고 변명했어?

아마루: 갑자기 가슴을 붙잡고 "아, 지병이" 그러면서 이불 뒤집어쓰고 누워버렸어.

하지메: 작가의 지병이라면 '만성 슬럼프'와 '마감 건망증'이잖아?

츠즈쿠: 오와루가 자기한테 불리해지면 꾀병을 앓는 건 작가에게 물려받았군요.

오와루: 내가 언제 꾀병을 앓았다고?!

아마루: 맞아. 오와루 형은 자기가 꾀병에 걸린 적은 없어.

*일본어로 '최하위', '재개', '재회'는 모두 발음이 같다.

하지메: 그게 무슨 뜻이냐?

오와루: 아~ 암것도아냐암것도아냐. 그냥 수사적 표현이란 거지.

츠즈쿠: 동생이 아파 간병해야 한다면서 과외활동을 빼먹은 적이 있군요?

오와루: 어~ 전혀 기억에 없습니다.

츠즈쿠: 그건 오와루가 태어나기도 훨씬 전에 유행한 말이에요. 형님, 뭐라고 한 마디 해주시죠.

하지메: 음~ 사실은 나도 그 점에 관해서는 오와루를 야단칠 수가 없지.

오와루: 뭐?! 하지메 형도 나처럼 그런 적 있어?!

츠즈쿠: 고백했네요, 오와루.

오와루: (입을 막았지만 이미 늦었다)

아마루: 의외네. 오와루 형이라면 딱히 놀라지 않겠지만.

하지메: 과외활동을 받고 있으면 박물관이 문을 닫아버리잖아. 고대 지중해 문명전을 꼭 보고 싶어서, 츠즈쿠가 열이 난다고 했지. 7년쯤 전이던가. 미안하다.

츠즈쿠: 그런 거라면 어쩔 수 없죠.

오와루: 왜 하지메 형이면 어쩔 수 없어. 그건 차별이야.

츠즈쿠: 차별이라.

아마루: 오와루 형은 뭐 보러 갔어?

오와루: 아, 드디어 다과가 나왔네. 따끈따끈한 애플파이에

바닐라 아이스크림에 시나몬 티. 마츠리 누나는 정말 요리의 달인이야.

아마루: 오와루 형은 뭐 보러 갔어?

오와루: 너 진짜 마음에 안 들어.

츠즈쿠: 뭐 보러 갔나요?

오와루: 알았어, 말하면 되잖아. '셰익스피어와 동시대 미술전'이었어. 어때, 사람 다시 봤지?

하지메: 야 야, 정말이야?

오와루: 거짓말은 안 했어.

하지메: 흐음, 그렇다면 정말로 다시 봐야겠는걸.

츠즈쿠: 형님, 오와루의 잔꾀에 넘어가시면 안 돼요. 제가 봤을 때 오와루는 분명 거짓말은 안 했지만, 사실을 전부 말한 것도 아니에요.

아마루: 아, 그렇구나. 오와루 형, 전람회 보고 돌아오는 길에 어디 다른 데 들렀구나.

오와루: 그야 들렀지만, 가는 길에 하카타 라면 먹고 돌아오는 길에 아메리칸 클럽 샌드위치 먹은 다음 '좀비 수도원의 참극'이라는 이탈리안 호러 영화를 봤을 뿐이라고.

하지메: 그 도중에 전람회에도 살짝 들렀단 말이군.

아마루: 치사해, 오와루 형. '좀비 수도원의 참극'은 나도 보고 싶었는데.

오와루: 그럼 그렇게 말했으면 데려갔잖아. '셋째 형이 병약

하니 조퇴시켜주세요'라고 하면 되지.

아마루: 믿어줄까나.

츠즈쿠: 이상한 모의 하지 말아요, 나 원. 형님도 쓴웃음 지을 게 아니라 앞으로는 동생들에게 모범을 보이시고요.

하지메: 뭐라 할 말이 없다.

오와루: 츠즈쿠 형, 잘난척하는데 형은 그런 적이 한 번도 없었단 거야?

츠즈쿠: 없고말고요. 저는 당당하게 사실대로 말하거든요. '수업이 재미없으니 조퇴하겠습니다' 하고.

아마루: 그거 모범 삼아도 돼?

하지메: 안돼안돼.

오와루: 아까부터 쓸데없는 이야기만 나오네.

츠즈쿠: 애초에 누구 탓이었나요.

오와루: 그러니까 그런 쓸데없는 힐문은 관두고 더 건설적인 화제로 하자고.

아마루: 10권은 어떻게 될까 하는 얘기?

오와루: 그거그거. 아무리 그래도 8권하고 9권 간격만큼 벌어지지는 않겠지.

하지메: 작가의 예정으로는 그런 일은 없을 거라던데.

츠즈쿠: 하지만 형님, 작가가 예정대로 일을 진행할 수 있다면 여러 출판사의 편집자님들이 스트레스를 받지 않을 거예요.

오와루: 아빠를 믿는 게 애초에 잘못이지.

츠즈쿠: 오와루를 믿는 게 애초에 잘못이듯 말이죠. 그런데 오와루, 10권에서는 어떻게 할 생각인가요?

오와루: 뭘 어떻게?

츠즈쿠: 9권 마지막에 백룡왕으로 나와서 10세기 중국에 있었잖아요.

아마루: 청룡왕 하지메 형을 찾으러 갔어.

오와루: 큰형이 애를 먹이네.

하지메: 내가 늙어 죽기 전에 찾아내라. 넌 분명 여기저기 한눈팔고 다닐 거야.

츠즈쿠: 오와루가 동물 다섯 마리를 데리고 천 년 전의 중국을 모험하는 얘기는 그렇다 쳐도, 본 스토리에서는 램버트 클라크와의 직접 대결이 있는걸요.

아마루: 10권은 어느 쪽 얘기가 될까.

오와루: 어느 쪽이든 상관없어. 어차피 내가 주인공일 테니까.

츠즈쿠: 그럼 코바야카와 나츠코를 해치우는 것도 주인공의 역할이겠죠.

오와루: 주인공은 츠즈쿠 형이 해라. 난 겸손하니까.

츠즈쿠: 아뇨아뇨, 부디 화려하게 주인공 역을 맡아주세요.

아마루: 하지메 형, 아빠한테 뭐 들은 거 없어?

하지메: 어디보자, 1권부터 4권까지가 본편이고 5권이 외전이었지. 그런 식으로 간다면 6권에서 9권까지가 본편이고 10권은 외전이 되는 셈인데.

오와루: 어울리지도 않게 망설이는 걸까.

츠즈쿠: 원래 백룡왕이 청룡왕을 찾으러 가는 얘기는 본편 속에 조금씩 섞어 넣을 생각이었다고 하니까요.

아마루: 그걸 한꺼번에 묶어서 내는 거야?

하지메: 조금 길고 복잡해질 것 같아서 말이지. 송나라와 요나라의 역사적인 전투에 곤륜의 팔선이 개입하고, 송나라 궁정에서는 제위를 놓고 싸움이 벌어지고, 그 속에서 백룡왕은 청룡왕을 찾고. 찾아내면 천계에서 용종과 우종이 싸워야 하고.

오와루: 인계, 선계, 천계가 뒤얽힌 싸움이네. 적성왕인지 하는 이상한 사람도 나왔고.

아마루: 마츠나가 군의 진짜 주인이야.

츠즈쿠: 아마도 그렇겠죠. 무슨 생각으로 행동하는 걸까요.

하지메: 뭐, 그래서 10권이 본편이 될지 외전의 차이니즈 히로익 판타지가 될지는 아직 확률이 반반이래.

아마루: 아빠 지금 완전 지쳐서 거기까진 정할 수가 없나 보네.

오와루: 뇌가 오트밀 상태니까.

아마루: 어쩌면 독자 여러분의 목소리를 듣고 다수결로 정할지도?

하지메: 아니, 그러지는 않겠지. 다수결로 정하면 소수파의 목소리는 무시한다는 뜻이 되고.

츠즈쿠: 소재 선택이나 결정에 대한 작가의 책임이라는 게 있으니까요.

오와루: 나중에 가서 '독자들이 그때 그렇게 하라고 해서' 하고 책임 전가하는 일이 벌어지면 보기 흉하잖아.

츠즈쿠: 뭐, 될 수 있는 대로 빨리 재기해서 늦어도 1년 이내에 10권에 착수해줬으면 좋겠네요. 독자 여러분이 언제까지고 관대하게 기다려주실 거라 생각하면 큰 착각이니까요.

오와루: 맞아맞아. 나도 얼른 학교에 복귀하고 싶고.

츠즈쿠: 호오~ 복귀해서 뭘 하려고요?

오와루: 그야 물론 운동회, 학원제, 수학여행, 스키 교실, 전국체전……

하지메: 그런 것뿐이군.

오와루: 형들은 평화롭게 고등학교 시절을 보냈으니까 괜찮겠지만, 나도 평범한 고등학생이 되고 싶다고.

츠즈쿠: 그럼 평범하게 공부도 하세요.

아마루: 평범하다는 건 여러모로 힘들구나.

하지메: 그렇게 됐으니 이번에는 파장할까. 다들 정리하자.

오와루: 그럼 여러분, 내년까지 건강하세요.

1994년 10월 말일

류도 형제 좌담회 천괴지기 문고편

츠즈쿠: 문고판 독자 여러분과는 1년 반 만에 뵙게 되네요.

아마루: 우리 잊어버리지 않았을까 몰라.

오와루: 여러분, 제가 가장인 류도 오와루입니다. 안녕하세요.

츠즈쿠: 누가 가장이라고요?

오와루: 민주주의 세상에서 정권교체가 있는 건 당연하잖아. 하지메 형도 오랫동안 지위에 안주해선 안 된다고 생각해.

츠즈쿠: 잘난 척 거들먹거리기 전에 오와루는 분수를……

하지메: 뭐 어떠냐, 한번 시켜보자. 오와루에게 의욕이 있다면.

오와루: 역시 전 가장. 물러날 때 하나는 잘 알아.

하지메: 그럼 당장 시작해볼까요, 새 가장님. 드릴 말씀이 있는데.

오와루: 오, 뭐지?

하지메: 구청에서 통지가 왔거든요. 작년 고정자산세를 냉큼 내라고 해서요. 그럼 부탁해요.

오와루: 그, 그런 이야기는 가장한테 해.

아마루: 오와루 형이 가장이잖아.

오와루: 농담이라니깐, 에이 차암. 다들 가벼운 농담을 진지하게 받아들이고 그래.

츠즈쿠: 오와루는 존재 그 자체가 농담이니까 너무 나대지 마세요.

아마루: 이 작품 자체가 농담이라는 설도 있어.

하지메: 뭐, 그렇게 나오면 아무것도 못 하지만 애초에 출발점이 농담이었던 건 사실이지.

츠즈쿠: 의외였던 건 농담이 상당히 광범위하게 먹혔던 거고요.

아마루: 외국에도 먹혔고.

오와루: 맞아. 우리 외국에서도 일하고 있어.

츠즈쿠: 대만에 이어 한국에서도 '창룡전'이 번역 출판됐으니까요.

하지메: 다행히 호평이고 중판도 계속 되고 있다지. 한국의 출판사에서는 발매 전에 전국 학교에서 내용 소개 전단을 배포했다고 해.

아마루: '일본의 출판사에서도 그렇게까지 한 적은 없었다'고 아빠(작가)가 웃었어.

오와루: 아빠도 국제적인 사람이 됐네.

츠즈쿠: 국제적으로 창피를 당하지 않으면 좋겠지만요.

하지메: 호평이란 건 한국 사람들에게도 일본식 농담이 통했다는 뜻이겠지. 원래 같은 동아시아 문화권이고, 용에 대한 지식이나 견해도 공통적일 테니.

오와루: 드디어 나도 국제 스타!

아마루: 일본을 대표하는 개그 스타구나.

오와루: 액션 스타지! 너 자꾸 츠즈쿠 형 닮아간다. 커서 뭐가 되려고 그래.

하지메: 또 사돈 남말한다.

츠즈쿠: 저를 닮았다면 커서 아무 걱정도 없겠네요.

하지메: 아니, 뭐, 다른 의미에서 불안하기는 하다만…….

오와루: 그것 보라지.

츠즈쿠: 말투가 그게 뭐예요.

오와루: 그것 좀 보시옵소서.

츠즈쿠: 호오, 절대 반성할 마음이 없군요.

아마루: 이런 일본어를 외국어로 번역할 때는 어떻게 할까?

하지메: 번역자의 고생이 훤히 보인다.

오와루: 응, 외국어를 자기 나라 말로 옮긴다는 건 힘든 일이니까.

츠즈쿠: 늘 영어 시험에서 고생하니까요, 오와루는.

오와루: 고대 페니키아어랑 중세 돌궐어라면 신문도 간단히 읽을 수 있는데.

하지메: 왜 고대 페니키아에 신문이 있어?

츠즈쿠: 애초에 오와루 군의 특기는 고대 이집트어와 중세 노르만어 아니었나요?

오와루: 자꾸 사소한 데 신경 쓰지 말라니깐. 2천 년 전의 성경에서 지하철 사린가스 사건이 예언돼 있었다는 세상에서.

아마루: 2천 년 전 사람이 지하철은 어떻게 알았을까?

하지메: 성경은 고대 히브리어로 쓴 건데, 고대 히브리어는 모음을 쓰지 않고 자음만으로 쓴다더군. 그래서 알파벳으로 바꿔서 D와 N이 있으면 알아서 모음을 넣고 DIANA라고 읽을 수 있대.

츠즈쿠: 그래서 '성경에서 다이애나 왕세자빈의 죽음을 예언했다'고 하는 사람이 있군요.

오와루: 다이애나 전 왕세자빈 아냐?

츠즈쿠: 다이애나 왕세자빈은 죽을 때까지 '웨일스 공작부인' 칭호를 유지했어요. 그러니 '전'을 붙일 필요는 없죠.

아마루: 그래놓고 예언이라고 주장한다면 오와루 형도 예언 정도는 하겠다.

오와루: 어째 말하는 게 마음에 안 드네.

하지메: 사소한 데 신경 쓰지 말자며?

오와루: 뭐 됐어. 나 요전에 저주의 의자라는 걸 발견했는데.

아마루: 저주 걸려?

오와루: 응. 그 의자에 앉은 사람은 반드시 죽는대. 만들어진 후로 이제까지 60명도 넘게 죽었다는 거야.

하지메: 굉장하다고 생각해, 아마루?

아마루: 음~ 하지만 사람은 언젠가 반드시 죽잖아. 딱히 그 의자하고는 상관없는 거 아닐까.

츠즈쿠: 맞아요. 참 잘했어요.

오와루: 쳇, 들켰네.

츠즈쿠: 그 정도 사기에 걸리는 사람이 요즘 세상에 어디 있겠어요.

하지메: 그게 그렇지도 않아. 예언서인지 뭔지가 팔리는 걸 보라고. 100만 부를 넘는 것도 있어.

아마루: 신문의 독서란에서 칭찬하기도 하잖아.

츠즈쿠: 제대로 된 학문체계를 부정하는 엉터리 책을 띄워서 수백만 명의 독자를 혼란에 빠뜨린 책임을 모 대형 신문은 어떻게 질 생각일까요.

하지메: '모두 예언되어 있었다'는 문구만 가지고도 그 책이 사기라는 걸 알 수 있을 텐데 말이지. 그건 그렇다 치고, 오와루, 사이비 종교 같은 거 만들어서 돈벌이하겠다는 생각은 하지 마라.

오와루: 순수한 포교활동은 안 돼?

츠즈쿠: 무슨 포교인데요?

아마루: 가난신이지, 오와루 형?

오와루: 가난신님의 부적을 만들어서 사람들에게 나눠주려고 했는데.

하지메: 그런 걸 원하는 사람이 있겠냐.

아마루: 받지 않으면 가난신님이 붙는다고 하거든.

오와루: 겨우 천 엔으로 부적을 사면 가난신님이 붙지 않게 되다니 이렇게 좋은 이야기가 어디 있겠습니까요, 사장님.

하지메: 내가 왜 사장님이야. 완전히 사기잖아. 뭐 이런 녀석이 다 있담.

츠즈쿠: 오와루가 하려는 일이니 엉터리라는 건 뻔했지만, 종교단체는 대부분 그런 거죠. 면죄부라든가 부적이라든가.

하지메: 역사상으로 나쁜 사례가 너무 많아 난감하구나.

오와루: 맞아맞아. 나만 뭐라고 해봤자 소용없으니까 이 얘기는 이만 끝.

츠즈쿠: 뻔뻔하게 오와루가 그런 소릴 하나요.

아마루: 근데 무슨 얘기할 거야, 오와루 형?

오와루: 그야 앞으로의 스토리 전개지.

하지메: 문고판 10권에서는 런던에 가기로 정해졌어. 신서판에서는 이미 과거형이 됐지만.

아마루: 런던이면 베이징하고 같이 작가랑 하지메 형이 좋아하는 도시지?

오와루: 음식은 맛없어.

츠즈쿠: 아니에요, 영국 요리 외에는 의외로 맛있어요. 그런 얘기는 작가가 작년에 출판한 '영국병의 권유'라는 대담집을 한번 보세요.

하지메: 다른 출판사에서 낸 책이지만. 사회사상사라고 하는 곳이지.

아마루: 이런 데서 선전해도 괜찮아?

츠즈쿠: 천하의 K담사니까요. 뭐라고 하지는 않겠죠. 어쩌면

장래에는 K담사 문고에서 내줄지도 모르고요. (웃음) ……보증은 없지만.

아마루: 문고판 10권은 8월에 나와?

하지메: 그건 신서판 12권이 나온 다음에. 8월에 나오는 건 다른 작품이야.

오와루: 이번 권에서 카키노우치 나루미 씨와의 대담에 나온 '마천루'의 뒷이야기?

츠즈쿠: 그거하곤 다르지만, '마천루'의 뒷이야기를 '메피스토'라는 잡지에 쓴 다음에 12권이 나와요. 올해 여름에는 쓸 예정이라고 하는데, 과연 어떻게 될까요. 믿는 건 위험해요.

아마루: 아빠도 바쁘니까.

하지메: 이 불경기에 일이 끊이지 않으니 고마워해야지.

오와루: 모두 가난신님 덕분이라고 해도 과언이 아니랍니다.

츠즈쿠: 과언이에요.

하지메: 자, 슬슬 파장하자.

아마루: 여러분, 저희 버리지 말고 10권 기다려주세요.

1998년 1월
공포의 대왕이 내려오기까지 앞으로 1년 반

창룡전 9

2022년 4월 15일 1판 1쇄 발행

저　　　자 다나카 요시키
일 러 스 트 laphet
옮 긴 이 김완
발 행 인 유재욱
본 부 장 조병권
편집1팀 김혜연 박소연
편집2팀 박치우 정영길 조찬희
편집3팀 곽혜민 오준영 이해빈
라이츠담당 이승희 한주원
디 지 털 김지연 박상섭 이성호 최서윤
미　　　술 김보라 박민솔
제 작 처 코리아피앤피
발 행 처 ㈜소미미디어
등　　　록 제2015-000008호
주　　　소 서울시 마포구 토정로222, 403호 (신수동, 한국출판콘텐츠센터)
판　　　매 ㈜소미미디어
마 케 팅 박종욱
물　　　류 허석용
전　　　화 02)567-3388, Fax (02)322-7665

ISBN 979-11-384-0861-5 04830
ISBN 979-11-5710-138-2 (세트)